Aslı UMUR

COLLECTION FOLIO

Claude Roy

La fleur du temps

1983-1987

Gallimard

© *Éditions Gallimard, 1988.*

Claude Roy est né en 1915 à Paris, d'une famille de Charente. Il a raconté sa vie, sa formation, ses idées, dans les trois brillants volumes de son autobiographie : *Moi je*, *Nous*, *Somme toute*. Poète, essayiste, romancier, il est aussi un grand voyageur qui a toujours été attentif aux drames du monde et à ses espoirs. La guerre, la Résistance, les États-Unis, la Chine, le tiers monde, l'U.R.S.S. tiennent une place considérable dans son œuvre. Cette grande rumeur du monde est souvent présente dans ses romans : *La nuit est le manteau des pauvres*, *A tort ou à raison*, *Le malheur d'aimer*, *Léone et les siens*, *La dérobée*, *Le soleil sur la terre*, *La traversée du Pont-des-Arts*. Une grave maladie, en 1982, lui inspire les poèmes de *A la lisière du temps*. Les Goncourt lui décernent à l'unanimité en 1985 le premier Goncourt/Poésie.

La fleur du temps se fane avec le temps.
BHARTRHARI

Hiver 1983

BRUME D'HIVER   *Le Haut-Bout, 1ᵉʳ janvier 1983*

La brume d'hiver n'est amicale qu'à la campagne, brume garantie 100 % pure humidité sans pollution. Depuis que je n'ai qu'un seul poumon, il savoure l'humidité de l'air pur comme un dégustateur d'eaux de source. Tout promet ce matin que vers dix-onze heures le soleil l'aura emporté, un beau soleil froid et net dans lequel la buée de nos haleines s'élèvera gaiement. Les petits oiseaux qui espèrent de nous un peu de provende sont là dès le matin, rouge-gorge, troglodyte nain. Jacques Delamain savait repérer les nids vides du troglodyte d'hiver. Au printemps, ce minuscule oiseau multiplie les faux nids qui servent aux mâles de dortoirs, et dissimulent le seul nid authentique, où la femelle couve. De la fenêtre de mon grenier-bureau, j'observe l'accenteur mouchet, qui se faufile dans les terres comme un mulot, et cherche à se faire passer pour un moineau.

Dans le champ voisin, chez Maurice Duclos, les corneilles et les freux travaillent (à déterrer les graines des semailles d'hiver, je le crains).

L'univers des oiseaux est comme celui de la

musique. « *La musique ne signifie rien* », répétait Stravinsky. Bien entendu, c'est faux. Mais ni les oiseaux ni Schubert ne nous jettent un *sens* à la figure, avec la grossièreté d'un professeur de sémiologie à l'université d'Uppsala. Leur sens, il faut le chercher patiemment, comme par exemple dans la forme des becs. Fouisseurs, gobeurs, avaleurs, tueurs, casseurs, croqueurs, fouilleurs, les becs racontent la vie des oiseaux dans leur élément. Quant au chant des oiseaux, c'est en effet comme la musique : il a un *sens*, mais même si on comprend qu'on ne le comprend pas, il est aussi (d'abord) plaisir. (Je ne souris pas quand je lis dans le livre d'un ornithologue suisse des environs de 1860, Rambert, que si l'alouette mâle monte si haut pour vocaliser sans relâche, c'est « *pour exprimer son bonheur* ». Ça doit être vrai aussi...)

LE TROUBLE
ET LE CLAIR   *Paris, 3 janvier 1983*

Dans l'extrême désordre d'être que j'ai traversé, et dont je ne suis probablement pas encore sorti, une grâce au moins m'a été donnée : de pouvoir malgré tout garder ma tête et conserver une certaine vigilance. Le trouble où j'étais (où je suis encore) s'accompagnait d'une sorte de clarté. Comme si, malgré la douleur, et les agacements du délabrement de mon corps, je laissais reposer et se déposer tout ce qui flottait en moi d'importunités sans importance — une eau troublée qui se clarifie. On se met à regarder les petites choses, les irritations d'*avant*, les envies bêtes, les vanités puériles, avec une merveilleuse indifférence. Comme quand on a roulé longtemps en voiture, par temps orageux ; par dizaines les insectes sont venus s'écraser sur le pare-brise — et soudain, la pluie claire, les essuie-glaces qui marchent, et la vitre redevient transparente.

Je ne prononcerais pas la *Prière sur le bon usage des maladies* de Pascal, quand il demande à Dieu : « *Rendez-moi incapable de jouir du monde.* » Mais je ne souhaite que de demeurer incapable de prendre au sérieux ce qui ne compte pas, de me tourmenter de ce qui est vain, de vouloir jouir de ce qui ne donne en réalité aucun plaisir.
Cette sorte de gaieté qu'on ressent à ne plus avoir en tête que ceux qu'on aime vraiment, que ce qu'on aime vraiment.
Guéri (j'en prends, dirait-on, le chemin), il faudra prendre garde à ne pas redevenir idiot.

Aide-toi : ça pourra aider le Ciel.

L'impression, parfois, qu'au retour de la salle d'opération, les infirmiers se sont trompés, et m'ont déposé dans le corps d'un autre, qu'on venait d'apporter à l'atelier pour le faire rechaper, comme on rechape un vieux pneu.

LA BIEN-VEILLANCE ? *Paris, 7 janvier 1983*

Une de mes contradictions fondamentales (une de mes *contrariétés*, comme dit Pascal) c'est d'avoir un vif désir de clairvoyance et de lucidité, le besoin très fort de ne jamais me mentir à moi-même et de ne mentir aux autres que le strict nécessaire, et d'entretenir en moi à l'égard de mes semblables un voile d'illusion bienveillante — cette bienveillance dont on se demande si elle est une *veillance* si *bien* que ça ! Mon premier mouvement est de faire confiance à autrui, de trouver mon semblable plutôt un frère, de croire ce qu'on me dit, d'accorder sans hésiter ma confiance.

Bien entendu, je me réveille parfois floué, rossé, volé — déçu. Je découvre qu'un presque ami était un vrai ennemi, que celui que j'avais pris pour un brave homme était un fourbe, et le gentil lunaire un intrigant malin. Étais-je un imbécile heureux, de ce beau bois niais dont sont faits les dupes ? Pas tout à fait pourtant. Si je maintiens délibérément le pressentiment que j'ai de la malfaisance d'un être dans le clair-obscur, dans l'entre chien et loup de la lucidité en veilleuse, c'est que mon optimisme pessimiste n'est pas tant une méconnaissance qu'un *pari* : je fais le pari de dénouer le nœud de vipères dissimulé en face de moi, de désarmer la tension hostile que je flaire, de conquérir l'ennemi qui attend de griffer. Pendant que je souris (bêtement ?) à celui qui attend de me blesser, je jouis de deux avantages *a*) je suis de bonne humeur, puisque j'ai décidé de l'être *b*) une fois sur trois ou deux, je gagne mon pari. On me prend pour un bon sot, tout à fait dépourvu de la plus élémentaire psychologie, sans aucune « connaissance des hommes ». Ce n'est pas tout à fait vrai. Dans l'application de la règle « Rendre le bien pour le mal », donner le bien avant que le mal n'ait eu l'occasion de se manifester c'est parfois prendre le mal au piège de la *bienveillance*.

Je ne connais pas de plus grand plaisir que de parvenir à apprivoiser une bête hostile, amener à ronronner et faire amitié un chat rétracté, menaçant, hérissé, amener à douceur un chien qui peut être d'autant plus féroce qu'il est davantage terrorisé.

Jouer le *bien* gagnant, c'est une émotion de joueur bien plus amusante que celle que peut donner le pari de Pascal.

REPENTIR *Paris, 8 janvier 1983*

Il faut nuancer et corriger ce que j'écrivais hier : on ne *joue* pas, automatiquement, le Bien gagnant. La machine à sentir-et-préjuger autrui fonctionne aussi, qui se trompe parfois mais avertit souvent d'appliquer l'axiome que Mérimée avait gravé à l'intérieur de sa bague : « *Souviens-toi de te méfier.* » Axiome qu'il faut compléter par : « *Souviens-toi de te méfier de ta méfiance.* »

CIEL
FROID *Le Haut-Bout, 8 janvier 1983*

En allant avant dîner chercher des œufs chez Ferdinand, le beau ciel glacial m'éblouit de sa nuit fourmillant d'étoiles. Mes deux maîtres ès astres m'ont bien mal formé, malgré leurs soins. L'oncle Samuel me faisait compter les étoiles des Pléiades. J'aurais dû en trouver six et savoir que la septième est invisible à l'œil nu, mais je n'en trouvais que quatre ou cinq. À l'observatoire du Pic du Midi, le doux et sage Bernard Lyot, mon ami astronome, me réveillait pendant ses veilles pour observer un passage « intéressant ». Je reconnais encore la Grande Ourse. (Deux peuples, deux visions du ciel : les Romains y déchiffraient un char, de triomphe sans doute, les Arabes un cercueil suivi de ses pleureuses. Deux *lectures*, deux imaginaires...) Je reconnais encore la Polaire, le Lion, mais où diable a pu passer la Chevelure de Bérénice ? Je ne la retrouve jamais plus. Je me rattrape avec l'œil injecté de sang d'Aldebaran, et avec Sirius, qui brille comme un char de glace.

Ce dont nous prive (entre autres) la vie urbaine moderne, si dépourvue d'urbanité, c'est du ciel, de la mort et du voisinage. Les grandes cités escamotent la mort, cloisonnent les habitants et cachent le ciel au-delà d'un couvercle de nuages pollués. Quand on retrouve la campagne, on retrouve l'*échelle* des choses : le ciel, avec *le silence éternel des espaces infinis* et notre dimension de *ciron*, la mort sans apprêt au village, et les voisins, pour supporter un peu mieux l'infini du cosmos et la finitude.

En revenant de la ferme, je croise ma chatte qui chasse, indifférente au gel. Elle rit de mes pensées « profondes » et me dit que la nuit est faite pour rôder, pas pour métaphysiquer.

À propos de ciel nocturne, qui est-ce qui a raison ? Pascal, avec son « *silence éternel* ». Ou Rimbaud : « *Mon auberge était à la Grande Ourse. Mes étoiles au ciel avaient un doux frou-frou.* » Tous les deux, dirais-je. L'hiver est silencieux. Mais au printemps les étoiles ronronnent doux.

MORALE SEXUELLE   *Le Haut-Bout, 8 janvier 1983*

Une des corneilles du voisinage semble moins farouche que les autres, mais c'est de Loleh qu'elle s'avance le plus près — à bonne distance cependant. Je prétends que c'est un mâle qui a de la tendresse pour elle. Mais je sais bien que l'ethnologie et l'ornithologie sont d'accord en ceci, que parler d'une « morale sexuelle » est une calembredaine. Comme les peuples, les oiseaux ont une variété impressionnante de statuts matrimoniaux, sans compter les entorses qu'ils y font. Les corneilles sont monogames à vie, tandis que mon ami le troglodyte, ce charmant nain, est délibérément polygame.

AVOIR RAISON   *Le Haut-Bout, 9 janvier 1983*

J'ai peur de m'être laissé entraîner hier soir dans une de ces discussions passionnées où l'on oublie l'objet de la discussion. Il ne s'agit plus de tirer au clair des idées (ou des faits) mais de se tirer au mieux d'un duel affectif. (Je m'en tire d'ailleurs mal, parce qu'au dernier moment j'ai peur de faire du mal à l'interlocuteur, et je romps.) Il faudrait chaque fois se redire qu'on ne discute pas pour avoir raison, mais pour devenir raison. Pas pour avoir l'avantage mais pour savoir davantage. Dans Platon, la phrase si belle que Socrate dit à Philèbe : « *Ne nous entêtons pas à savoir qui de nous deux a raison, mais rallions-nous tous deux au point de vue qui nous apparaîtra comme le plus juste.* »

BRINS ET GRAINS   *Le Haut-Bout, 10 janvier 1983*

La gelée blanche du matin. À Saint-Denis-d'Anjou on l'appelle *la frime*. D'où les mots d'argot : faire de la frime, frimer, frimant. C'est injuste : la gelée blanche ne prétend pas, ne « la ramène pas ». Elle est nette, modeste et fine.

Le grand pommier qui jouxte le champ de Maurice Duclos ressemble à un marchand de ballons pour les enfants, avec les boules de gui pullulant qui s'envolent de chaque branche. Ce sont mes amies les grives qui propagent cette moisson inutile. Elles dévorent la plupart des baies de gui et rejettent avec leurs excréments les grains. Ils se collent à l'écorce et y éclosent. Une boule de plus !

Beauté d'un instant, que le soleil levé va effacer : une feuille d'un rouge d'érable, demeurée sur le hallier, et cernée de givre. Quand je repasse sur le sentier, la feuille est tombée, le givre dissipé.

Cette nuit, vers deux heures, superbe solo de la reine des nuits d'hiver. Sous le nom de chat-huant, son chant lugubre glace le sang, invite les revenants à rôder autour des maisons, annonce malheur et deuil. Sous son nom de hulotte, sa musique de verre de lampe dans lequel on souffle (un souffle un peu tremblé) est amicale. Les paysans crucifiaient les chats-huants pour les remercier de manger les rongeurs qui mangent leurs récoltes, campagnols, mulots, musaraignes et souris.

DROITS DE L'HOMME *Paris, 11 janvier 1983*

Il paraît que le gouvernement du Guatemala est redevenu *convenable* : les États-Unis lui renouvellent l'aide qu'ils avaient suspendue en 1977 pour sanctionner la mauvaise conduite des militaires.

La nuit du vendredi au samedi matin, à Chichicastenango, sur les routes qui descendent de la montagne, des animaux de bât chargés de ballots trois fois gros comme eux marchent pieds nus, en files de fourmis. Leurs colonnes patientes me faisaient penser à un roman de science-fiction de Jacques Spitz, *L'Homme élastique*, où un savant avait trouvé le moyen d'agrandir et de rapetisser à volonté les individus. Le chancelier Hitler décrétait aussitôt que les Allemands aryens seraient désormais hauts de 2,50 m, mais que la taille limite des Juifs serait de 1,50 m. Les bons bourgeois bien nourris de Guatemala City ont en moyenne 1,75 m. Les Indiens Quiché qui descendent à petits pas rapides de la montagne pour aller au marché de Chichicastenango ne dépassent pas 1,60 m. Le fardeau cubique, bien ficelé, s'arc-boute sur leur dos, amarré au front par une bande de toile. Ils marchent dans la nuit et l'aube, muets et — comme disent les Blancs des peuples qu'ils ne voient pas sourire — *impassibles*.

Je veux bien que la taille ne fasse rien au génie, ou au talent, ou au bonheur. Mais entre Lexington et Concord, dans le Massachusetts, nous étions étonnés, dans toutes ces tavernes où avait dormi George Washington, dans les maisons de bois où avaient vécu Hawthorne ou Emerson, dans ces fermes où les grand-mères avaient connu Thoreau, de nous cogner le front à chaque porte, nous qui ne sommes pas des géants. C'est que, depuis 1789, les Américains ont grandi en moyenne de 20 cm et que les grands hommes du XVIIIᵉ et du XIXᵉ siècle étaient petits.

Au Guatemala, en principe, tous les hommes sont égaux. Mais les Quichés sont des nains, les *ladinos* plus grands.

LE DROIT EST-IL
SIMPLEMENT UNE
HYPOCRISIE ? *Paris, 11 janvier 1983*

Au Comité de Lecture de Gallimard, hier, Jacques Réda rend compte d'un essai de « science politique ». L'auteur, dit-il, met en question la notion même de droit. Il tient pour nul le faux concept « d'État de droit ». Il ne voit dans le code et la loi qu'une forme hypocrite d'oppression.

Ainsi pense, dans un pays d'« État de droit », un homme dont on nous dit qu'il est couvert de parchemins, docteur en droit, agrégé de droit civil, diplômé de nombreux Instituts de divers droits et de plusieurs écoles de sciences politiques.

Qui nierait que le droit soit souvent dévié, faussé et tourné au profit des puissants, que la loi soit fréquemment l'arme des intérêts et la couverture de l'oppression ? Sur l'hypocrisie d'un droit « de classe », Marx, si « démodé » paraît-il, n'a jamais été réfuté. Mais j'ai vu en Chine, sur les ruines fumantes et sanglantes de la Révolution Culturelle, ce que c'est qu'un État sans droit. Quand j'ai eu la naïveté de demander aux survivants quelle loi avait été invoquée pour les emprisonner, torturer ou déporter, ils ont ri : la Chine n'avait plus de codes depuis des années.

Mais de même qu'à l'époque des grandes purges et des procès, les staliniens des démocraties occidentales avaient la liberté d'expliquer à loisir que les libertés « formelles » sont une balançoire bourgeoise, de même en France un contempteur de « l'État de droit » s'arroge le droit de mépriser le droit pendant qu'à Buenos Aires les « Folles de Mai », mères, épouses et sœurs de « disparus », demandent en vain à l'État militaire de leur dire ce qu'il a fait des kidnappés.

Et pendant que Réda nous lit quelques extraits de ce procès intenté au droit, dans les arbres noirs du jardin Gallimard, dehors, dans la nuit, on entend les deux notes d'une petite hulotte. Elle dit très peu de choses, mais elle les dit si juste qu'elle me console de l'homme, tellement intelligent, qui tient pour rien le droit, ce concept dépassé.

LE SOMMEIL
INQUIET *Le Haut-Bout, 13 janvier 1983*

Même si les forces semblent me revenir, et parfois s'apaiser les douleurs qui m'aiguillonnent, je ne retrouve plus, depuis des mois, ce qui m'apparaît aujourd'hui, parce que j'en suis privé, une des bénédictions de la vie : l'endormissement dans la confiance, cet abandon sans questions au repos, le sommeil-vacance. Je glisse dans le sommeil sans me laisser glisser tout entier. Je m'éloigne de moi sans me perdre de vue. Je reste sur le qui-vive. Si le sommeil me *prenait* ? Si je ne me réveillais pas ? Si en mon absence *(« Je reviens de suite »)* mon corps me jouait d'autres tours ?

Cristaux de givre sur la vitre, ce matin au réveil. Message chiffré, alphabet inconnu dont j'ignore le code, hiéroglyphes qu'aucun Champollion n'a traduits.

LE MATOU
DU CAIRE *Paris, 14 janvier 1983*

Le spectacle hier soir était vraiment très mauvais, suintant l'ennui prétentieux de « l'avant-garde » la plus retardataire. Le seul beau moment de la soirée fut le don du hasard et du caprice félin : l'entrée sur le plateau, souverain et indifférent, d'un superbe chat tigré, qui a traversé les acteurs sans leur accorder un regard, ni aux spectateurs. Ce chat, dont le talent naturel écrasait ses camarades humains, m'a rappelé un autre chat d'heureuse rencontre. Dans ce garde-meubles des Pharaons qu'est le musée du Caire, dans ce poussiéreux et sublime bric-à-brac millénaire où sont entassés stèles, statues, momies, sarcophages, dieux, figurines funéraires, bijoux, barques d'Amon Rê, tablettes, papyrus, bas-reliefs et peintures, j'ai fait un matin une rencontre que je n'aurais sans doute pu faire dans des musées plus sages, plus solennels et plus « muséographiques ». À l'entrée de la salle où l'on a amoncelé pêle-mêle dans une vitrine deux ou trois cents de ces statuettes de chats en bronze, qui donc s'était faufilé, efflanqué, princier, silencieux, souverain ? Un matou vivant, oreilles altières, reins étroits, yeux de Grand Dédaigneux, un chat comme on en rencontre encore dans les bidonvilles de la Cité des morts du Caire, où les vivants misérables campent aujourd'hui parmi les tombes et les tas d'ordures. Les chats égyptiens n'ont pas changé depuis cinq mille ans : ce sont les fils de la déesse-chatte Bastet, dont les enfants humains aidèrent Cambyse à remporter sa victoire de ruse sur les armées de Pharaon. Chaque fantassin perse marchait à l'attaque en tenant dans ses bras un chat, décourageant ainsi les Égyptiens du risque, en visant un ennemi, de frapper un animal sacré. Le matou du Caire, le vrai chat de fourrure et d'électricité au pied de la vitrine des chats de bronze, ce matou que j'ai caressé et qui s'est mis à ronronner, je sentais bien qu'il nous accompagnait depuis des milliers d'années.

POKAZUKHA *Paris, 15 janvier 1983*

G. revient de son second voyage en U.R.S.S. émerveillé par le niveau auquel les Soviétiques ont élevé la *Pokazukha*. Des villages à la Potemkine à « *l'art de duper les étrangers* » dont parlait déjà Custine, des voyages organisés par Intourist aux « élections » organisées par l'État, la *pokazukha*, c'est la passerelle fragile qui dissimule l'abîme existant entre la théorie et la pratique, entre les mots et les choses, entre l'incantation officielle et la réalité nue.

Ainsi les histoires de la Dernière Guerre publiées en U.R.S.S. ne font aucune allusion à une aide en matériel et en armes que les États-Unis auraient apportée à leur alliée de la « Grande Alliance ». Le mot « prêtbail » n'est pratiquement jamais prononcé dans l'historiographie, dans les mémoires et les livres de guerre soviétiques. Dans ses *Récits de Kolyma*, Chalamov décrit de première main l'aide apportée par les U.S.A.

à « l'effort de guerre » des bagnards de Sibérie. Jeeps, camions Studebaker ou Diamonds, pelles, outils, dégivreurs équipaient les déportés, sans courir le risque de faire beaucoup de publicité à l'aide américaine : les *zeks* ne tiennent pas de conférences de presse.

Le plus charmant exemple de *pokazukha* littéraire, c'est le très fin travail des *redaktors* sur le célèbre poème d'Essenine, *Chansons de la Grande Marche*. Les bijoutiers du caviardage n'ont pas seulement fait disparaître du poème historique toute allusion à Trotski : ils ont savamment remplacé par des rimes plus innocentes les rimes en *sotski* : elles auraient pu mettre la puce à l'oreille du lecteur.

Paul Thorez a vécu enfant dans un camp de vacances soviétique pour enfants de la *nomenklatura*. Il nous a raconté qu'un matin la radio apprend la « traîtrise » de Béria. À midi, toutes les effigies de celui-ci ont disparu des locaux. Dans les photographies de groupe, où Béria figure avec d'autres dignitaires, une main s'est contentée de le faire disparaître d'un petit coup de grattoir.

La *pokazukha* n'ambitionne pas d'être crue mais se borne à sauver paresseusement la face. C'est le mensonge du puissant qui ne demande pas qu'on lui fasse confiance, mais seulement qu'on se tienne tranquille, un mensonge qui est à la fois un défi bâclé et une raillerie insolente, la raison du plus fort et la déraison du cynisme. La *pokazukha* typique n'est pas très raffinée dans l'effronterie ; elle sait parfaitement que personne n'est dupe. Elle ne se propose pas de persuader, mais de faire taire, de clouer le bec à un adversaire absolument pas convaincu, pourtant médusé par tant d'impudence.

LA FONTAINE   *Le Haut-Bout, 16 janvier 1983*

Il me semble de plus en plus probable que, pas plus que Louis XIV, mythe solaire évident, les célébrités du Grand Siècle n'ont jamais existé.

L'Âge classique français est une belle fable, comme l'Âge d'Or, l'Atlantide et le Jardin des Hespérides — et Louis XIV est un personnage mythique. Un examen sérieux révèle que le Grand Roi est un de ces « Roi-Soleil » qui apparaissent dans toutes les cosmogonies. Le Tellier, Colbert et Louvois, c'est la Sainte Trinité classique, Dieu en trois personnes, la triade archétype de tant de religions. Les douze grands génies classiques, de Corneille à Descartes, et de Retz à Perrault, ce sont les douze signes du zodiaque.

Quant au fabuliste, auquel la croyance populaire attribue l'origine de presque tous les dictons et proverbes « bien de chez nous », quant au fabuleux La Fontaine, l'analyse des textes incline à penser que c'est évidemment un nom de lieu, un lieu-dit anthropomorphisé. Il s'agissait vraisemblablement, dans la France archaïque, d'une source qui servit d'abreuvoir à Monsieur Ducorbeau, au rat Deville, à son frère le rat Ratapon, au chat Grippe-Fromage, au singe Bertrand et au Dauphin (d'autre part fils du Roi), sans oublier le célèbre loup Pelagneau et toutes ces bêtes mystérieuses, dont l'origine est à chercher probablement dans une erreur de transmission de la tradition orale : l'escarbot, le buisson, le laridon et autres bassas, la grande fausse faune fabulante du Monomotapa.

CORBEAUX *Le Haut-Bout, 17 janvier 1983*

Il doit faire grand grand froid au nord de l'Europe, parce que les bandes de freux affluent chez nous. Les corneilles noires, qui sont ici chez elles, et ne nous quittent guère (ou pour peu de temps et à très courtes distances), leur cherchent chicane, comme à des immigrés qui viendraient leur disputer la pitance. Je ne les distingue les uns des autres qu'aux jumelles, le tour blanc du bec des freux différent du noir-noir des corneilles. Celles-ci vivent pendant l'hiver en couples solitaires, ou en tout petits groupes. En vol, corneilles noires et corbeaux freux sont pour moi impossibles à distinguer. Ils ont le beau vol souple et joueur, l'art d'épouser les courants avec des battements presque imperceptibles, les rémiges bien détachées à l'extrémité des ailes, et cette grâce « fonctionnelle » de l'harmonie parfaite.

Quel drôle d'homme, et de réputation bien usurpée, ce Buffon qui ne dérage pas contre les bêtes, parce qu'elles ne sont pas lui ! Il traite le chat d'*hypocrite*, et parce qu'il arrive au corbeau de manger des charognes (comme l'homme se régale de faisan faisandé), oubliant que son ordinaire est de vers et de grains, Buffon qualifie le corbeau au « *plumage lugubre* » et au « *port ignoble* » d'« *oiseau sinistre* ». Si les corbeaux écrivaient leur *Histoire naturelle*, que lirions-nous à l'article *Buffon* ?

ÉCRIVAINS
SOVIÉTIQUES *Paris, 20 janvier 1983*

Débarquant de Moscou, L. vient nous voir, toujours vaillante et l'œil ouvert. Avec nos amis russes, quand ils ont la chance comme elle de sortir de l'U.R.S.S., les mots sont comme le temps : *couverts*. L. a peur d'être mal comprise ici si elle explique qu'elle regrette le manichéisme occidental qui divise les écrivains de langue russe en *Bons* — ceux qui ont émigré — et *Méchants* — ceux qui sont restés. L. a raison. Nous risquons toujours, à l'Ouest, de prendre de la littérature russe contemporaine une vue en noir et blanc. Pour les uns, il y a une bonne littérature, celle qu'on publie en U.R.S.S., et une mauvaise littérature, celle des *samizdat*, des « dissidents », de la troisième émigration (l'époque des années 60, qui succéda aux fuites à l'étranger de 1905 et des années 20). Pour les autres, c'est le contraire. Tout ce qui paraît « officiellement » publié par des membres de l'Union des Écrivains est suspect à leurs yeux. Est soupçonné de mensonge et compromission quiconque n'a pas rompu ouvertement avec le régime soviétique. La division simpliste entre salauds « de l'intérieur » et héros du bannissement ou de l'émigration ne rend absolument pas compte de ce qui vit et bouillonne sous la chape de plomb bureaucratique, brièvement soulevée vers 1956. Est-ce que Iouri Trifonov, par exemple, était un écrivain « indigne » parce qu'il vivait à Moscou et qu'il était le plus populaire des romanciers soviétiques ? Trifonov décrivait sans élever la voix mais sans fermer les yeux la vie à ras des jours, le courage inconscient des pauvres, l'arrivisme cruel de la classe dirigeante, la grisaille d'une société au visage exténué. C'était un Tchekhov dont les personnages n'oseraient même pas rêver d'aller à Moscou, parce qu'il faudrait une autorisation de résidence que la bureaucratie n'accorde presque jamais. Personne n'ose ici murmurer : « *Un jour, un jour, nous serons heureux* », parce que demain ne sera pas un autre jour, mais le même jour, celui où Vera fait des ménages « au noir » chez les riches, quand elle a fini sa journée à la blanchisserie. Le jour où la veuve du héros révolutionnaire des années 20 revient au pays natal et s'aperçoit que sa jeunesse est morte depuis longtemps, mais la révolution aussi. Trifonov n'a jamais (dans son œuvre) exprimé une « opinion », jamais porté sur la société soviétique un « jugement » explicite. Il disait simplement à ses amis, quand un autre écrivain émigrait : « *Moi, je ne partirai jamais. Si je partais, je ne pourrais plus écrire et je ne pourrais plus vivre.* » Trifonov n'a jamais *dit* ce qu'il pensait du monde où il était né : il l'a seulement décrit, avec pitié, tendresse, exactitude.

Milan Kundera m'a raconté qu'il avait été invité un jour à Palerme pour la remise d'un prix littéraire qui devait lui être décerné. Dès son arrivée, Milan découvre un imbroglio qu'il a du mal à démêler. Un jury, composé d'écrivains, a voulu en effet le distinguer. Mais une importante délégation soviétique est arrivée en même temps que les Kundera. Et chaque année, dans ce prix sous influence communiste, les Soviétiques ont l'habitude de se voir offrir la part du lion. Ils sont furieux cette année qu'on ait invité Kundera, ce mouton noir, cet exilé, cet « ennemi du peuple ». À la suite de micmacs confus, un prix (spécial) est décerné à Iouri Trifonov, qui fait partie de la délégation.

Un soir, Trifonov se trouve par chance seul un instant avec Milan et Vera. Il leur dit en hâte : « Si vous le permettez, j'irai vous rendre visite dans votre chambre. — Avec plaisir. Quand ? — Demain matin, à 6 heures ? » Le lendemain, dans l'hôtel encore endormi, où nul ne risque de le rencontrer, Trifonov frappe à la porte des « émigrés » tchèques, et sans prononcer un mot de *politique*, reste une heure avec eux, dans la plus chaleureuse atmosphère d'amitié.

L. me rapporte un mot admirable de Trifonov. À un critique qui reprochait aux écrivains comme lui de décrire les maux de la société mais de ne pas suggérer de remèdes, Trifonov répond : « *Nous ne sommes pas les médecins. Nous sommes la douleur.* »

COURAGE *Paris, 21 janvier 1983*

Le courage, qu'est-ce que c'est ? Le courage à la guerre ? J'en ai eu parfois. C'est peu de chose. Mais quand un homme est prudent, réfléchi, mesuré, on a vite fait de lui dire qu'il est lâche. La peur d'être quelqu'un dont on dit qu'il manque de courage a sûrement fait plus de mal que la peur d'avoir l'air inhumain. « Ne pas se dégonfler », c'est une morale. On sait où elle mène. Je mesure le vrai courage à la ressource d'hésitation, d'angoisse et de peur qu'il domine parfois — et quelquefois pour le plus grand dommage de l'homme « courageux » et de ses victimes.

PRISONS POUR
BÊTES *Paris, 22 janvier 1983*

Pendant des semaines, je suis allé tous les jours à l'hôpital de la Salpêtrière et j'ai été en sortant me promener un moment au Jardin des Plantes voisin. La détresse des fauves dans leurs cages misérables, du couple de lynx qui tournent en rond comme des déments, du pauvre koala galeux qui se frottait contre les barreaux de sa caisse ne me changeait pas tellement de la tristesse de l'hôpital. À l'hôpital, il arrive du moins parfois que le patient ait la parole et qu'on demande son avis au malade. Les animaux, eux, ont le malheur d'être ceux auxquels personne ne demande leur avis. Il y a beaucoup de façons de mesurer le (ou les) progrès, y compris l'opinion pessimiste qui consiste à nier l'existence du moindre progrès dans l'histoire de la planète. On peut définir le progrès par les développements de la technique, l'augmentation de l'espérance de vie moyenne, la réduction du nombre des guerres ou, comme Baudelaire, par « *la diminution des traces du péché originel* ». Une des mesures du progrès moral me semble être l'augmentation ou la diminution du nombre des êtres vivants à qui on ne demande pas leur avis. L'Antiquité ne demande pas leur avis aux esclaves, le Moyen Âge aux hérétiques, aux sorcières et aux manants. L'islam ne demande pas leur avis aux infidèles. Les uns ne demandent pas leur avis aux femmes, aux enfants et aux non-électeurs définis par leur trop faible revenu. D'autres, c'est aux nègres et aux gens de couleur en général. D'autres, c'est aux Juifs, aux francs-maçons ou aux « rouges ». Mais depuis des millénaires, les civilisations sont relativement rares qui, comme les peuples à religions totémiques et animales, demandent leur avis aux bêtes, et prêtent l'oreille à la sagesse de Horus, le dieu épervier, ou de Bastet, le dieu chat. La plus constante des armées désarmées et silencieuses, la plus muette des grandes muettes, c'est le peuple des animaux. Au zoo, les bêtes sont là pour *notre* plaisir, pas pour leur agrément.

Les défenseurs de la servitude animale nous expliquent que la notion même de liberté ne dit rien à l'esprit du tigre ou de l'antilope, que si une bête a été capturée très jeune, elle ne peut pas comparer l'état où elle se trouve avec une liberté qu'elle n'a jamais connue, que la vie en liberté n'est d'ailleurs pas une idylle, que le directeur du zoo protège ses pensionnaires contre les excès de leurs chefs de clans et la férocité de leurs ennemis, et que le Règlement du Zoo vaut mieux pour ses pensionnaires que la loi de la jungle.

Les mêmes arguments ont servi à justifier l'esclavage des humains. Le concept de liberté n'avait, paraît-il, aucun sens dans le crâne obscur des esclaves mis aux chaînes. La vie sur les domaines romains ou les plantations américaines les préservait de la férocité de la lutte pour la vie. Ils n'avaient d'ailleurs souvent pas connu d'autre condition que la servitude, et ne pouvaient pas comparer. Mieux vaut avoir le ventre plein en captivité que le ventre vide en liberté. Les « maos » français expliquaient en chœur, hier encore, que les Chinois ne ressentaient pas la privation des libertés parce qu'ils ne savaient pas ce que c'était. Un bol de riz leur suffisait (qui d'ailleurs était vide grâce à la Révolution Culturelle).

Je crois que si on demandait leur avis aux animaux, ils préféreraient les risques de la liberté au « confort » de la prison, et vivre peut-être moins longtemps, mais plus. J'ai toujours suivi le conseil de Konrad Lorenz. Il dit qu'il a toujours laissé ses chats libres, qu'ils l'ont accompagné dans la forêt, qu'il les a laissés y aller seuls, et que neuf fois sur dix ses bêtes ont connu une fin « tragique », mais que son expérience le porte à croire que ses bêtes préfèrent cette vie, celle d'un chat qui vit sa vie de petit fauve, s'épanouit heureux (et toujours en péril), plutôt que celle d'un chat d'appartement, gras, torpide et bêta. Ce qui est vrai de ces tigres en miniature me paraît vrai de toutes les bêtes : aucun animal n'est né pour passer sa vie derrière des grilles ou leur équivalent invisible, les fosses infranchissables.

Roger Grenier a fait l'expérience de prendre dans leur cage la place des pensionnaires d'un zoo pendant quelques heures. Il en est revenu épuisé : les exclamations, les gestes, les bavardages des spectateurs, les hurlements des enfants : visions de cauchemar. Les badauds du zoo, étranges animaux. Ils *s'amusent* des bêtes dans leurs cages, de cette Grande Exposition Permanente de la Tristesse d'Exister.

CHEVAUX *Le Haut-Bout, 23 janvier 1983*

Dans le grand pré, au coin de la route, à Saint-Mesme, les beaux coureurs arabes de l'écurie de polo de Balkany, l'acajou frémissant de nervosité de leur robe, la queue chasse-mouches, et les jambes princières, jambes de luxe. J'aurai connu un esclavage, et sa fin. L'univers du licol, du lourd collier, des harnais qui blessaient, du fouet qui brûlait-cinglait, le cheval de renfort qui attendait au bas des côtes le fardier, ou les vieux tramways hippomobiles qui subsistaient encore parfois dans ma petite enfance, le cheval qui s'écroulait sous la tâche et qu'on devait abattre sur place, et en 1940, la *cavalerie* archaïque, l'artillerie quelquefois tirée par quatre chevaux — tout cela aujourd'hui aussi *inimaginable* que le baiser que donne Nietzsche au cheval martyrisé dans une rue de Turin.

AVOIR RAISON   *Paris, 24 janvier 1983*

Le mari de M.N. est mort. Le vieux loup russe a eu raison tout seul toute sa vie, contre les mencheviks, les kadets, les bolcheviks, contre Kerenski, Lénine, Staline, l'Histoire, cette gâteuse. À la fin, il avait raison tout seul, enfermé dans sa chambre, brûlant ses poumons par milliers de cigarettes. Raison contre les siens, qui avaient jeté l'éponge, renoncé à l'espoir de revenir à Pétersbourg, le tsar restauré. Il est mort, le vieux sauvage furieux, qui s'était réfugié dans le silence, le tabac et la claustration. À son enterrement, dans la pauvre chapelle de Meudon, le vieux pope mangé aux mites arrive à vélomoteur, avec, sur le porte-bagages, sa mitre violette dans un sac en plastique de supermarché. Chaque survenant allume son cierge au cierge déjà allumé d'un fidèle arrivé avant lui. Se transmettre l'un à l'autre la lumière. Là, le vieux loup solitaire n'aura pas raison tout seul...

UTOPIE/HUMOUR   *Paris, 25 janvier 1983*

Jacques Bainville disait que l'utopie c'est ce qui n'a pas eu lieu dans l'histoire romaine. Mais dans le domaine des manières d'être, de vivre, d'aimer, de haïr, de mourir, l'utopie c'est ce qui n'a existé dans aucune civilisation et sur aucun continent, c'est-à-dire très peu de chose. Il n'est pas de bizarrerie ou de hardiesse, de « perversion » ou de mœurs « étranges », de chimère ou de passion qui n'ait d'exemple dans l'histoire, cette géographie du passé, ou dans l'ethnographie, cette histoire de l'espace.

Ce qu'il y a de vraiment nouveau sous le soleil aujourd'hui, en dehors de quelques *gadgets* du genre fusée, ordinateur, frigidaire, bombe, auto, c'est l'« idée neuve du bonheur » et l'humour. Une certaine façon de rire, une grande vague d'humour fou, violent, nonsensique et dévastateur, qui parcourt toute cette partie de la terre qui a échappé au règne de la pénurie. Un rire parfois funèbre ou de « mauvais goût », un rire qui n'aurait probablement fait rire personne, ou bien peu, il y a cent ans. Il retentit au lointain du passé, dans la solitude de quelques précurseurs isolés, dans la cure irlandaise d'un homme d'Église nommé Swift, dans la petite ville allemande où vit un professeur de physique de la fin du XVIIIe siècle, Georg Christoph Lichtenberg, dans le cabinet de travail d'un clergyman anglais nommé Lewis Carroll. Il éclate au milieu de l'apparente *langueur* symboliste, avec Jarry et Charles Cros.

Si l'Ailleurs du ne-plus-être accordait une permission de vingt-quatre heures à Stendhal, Hugo et Balzac, il n'y a à peu près rien de ce qui fait battre nos cœurs ou irrigue nos pensées qui leur serait incompréhensible. Mais il est peu probable en revanche qu'ils riraient de ce qui nous fait rire.

RELIGION/HUMOUR   *Paris, 25 janvier 1983*

Les peuples qui obéissent à un Dieu méchant n'ont pas besoin d'humour, parce qu'ils n'ont pas le choix, sinon d'obéir à la Loi. Les peuples qui font confiance à un Dieu consolateur n'ont pas besoin d'humour parce qu'ils ne désespèrent pas. Un peuple comme les Chinois, détaché depuis des siècles de toute transcendance, a pu se sentir écrasé par les famines, les inondations, les pouvoirs, mais il est guéri depuis longtemps du complexe des « orphelins de Dieu ». Hegel parlait européen en annonçant que Dieu est mort. « Parlez pour vous », répondraient les Chinois. Ils n'attendent rien, pas même Godot. Ils savent rire et sourire, pratiquent la litote ironique, la cocasserie légère. Mais l'humour noir est une invention de l'esprit blanc. C'est un recul devant un vide soudain démasqué, c'est l'absolu pris à rebours et à revers. Le rire noir est une réaction de déception.

LES PROCÈS
SPECTACLES *Paris, 26 janvier 1983*

Les peines de mort de Jiang Qing et de Zhang Chunqiso sont commuées par Deng Xiaoping en prison à perpétuité. Ce qu'on pouvait prévoir il y a un an, quand s'achevait la parodie de procès sur une condamnation à mort.

Le procès de la « bande des quatre » a montré que le siècle d'or des sociétés de socialisme bureaucratique et de leur quintessence spectaculaire, le procès dit « de Moscou », n'a hélas pas encore disparu. Les modèles classiques du procès stalinien réalisés d'abord à Moscou ont dominé une école d'art dramatique et de mise en scène qui s'est étendue au-delà même de l'aire du « socialisme existant ». Les créateurs de ces chefs-d'œuvre ont marié avec un atroce génie l'idéologie et la torture, l'art du procureur et

celui du bourreau. Pour l'essentiel, le procès de la
« bande des quatre » obéit aux règles mises au point
par les maîtres du genre.

On nous a abreuvés de détails sur le luxe, l'insolence, les dépenses somptuaires et les privilèges exor-
bitants des accusés. Mais chacun sait bien en Chine
que le train de vie des dirigeants, à quelque faction
qu'ils appartiennent, maoïstes, linbiaoïstes, dengistes,
n'a rien de spartiate. On a énuméré les péchés des
inculpés contre la « ligne ». Mais les citations dont on
les accable exprimaient à l'époque la ligne générale
du Parti. On a rafraîchi « à la chinoise » les vieilles
calembredaines style Vychinski : la fable du vieux
Gorki, tuberculeux depuis toujours, « assassiné » par
ses médecins (qui seront fusillés), et tout l'arsenal stalinien des célèbres « assassins en blouse blanche ».
Ainsi, le Premier ministre Zhou Enlaï, qui était car-
diaque, ne serait pas mort seulement, à soixante-dix-
huit ans, du cancer dont il était atteint. Les gens de la
« bande des quatre » l'auraient « aidé » à trépasser en
le persécutant, en allant le déranger exprès à l'hôpital,
en le surmenant (sic). Plus sérieusement, on a imputé
à la « bande des quatre » la répression féroce dont elle
s'est en effet rendue coupable : arrestations, tortures,
exécutions en masse, massacres. Mais c'était limiter à
une clique ennemie le poids d'une cruauté qui,
notamment dans la répression des Cent Fleurs et
ensuite pendant des années, fut le partage de la plupart des dirigeants associés à Mao : seuls les crimes
des adversaires internes qu'on venait juste d'écraser
étaient réputés criminels.

Ces plaisanteries n'étaient évidemment que des
éléments décoratifs destinés à enjoliver le chœur
de l'accusation : la tentative de coup d'État des
« Quatre » après la mort de Mao. Il est évident que si
Jiang Qing et ses amis sont aujourd'hui en prison,

c'est que, comme dans les westerns, le « coup » de leurs adversaires est parti avant le leur.

Dans un parti comme le Parti Communiste Français, les « affaires » (affaire Marty, affaire Tillon, etc.) sont des simulacres de procès comparables à ces misérables corridas sans mise à mort dont on donne parfois, en France, le spectacle aux naïfs. La « condamnation » pour « révisionnisme » du dirigeant communiste américain Earl Browder, celles, chez nous, du « policier » André Marty et du « complice » de ses « activités policières », Charles Tillon, n'ont pu, malheureusement, pour les « juges » être suivies de cet élément capital de la forme du procès qu'est une bonne et prompte exécution, en effet *capitale*. Si Browder et Marty sont morts à la suite de leur « procès », le stress et le désespoir qui viennent à bout d'un « accusé » demeuré en liberté n'ont jamais l'austère beauté et le caractère exemplaire d'un dénouement par la main du bourreau.

Ainsi, de Moscou à Pékin et de Pékin à Paris, la même structure produit les mêmes effets, limités seulement dans un parti d'opposition par l'éloignement du pouvoir : la brutalité est alors tempérée par l'impuissance. Ainsi se poursuit et se prolonge le Grand Siècle des Procès, la pseudo-démocratie du théâtre de la « justice ».

ALIX *Paris, 28 janvier 1983*

Alix Roubaud est morte cette nuit. Jacques l'a trouvée morte à 6 heures du matin. Depuis des années, l'angoisse en elle entretenait l'asthme qui entretenait l'angoisse, qui entretenait le besoin d'alcool, qui

« protégeait » l'asthme. Elle luttait contre le malheur avec les armes de l'intelligence et de la création. Elle était passionnée par la pensée sans passion de Wittgenstein. Elle était devenue une photographe tout à fait originale, poursuivant dans ses clichés le reflet des reflets, Jacques dans le coin minuscule d'un miroir, elle-même reflétée par un miroir dans un miroir, etc.

Il y a quelques mois Alix a été atteinte d'une des formes les plus bénignes (si on peut dire) du cancer, la maladie de Hodgkin. Je l'encourageai en lui montrant les travaux sur cette forme de la maladie, pratiquement guérissable à 95 % depuis quelques années. Hélas, ce qui venait à bout de la maladie de Hodgkin aggravait les atteintes de l'asthme, et réciproquement. Et tandis qu'Alix reprenait espoir elle perdait ses forces. Son cœur s'est arrêté de battre.

Jacques : la douleur *pétrifiée*.

BONNE RÉCOMPENSE
À QUI RAMÈNERA
LE TEMPS PERDU *Paris, 2 février 1983*

En quittant hier Milan et Vera Kundera, je me disais que la plus intéressante Internationale de la littérature c'est aujourd'hui l'Internationale de l'exil : Joyce et Ionesco, Beckett et Soljenitsyne, Nabokov et Joseph Brodsky, etc.

Bien sûr, nous sommes tous en exil de la journée d'hier, de ce fameux « temps perdu » dont les Messageries Proust se sont fait, avec leur service express « Petite Madeleine », une spécialité, celle d'assurer la livraison en parfait état. Mais les vrais exilés sont deux fois exilés, parce qu'ils sont exilés non seulement du temps, comme tout le monde, mais aussi de l'espace où ils pourraient espérer, en trébuchant sur deux pavés, en respirant l'odeur des lilas blancs ou en retrouvant un soir l'exacte couleur du ciel au crépuscule, retrouver le célèbre fugitif, Temps Perdu.

Dans *Le Vrai classique du vide parfait*, Lie Tseu décrit bien le projet fondamental de tout art : « *Ce à quoi je vise*, disait le musicien Maître Siang, *ce n'est pas à bien pincer les cordes ni à obtenir de beaux sons. Ce que je cherche, je ne l'ai pas encore trouvé dans mon cœur. Comment l'instrument pourrait-il me répondre à l'extérieur ?*

Mais après quelques années encore, un jour, alors qu'on était au printemps, il joua sur le mode Chang la deuxième des cinq notes qui correspond à l'automne : un vent frais se leva soudain. Les plantes et les fruits sur les arbres mûrirent : l'automne était là. Il pinça alors sa guitare selon le mode Kiao. Un vent chaud souffla, et tout fut en fleur : on était en été. Il pinça la corde Yu, et apparurent gelée et neige, les cours d'eau se figèrent de glace : c'était donc l'hiver. Il pinça alors la corde Tche : le soleil brûlant apparut et la glace fondit. »

Nabokov est l'illustration parfaite de l'art considéré comme une magie. « *Un jour*, écrit-il dans *Le Don, m'interrompant dans l'acte d'écrire, je regarderai par la fenêtre et je verrai un automne russe.* » Nabokov ne demande à la littérature rien d'autre que l'impossible. D'être une magie qui marche. C'est toujours la même opération « magique » que Nabokov poursuivit toute sa vie : mettre dans un chapeau une nostalgie, deux souvenirs en dix mots justes, donner un coup de baguette magique en récitant deux vers de Pouchkine (avec la prononciation russe d'avant la Révolution), traverser le miroir et se retrouver au pays natal — au pays de sa jeunesse, comme Joyce se retrouve à Dublin ou Brodsky a Leningrad.

En parlant de cela avec Loleh elle me fait justement remarquer qu'il n'y a pas seulement dans le monde aujourd'hui les exilés qu'on pourrait dire « de première classe », mais aussi les centaines de milliers d'êtres qui s'exilent pour échapper à la faim ou à la peur, ces « immigrés » de partout, les Mexicains qu'on trouve morts étouffés dans les wagons où ils s'étaient cachés pour franchir la frontière, les *boat-people*, les réfugiés afghans, les migrants clandestins qu'on trouve asphyxiés dans les camions où des passeurs les avaient entassés comme du bétail.

La planète connaît deux ostracismes : le bannissement, qui chasse les hommes de leur patrie, les exile. Et l'interdiction de s'exiler, qui exile sur place.

CHAT PERCHÉ *Le Haut-Bout, 10 février 1983*

La chatte regarde longuement avec moi « La Vie des animaux » à la télévision. Les oiseaux, le renard, l'hermine, la loutre la fascinent, malgré cette absence d'odeur qui la rend si vite indifférente à sa propre image dans un miroir. Au bout d'un moment, elle n'y tient plus et saute sur le téléviseur, essaie d'attraper avec la patte l'image-qui-bouge, se penche acrobatiquement la tête en bas pour se coller à l'écran, puis regarde derrière le poste pour voir si là aussi « ça bouge ». Découragée, renonçant à expliquer ces mystères, elle oublie son inquiétude métaphysique, et va se lover sur le divan. Je la « fais ronronner » en lui caressant doucement le dessous du cou. L'enfance prolongée est le luxe des êtres *protégés* : le chat sauvage ne ronronne plus dès qu'il a atteint l'âge adulte.

ÉCRIVAINS *Le Haut-Bout, 12 février 1983*

Les écrivains sont une espèce curieuse dont l'activité consiste à se donner et à donner à leurs semblables de petits bonheurs en décrivant avec la plus minutieuse exactitude de grands malheurs. C'est là, somme toute, une définition assez large, mais précise, de la littérature, la bonne et celle qu'on juge mauvaise : *Œdipe roi* et *Chaste et flétrie*, Samuel Beckett et Delly rendent compte également, avec plus ou moins de rigueur, des choses terribles qui arrivent aux gens. Leurs auteurs donnent un plaisir évident à ceux qui les écoutent parler de leur déplaisir. La littérature constitue un très vieux ressac de paroles obstinées. La lumière fait plaisir aux hommes. Qu'elle s'éteigne leur fait chagrin. Ils ne se sont pas donné le mot. Chacun à un moment le trouve tout seul, de Job qui attaque en disant : « *Périsse le jour où je fus enfanté* », à Sophocle : « *Ne pas naître, voilà qui vaut mieux que tout.* » Si Montaigne s'applique à ne pas élever la voix, ni fanfaron ni révulsé, mais confesse qu'il a « *continuellement la mort en la bouche* », Pascal, « *comme une ombre qui ne dure qu'un instant sans retour* », conclut : « *Tout ce que je connais est que je dois bientôt mourir.* » Rien n'est moins nouveau sous le soleil que la mauvaise volonté des passants de la Terre à le quitter. En regardant en face le soleil et la mort, les humains ont toujours dit la même chose, les mêmes vérités premières sur les fins dernières.

Un après-midi d'été, à Banyuls, dans sa bergerie parmi les arbres, je regardais le vieil homme Maillol passer la journée à cueillir des feuilles de son figuier et à les dessiner. « *Ce n'est pas monotone ?* », demandai-je au sculpteur. Qui répondit, avec son accent catalan : « *Petit, il n'y a pas une feuille qui soit pareille à l'autre.* » C'est également le point de vue de François Jacob, qui rappelle en disant : « *La vie fabrique de la différence* » qu'il n'y a pas un seul humain dont la structure génétique reproduise celle d'un autre.

L'espèce d'ivresse étonnée que, devant ces lieux communs de la vie que sont la mort et la douleur, donnent le sentiment de l'infinie variété des êtres et l'extrême diversité des solutions ou des palliatifs qu'ils trouvent à leurs mal-aises, ne constitue évidemment pas un *remède*. Mais elle apporte sans doute — oui, le mot pascalien dit très bien ce qu'il veut dire — un *divertissement*. Dans le cachot dont parle Pascal, où l'on vient d'instant en instant chercher un captif pour l'emmener égorger, les prisonniers se regardent peut-être réagir devant leur destin chacun à sa façon à soi, avec une curiosité qui ne libère pas du malheur mais en détourne un instant.

UN
VISITEUR *Le Haut-Bout, 13 février 1983*

Un rayon de soleil ce matin, sur le balcon de ma chambre, à l'abri du vent. Je ne sais pas qui a été le plus surpris, de mon visiteur ou de moi. Il faisait du rocher vertical le long de l'appui cimenté de la fenêtre. Ce n'est pas un terrain de chasse riche en vers, insectes, larves, ce que le grimpereau va d'ordinaire chercher dans l'écorce des arbres. Comme les laveurs de carreaux des gratte-ciel, le grimpereau arc-bouté sur sa queue escalade la paroi à pic. Ce matin, il a dû monter le long du tronc de la glycine, puis continuer sur sa lancée le long du mur. Il a un joli bec très fin, arqué, et le plumage brun flammaché d'or. Ça doit être un grimpereau des jardins, mais pour embêter les ornithologues, le mâle de cette espèce récite (en plus de sa chanson particulière) le chant de l'autre branche de la famille grimpereau, le grimpereau des bois. Quelle embrouille ! Petersen l'incollable, consulté, m'apprend les noms anglais *(tree-creeper)* et italien du grimpereau : *rampichino* est charmant.

J'entends un peu plus tard mon grimpeur chanter tout doux dans le jardin. C'est une chanson modeste, quatre ou cinq notes qui s'étirent en trille faible. Grimpereau des jardins ? Alpiniste des bois ? Je donne ma langue aux oiseaux.

UN AMI
CHINOIS *Le Haut-Bout, 24 février 1983*

Paul Bady va publier sa belle traduction française de *Gens de Pékin*, de Lao She, un des amis qui me révélèrent Pékin, de la rue Da Sha La aux Collines de l'Ouest, de la Cité Interdite au Parc de la Mer du Nord. En août 1966, roué de coups sur les marches du temple de Confucius, traîné dans les rues affublé de pancartes injurieuses, Lao She finit par mourir. On pose sur sa maison des scellés, le tenant coupable d'avoir, par un « suicide noir », échappé à la justice populaire. Mais sa femme raconte que lorsqu'on la fit venir au Lac de la Grande Paix, près des anciens remparts, pour reconnaître le corps, et qu'elle voulut ôter le drap qui recouvrait le cadavre, la police s'y opposa.

Lao She avait presque deux ans quand son père, en 1900, pendant la Révolte des Boxers et sa féroce répression par les Alliés, est tué, protégeant la retraite de l'Empereur. Lao She se souvenait de son enfance orpheline et misérable, des tas de linge que sa mère avait à laver, des chaussettes sales et raidies qui empestaient la pièce et de l'amidon sur les chemises, des raviolis dont la farce contenait plus de légumes que de viande, des excuses que sa mère faisait au dieu du foyer pour la modicité des offrandes, de l'ami plus aisé qui payait toujours leurs deux parts quand ils allaient écouter les conteurs populaires déployer les épisodes des grands romans classiques. Lao She était un connaisseur sans égal de la vie de Pékin, des coutumes et du langage, des relations sociales dans les *hutong* de terre battue, des fêtes populaires, des histoires malicieuses du « petit peuple ». Il savait reconnaître infailliblement les origines provinciales des gens, choisir les bons melons au marché, discerner la qualité et l'époque d'une peinture. Il savait rire aussi, il aimait l'humour, dont il disait que « *pour être profond il suppose une sympathie dans le rire* ».

J'avais lié amitié avec Lao She en 1951, pendant ces débuts de la Révolution chinoise que le peuple là-bas appelle aujourd'hui « les bonnes années ». (Tout est relatif.) Lao She, qui avait fait une partie de ses études et enseigné en Angleterre, qui était revenu militer pendant des années en Chine contre les Japonais et les collaborateurs, et qui se trouvait aux États-Unis au moment où fut proclamée la République populaire, avait été, pendant les années du Guomindang et de la guerre avec le Japon, un des chefs de file de la Résistance intellectuelle. Il ressemblait sans doute, homme de gauche mais pas marxiste, patriote mais pas chauvin, anti-Guomindang mais libéral, à ce personnage du *Pousse-Pousse* dont il dit : « *Monsieur Ts'ao savait combien son socialisme était libéral et combien son amour pour l'art, propre à un lettré traditionnel, le rendait incapable d'agir.* » Ces lignes datent de 1937, mais elles se situent au cœur du problème des dernières années de Lao She. Pourquoi le socialiste libéral et le lettré ont-ils nourri souvent, pendant si longtemps, ce complexe de culpabilité vis-à-vis du « vrai révolutionnaire », du « bolchevik », de l'« homme d'action » — un complexe qui caractérisait tant d'intellectuels chinois ? Lao She n'était ni un carriériste ni un sot. Il aurait pu rester aux États-Unis, où ses livres étaient des best-sellers. Il était revenu et resté à Pékin avec ferveur et enthousiasme. Il écrivait « pour les masses » des pièces comme *L'Égout de la rue Barbe du Dragon*, sur l'installation du tout-à-l'égout dans un quartier populaire, ou *Le Puits aux Saules*, sur la nouvelle Loi sur le mariage, qui semblent des caricatures de son talent. Dans les années qui suivirent, Lao She s'applique avec une sincérité évidente (et une maladresse également criante) à rester dans la ligne — *les* lignes du président Mao — « Il faut se refondre, se rebâtir de fond en comble », me répétait-il avec une conviction qui, déjà, m'inquiétait. Il n'y parvint que trop : la dernière œuvre de Lao She qui lui ressemble vraiment, c'est *La Maison de thé*. Elle date des Cent Fleurs, en 1957. J'imagine, le cœur serré, la douleur de celui qui avait lutté des années pour devenir « l'homme nouveau » de la Révolution, découvrant que le Parti Unique, le Grand Timonier unique et la pensée maozedung unique avaient en effet créé le vrai « homme nouveau ». L'homme nouveau qui organisait les « meetings d'accusation », qui torturait, qui tuait et qui appliquait jusqu'au bout la « pensée » du Président Mao. Le véritable « homme nouveau », Dieu merci, ce n'était pas Lao She. Mais c'est justement sans doute ce qu'il se reprochait : son « humanisme », son « libéralisme », qui l'avaient probablement préservé et empêché de devenir « l'homme nouveau », l'homme qui est un loup pour l'homme.

Est-ce la vie qui imite l'art ? Est-ce l'art qui pressent l'avenir de la vie ? Ce que furent les derniers jours, atroces, de Lao She, un épisode d'un de ses romans le laisse entrevoir. C'est dans celui qu'on a traduit autrefois sous le titre *La Tempête jaune*. Un vieux marchand de tissus est persécuté, accusé de crimes qu'il n'a pas commis, traîné dans les rues affublé d'une pancarte détaillant ses « forfaits », promené en camion comme sur un pilori mobile. Lâché par ses persécuteurs, le vieil homme est brisé. « *Son monde était passé*, se dit-il. *Il devait partir pour un autre monde.* » On le retrouve noyé. L'épilogue véritable de la vie de Lao She fut probablement différent : il fut, semble-t-il, assassiné, et ne se suicida pas. Mais il y a une autre différence entre le personnage du roman et le romancier. Ce sont les occupants, des Japonais, qui maltraitent et torturent le héros de fiction. Ce sont les Chinois, des fidèles de la « pensée maozedung », qui conduisent Lao She à la mort.

Pendant les années où Lao She s'efforce de se « réformer » et de se « refondre », s'applique sagement à approuver tour à tour le pacte sino-soviétique et la rupture avec l'U.R.S.S., l'éclosion des Cent Fleurs puis la dénonciation des « droitiers », la « juste politique » de Liu Shaoqi puis la « grave déviation » de celui-ci, on a l'impression d'assister à un de ces contes fantastiques dont le héros est dédoublé. L'« homme nouveau » souffre male mort pour expliquer l'inexplicable, justifier l'injustifiable. L'homme véritable, c'est celui de *Gens de Pékin*, qui observe avec tendresse, retenue, et le sourire de la pitié, les malheureux, les pauvres et les victimes. Le paradoxe de ce dédoublement, c'est que ce sont justement les qualités de l'homme véritable qui ont aidé à le persuader de sacrifier ses vertus et ses dons, afin de « servir » ce peuple qu'il aime. C'est au nom de la sympathie et de la compassion qu'il porte aux misérables qu'on lui demande de se faire un cœur de pierre. C'est parce qu'il a si bien observé et pénétré le petit monde pékinois, qu'on lui enjoint de le prendre pour un peuple d'imbéciles, et d'écrire des pièces de propagande grosses comme des câbles. C'est parce qu'il a fait la preuve de son humanité et de son talent qu'on l'exhorte à « dépouiller le vieil homme ». C'est ce qu'il a de meilleur dont on lui répète jour après jour que c'est cela qui fonde sa culpabilité. Ce sont ses vertus les plus précieuses qu'on lui demande de sacrifier sur l'autel de la Révolution, sur l'autel de l'idole Mao.

MAJORITÉS *Paris, 7 mars 1983*

Victoire de la droite aux élections municipales. Comme depuis des années, la « victoire » d'un des camps se joue sur peu de chose : Giscard, Mitterrand hier, Chirac aujourd'hui, c'est 51 % des électeurs contre 49 %. La démocratie consiste ici à demander à une moitié de Français de ronger leur frein en attendant la bascule, après laquelle ils feront à leur tour ronger son frein à l'autre moitié. Nous savons bien que c'est un très imparfait système de gouvernement, et que tous les autres sont pires. Mais ce n'est pas en trichant un peu plus avec la règle du jeu démocratique qu'on l'améliorera. C'est au contraire en l'appliquant vraiment.

LES MÉCHANTS
DÉMONS *Paris, 9 mars 1983*

Depuis mon opération, les difficultés respiratoires « mécaniques » (un poumon sur deux) ne se sont jamais confondues avec l'oppression respiratoire caractéristique de l'angoisse. À vrai dire, je n'avais plus connu celle-ci depuis des années. Je parle de l'angoisse virtuelle, appréhension vague et étouffante, sans objet précis, sinon la présence sournoise de cette main qui vous serre le diaphragme (le mien, d'après les radios, se balade d'ailleurs au diable vauvert dans mon corps). J'ai été angoissé (de façon précise, en sachant très bien pourquoi, par quoi, de quoi) quand j'étais malade sans que le diagnostic me semble le bon, quand j'ai su que j'avais un cancer, mais ignorais encore si on pouvait m'opérer. Et ensuite, si « friable » qu'ait été mon système nerveux, souvent au bord des larmes comme dans la dépression, si douloureux qu'ait pu être mon corps (à l'endroit de l'exérèse du poumon), non : j'étais plus ou moins mal ou malheureux, mais (oui) paisible, c'est-à-dire en paix. Et me voilà revenu aux prises avec ceux que je serais tenté de nommer « les démons étouffeurs » (ou étrangleurs). J'ouvre la bouche pour avaler de l'air comme un poisson sorti de l'eau.

Il va falloir « travailler » dur pour me reconquérir.

GENTLEMAN
SOUVARINE *Paris, 11 mars 1983*

Souvarine habite dans le XVe une Résidence pour personnes âgées. Il m'y attend dans une pièce de son petit appartement remplie de livres et de dossiers, vêtu de bleu marine. L'accent, le ton, l'extrême courtoisie d'un vieil intellectuel parisien, professeur de faculté ou chirurgien à la retraite. Il est le fils d'un artisan qui brodait des chasubles à Kiev. Le futur secrétaire de la IIIe Internationale n'apprendra qu'à Paris le russe, à vingt ans (dans *Eugène Oniéguine* et Lermontov, précise-t-il). Le révolutionnaire des années de feu est *aussi* cet écrivain et ce vieux gentleman qu'on admire non seulement pour leur lucidité, mais pour leur style, leur tenue. Je relisais hier soir ce qu'écrivait le jeune Souvarine dans un petit brûlot de la fin de 1917 qui s'appelait *Ce qu'il faut dire* : « *Il est à craindre que, pour Lénine et ses amis, la " dictature du prolétariat " doive être la dictature des bolcheviks et de leur chef. Ce pourrait devenir un malheur pour la classe ouvrière et, par suite, pour le prolétariat mondial* [...] *Rien ne nous permet de préférer le militarisme révolutionnaire ou militarisme actuel.* [Nous voulons] *un pouvoir stable qui soit vraiment le pouvoir du peuple et non celui d'un homme, si intelligent et proche soit-il.* »

C'est ce pouvoir-là pour lequel Souvarine « entre en Révolution » à vingt-cinq ans. Quatre ans plus tard, Lénine mort, Trotski déjà étiqueté comme traître, la « dictature du prolétariat » apparaissant déjà comme une dictature *sur* le prolétariat, Boris Souvarine sera un des premiers, sinon *le* premier, d'un long cortège d'*exclus*. Il refuse ce qui va être désormais les règles du jeu du pouvoir communiste : l'échine souple, l'esprit docile, la palinodie continuelle devant la terreur omniprésente. Et soixante ans plus tard, quand on réédite son *Staline*, écrit entre 1930 et 1935, avant le XXe Congrès, avant le Rapport Khrouchtchev, avant les révélations et les confirmations qui vinrent ensuite, bien avant Soljenitsyne, on est stupéfait par la « jeunesse » d'un livre auquel il n'y a quasiment rien à changer, sinon que parfois la vérité était pire encore que l'auteur ne l'avait cru.

Je dis à Souvarine que la clairvoyance de son *Staline* pourrait presque faire croire à de la voyance. Il rit et va prendre un dossier dont il sort une coupure du *Figaro* en date du 7 mai 1939. Je lis : « *La seule politique générale de Staline est de durer. L'État capitaliste le plus proche de l'U.R.S.S., le plus fort, donc le plus dangereux, est l'Allemagne : raison de plus pour s'entendre. Pourquoi Staline prendrait-il le fascisme et le nazisme plus au sérieux que le bolchevisme ? Staline a toujours désiré conclure un pacte avec l'Allemagne hitlérienne.* »

Le Comité directeur du *Figaro* fut scandalisé, dit Souvarine. « Ils m'ont fait comparaître et ont mis fin en dix minutes à ma collaboration, trop dangereuse. »

« C'est vrai, mais il ne faut pas le dire. » Comme son ami Panaït Istrati, Souvarine va s'entendre répéter ça toute sa vie. Ayant découvert en U.R.S.S. la malfaisance du Guépéou, Istrati écrivit deux lettres ouvertes à cette institution. Elles resteront bien entendu fermées. Romain Rolland écrit à Istrati, après avoir lu les lettres du grand naïf : « *Ces pages sont sacrées. Elles doivent être conservées dans les archives de la Révolution. Dans son livre d'or. Mais ne les publiez pas.* »

Les voyants de la vérité apparaissent parfois comme des prophètes de malheur. Quand en 1939

Léon Blum lui demande de rédiger une chronique militaire dans *Le Populaire*, Souvarine répond qu'il n'est pas assez optimiste pour pouvoir accepter : « *Vous ne pensez tout de même pas que nous puissions être battu ?* » demande Blum. « *Mais si, c'est précisément ce que je pense* », répond Souvarine. Il refuse cependant dans les années 48-50 le catastrophisme ambiant, qui annonce une Troisième Guerre mondiale imminente : « *Ni guerre ni paix*, répond Souvarine, *Ni paix ni guerre.* » Ce qui, plus que jamais, semble une bonne définition de la situation du monde.

À propos du nucléaire, une citation de l'*Apocalypse* de Jean vient, tout naturellement, dirait-on, aux lèvres de Souvarine. Je lui dis que ce que j'admire chez lui c'est aussi l'ouverture de son immense culture, qui ne se borne pas aux classiques marxistes, aux livres de politique ou d'histoire.

« Mais vous ne vous douteriez pas que j'ai à mon actif une édition de la Bible ? » dit-il en riant.

Je ne m'en doutais pas en effet.

Souvarine me conduit devant un placard qu'il ouvre : sur un rayon, d'énormes manuscrits.

« Pendant la guerre, je tirais le diable par la queue à New York. Max Eastman, qui savait ma situation, m'a proposé un travail d'éditeur : classer par genres la Bible pour une édition que projetait Harper. Je n'avais rien d'autre. J'ai accepté. J'ai travaillé des mois sur cette Bible, la voilà. V. Day a mis fin au projet et à mon exil américain. Harper a dû penser que, la guerre terminée, on lirait moins la Bible... »

J'essaie de définir ce qui, chez ce lutteur de quatre-vingts ans, lutteur constamment vaincu sur le théâtre de l'histoire maintient ce feu et cet allant. J'ai devant moi un vieil homme qui depuis l'adolescence n'a vu aucun de ses espoirs vraiment réalisés. Il a constamment vécu dans l'exil, la pauvreté, l'ostracisme de ceux qu'il avait rejoints, puis avertis de leur erreur d'aiguillage, puis quittés. Et pourtant Souvarine, malgré les misères du temps et les misères de l'âge (il entend mal, voit mal), regarde le monde sans amertume. Malgré sa passion et ses rages, il est sans désespoir. Je lui demande : « Qu'est-ce qui vous tient si vif ? — *Le goût de la vérité et l'envie de comprendre* », répond le vieux gentleman.

Printemps 1983

UN SOUVENIR
INACHEVÉ *Le Haut-Bout, 12 mars 1983*

Je me suis souvenu soudain du bateau
qui fait le trajet de Hong Kong à l'île de Landau
Il est blanc dans le soleil
Rumeur des conversations en chinois
comme si on faisait frire des mots saupoudrés de gingembre
Si on s'accoude à l'avant contre le bastingage
on sent   quand on a quitté les buildings et les maisons
un peu de brise fraîche et salée sur le visage
Les machines du bateau ont pris leur pas de route
et disent en cantonais   nous allons à Landau

Nous déjeunons au réfectoire du petit monastère
avec du soja et des bols de riz blanc
sous l'œil bienveillant et usé d'un vieux moine souriant

RIVE D'EUROPE
RIVE D'ASIE... *Istanbul, 19 mars 1983*

Il y a les amis qui marchent à côté de nous, à portée de vue, à portée de voix et (croit-on) à portée d'esprit.

Mais sans qu'on s'en aperçoive tout de suite, sans avoir bien compris pourquoi, déjà les chemins se sont imperceptiblement écartés. Quelques pas encore, et on est séparé. Mais le contraire aussi m'émerveille. Il y a des années que nous n'avons pas vu Y. Il s'était réfugié en France à une des époques orageuses de la Turquie (il n'y en a guère d'autres...). La droite turque d'Istanbul, extrême et sauvage comme toujours, l'atmosphère de l'après-mai 68 en France, avaient conduit Y. vers un gauchisme maoïste dont la ferveur, la candeur et le sommaire m'effrayaient. Nous l'aimions trop pour l'éloigner. Il déraisonnait trop pour qu'on le supporte aisément. L'amitié mal à l'aise est un sentiment difficile.

Nous nous sommes peu écrit et jamais parlé depuis son retour en Turquie. La censure et l'État policier encouragent peu à la correspondance. À Istanbul, je retrouve Y. mieux que *le même*. Il a bougé, et bougé d'un pas vers un horizon tel que nous nous retrouvons exactement « à la même heure ». La dernière dictature militaire a trouvé Y. intact, sans compromis et sans illusions. Il est resté de gauche, c'est-à-dire démocrate, *donc* de plus en plus adversaire de ces gauchismes qui ont partout conduit au désastre. Gauchismes au pouvoir, comme en Chine. Gauchismes dans l'opposition terroriste, comme en Italie, en Allemagne, en Turquie. Leurs folies ont amené partout une réaction souvent terrible, et toujours pire que l'état de choses que les déments de gauche prétendaient abolir. Les Turcs se sont lassés d'avoir à compter chaque matin pendant des années les cadavres de gauche et de droite que les groupuscules affichaient à leurs tableaux de chasse. (Tueurs de droite et tueurs de gauche ont abattu plus de 5 000 personnes entre 1975 et 1980.) Les militaires ont profité du chaos pour faire un coup d'État. Les nouveaux maîtres tuent ou torturent, eux, légalement. Ils donnent le spectacle de ces étonnants procès où il y a quatre ou cinq cents militants de gauche, Kurdes, « communistes », ou ainsi étiquetés, entassés sur les bancs des accusés, et deux cents ou trois cents condamnations à mort au moment du verdict. Ce qui permet, en commuant quelques peines, de donner à bon compte au pouvoir de l'armée des allures libérales et clémentes, pendant que des milliers de prisonniers politiques (certains disent des dizaines de milliers) sont torturés dans les prisons militaires.

LES VILLES
SUR L'EAU *Istanbul, 20 mars 1983*

Respiration de marée de ces villes où l'autobus est un bateau et la plus grande avenue une voie d'eau. Ce qu'ont de commun, avec toutes leurs différences, Venise, San Francisco, Istanbul, Canton, c'est que la terre ferme n'y est pas la règle, ni la navigation une aventure.
On dirait que ces cités amphibies ont suscité des architectures analogues. De l'autre côté de la Corne d'Or, dans les vieux quartiers de Pera, les merveilleuses maisons en bois, avec leurs balcons à encorbellement, ajourées de dentelles, aux façades sculptées, font penser à la fois à une version paysanne et modeste du néo-gothique des palais vénitiens et à l'architecture « coloniale » des maisons de bois du vieux San Francisco. (J'avoue que l'analogie est peut-être forcée, et bien hasardeuse mon hypothèse sur des convergences architecturales...)

POUVOIR ET
« OPPOSITION » *Istanbul, 20 mars 1983*

Comme nous parlions en riant de la « période maoïste » d'Y., des Cent Fleurs exhortées à jaillir puis saccagées aussitôt, Y. évoque ce moment de la dictature d'Atatürk où le soldat-réformateur s'inquiète du climat de servilité qui l'entoure, des pieux mensonges qu'entretiennent ses ministres, de l'absence totale d'information sur les réalités du pays. Atatürk décide alors qu'il faut établir une vraie démocratie. Il donne l'ordre à un de ses fidèles de créer un « parti d'opposition ». Le premier meeting du nouveau « parti d'opposition » est annoncé dans une grande ville de province. La police, scandalisée, avant même que les orateurs aient ouvert la bouche, vide la salle *manu militari*. Il faut qu'Atatürk intervienne personnellement pour que « l'opposition » ne soit plus bâtonnée. Elle prend courage, s'enhardit, commence à critiquer le Ghazi. Trop, à son gré. Furieux, il dissout donc l'opposition. La démocratie, née par décret du dictateur, a fait long feu. La farce recommence souvent dans l'histoire. Thorez ordonne aux bouches de s'ouvrir, et les ferme sitôt ouvertes. Mao ordonne aux Cent Fleurs de fleurir, aux Cent Écoles de s'exprimer librement. La floraison soudaine de libertés critiques le stupéfie. Il y met vite bon ordre, celui de la trique. Mais c'est toujours un moment de haute tragi-comédie, celui où le despote fulmine : « Je vous ordonne de vous révolter... contre moi... Je vous ordonne, sous peine d'encourir ma colère, de provoquer au besoin ma fureur... » Les tyrans veulent tout à la fois : des esclaves, et qui soient libres. Librement esclaves.

NAZIM *Istanbul, 20 mars 1983*

Cet après-midi, en nous promenant dans les ruelles qui se trouvent derrière le Bazar Égyptien, le quartier Roustem Pacha Djani, croisant des portefaix pliés en deux (littéralement) sous le poids de charges inimaginables, dans l'odeur de cannelle, de poivre, de gingembre et d'épices des boutiques (et les remugles d'égouts des caniveaux), je reçois le choc d'un *revenant* qui vient à ma rencontre. Il y a vingt ans que Nazim Hikmet est mort. Seize ans de prison semblaient ne pas l'avoir entamé, mais le cœur s'était usé à battre, à espérer, désespérer, espérer de nouveau. Nazim avait une solide carrure, le cheveu châtain clair et les yeux, admirables, du bleu d'un ciel changeant entre rire et colère. L'ouvrier maçon qui avance à ma rencontre dans la ruelle a les yeux bleu clair de Nazim, la même nuance de cheveux sous un bonnet de coton, la même démarche calme et forte. L'Oriental aux yeux bleus, l'Oriental scandinave, je l'ai trouvé en Kabylie, au Maroc. Je le retrouve à Istanbul. Et le souvenir de l'ami disparu me serre le cœur.

SAINTE-SOPHIE *Istanbul, 21 mars 1983*

Je ne sais pas si l'explication du plaisir profond, du calme que j'ai toujours ressenti à me trouver sous la paume d'une coupole (sauf celle du Quai Conti) est du ressort de la science du docteur Freud ou des sortilèges du magicien Proust. Est-ce que la coupole est pour moi un retour à la douce protection des courbes maternelles, le repos du « Grand Fond » (inversé) dans lequel se blottissait la séquestrée de Poitiers, qui intéressa tellement Gide ? Est-ce la sensation d'être abrité par un parapluie céleste ? Ou bien simplement une remontée du temps perdu, une résurgence des souvenirs d'enfance ? Je servais la messe dans l'ancienne prieuriale Saint-Jean-de-Bourg-Charente, avec ses deux coupoles sur pendentif et sa coupole barlongue. Je n'en connaissais pas alors les noms et les secrets architectoniques, mais elles me plongeaient dans un délice optique grisant, quand je levais le nez et bayais aux corneilles, au lieu de suivre les mouvements liturgiques de Monsieur le Curé. (Il était obligé de me rappeler à mon office de desservant avec un léger coup de ses grosses chaussures dans mon tibia.) Toute mon enfance dans le Sud-Ouest est ainsi « encoupolée », de la cathédrale d'Angoulême à Saint-Front-de-Périgueux, de Cahors à la merveille d'Aulnay de Saintonge. Et ce qui m'a peut-être le plus séduit en Géorgie soviétique, malgré le délabrement où sont laissées les anciennes églises, c'est de retrouver, comme sur la route de Compostelle, l'esprit de l'art roman dans la coupole de Nikortsminda ou dans les ruines des monastères et des églises à coupoles que me fit découvrir T. aux environs de Tbilissi.

Mais la première vue de Sainte-Sophie n'a pas été la bonne. Qu'est-ce que c'est que cet éléphant géant installé entre ses minarets, cette monstrueuse boursouflure entourée de mausolées comme une énorme théière est bordée de sucriers ? Qu'est-ce que c'est que ce lourdaud chapiteau de cirque en pierre, gonflé par un vent emphatique ? Si c'est là l'idée que Justinien et ses architectes grecs, Anthemios de Tralles et Isidore de Milet, se faisaient de *Haghia Sophia*, la sagesse divine, vive les cabanes de moines *ch'an* ou *zen* perdues à flanc de mont, leur toit de chaume, la brume léchant leur porche de bambou, leur légère sagesse aux pieds nus ! Non, de l'extérieur, Sainte-Sophie m'a rébarbativé.

Pauvre sot que j'étais ! Tout ce que j'ai pris, du dehors, pour de la lourdeur, ce n'est pas seulement l'agglomérat des siècles et des conquérants, les ajouts d'islam aux édifices chrétiens, l'indifférence du génie à son *apparence*, l'absence d'élégance, sans importance, des contreforts qui contrebutent les tympans, ce côté négligé d'un Cirque d'Hiver oriental et de son magma forain. Ce soufflé géant n'a de sens que par son intérieur, qui est (en effet) sublime. Preuve faite, une fois de plus, que la grâce, la légèreté, l'essor ne sont pas liés à la minusculité, à la légèreté du matériau, à la modestie des proportions, mais — vérité banale — que toute beauté est un *rapport*, le résultat de calculs justes. L'immense peut être léger et pur comme un rossignol à minuit posé sur un rosier.

Mille trouvailles invisibles concourent à élever et soutenir la quasi céleste coupole, dont l'étendue et l'altitude semblent la facilité même, une nécessaire évidence. Rien du « tour de force », ici, rien du record : simplement un jeu d'architectes inspirés. Le plus frappant (pour moi, aujourd'hui) c'est l'organisation des colliers de fenêtres qui font de la lumière une sorte d'arc-boutant impalpable et visible. Elle pénètre dans la nef colossale et aérienne, selon des angles variables au fur et à mesure que tourne le soleil (j'y suis retourné avec Loleh deux fois aujourd'hui pour observer ce phénomène). Le mouvement de la lumière ajoute à la sensation d'élan pur et de simplicité rectiligne d'un édifice rien moins que simple et « dépouillé ». On comprend ici Procope qui disait au VIe siècle ce qui reste vrai aujourd'hui : que Sainte-Sophie ne reçoit pas la lumière, mais l'engendre.

ANAS *Istanbul, 22 mars 1983*

Pendant que nous déjeunons au *Pandeli*, au premier étage de l'entrée du Bazar Égyptien, le traducteur des pièces de Loleh en turc nous raconte la mirifique trouvaille de l'ambassadeur de Mongrelie à Constantinople, au XVIIIe siècle. Il invente un système de chèques de voyages humains d'une admirable simplicité. Arrivé avec une suite de deux cents personnes, il les vend une par une jusqu'à la fin de son séjour. N'ayant plus de courrier à dicter, il vend enfin son secrétaire, et s'en retourne, ayant de quoi voyager et plus libre de ses mouvements qu'à l'aller.

Les merveilleuses mosquées qui entourent Sainte-Sophie, la mosquée Bleue, la mosquée d'Ahmet Ier, la mosquée de Soliman le Magnifique, la mosquée de Rusten Pacha ou la mosquée de Beyazit, semblent avoir été suscitées par la volonté d'« égaler et dépasser » Sainte-Sophie. Ginan et les architectes ottomans ont les yeux fixés sur leurs maîtres byzantins, s'enorgueillissent de lancer une coupole plus large que celle de Haghia Sophia. Une telle émulation est-elle concevable aujourd'hui entre Israël et les Palestiniens, entre les Occidentaux et les Arabes ? Les guerres qui aboutirent à la chute de Byzance étaient sans merci, mais les architectes de Soliman valaient ceux de Justinien. Deux cultures ici se défient et, dans une certaine mesure, se fondent.

Un peu ivre de céramiques, mosaïques et antiquités, je m'en vais lire dans les jardins de l'hôtel.

Ce qui m'étonne toujours, c'est l'étonnement des hommes devant leurs *différences*. Nos coutumes nous semblent la norme, et celles des autres l'anormale. À un siècle d'intervalle, deux étonnements qui auraient enchanté Montaigne. Au XVIIIe siècle, Lord Baltimore : « *Les Turcs mangent, écrivent et dorment à ras du sol et non plus haut. Ils emportent leurs morts la tête la première, et non les pieds devant. Ils croient en un seul Dieu et non en la Sainte Trinité. Les Turcs font un grand usage des bains, et nous pas.* » Lord Broughton, au XIXe siècle : « *Les Turcs ne sont pas seulement différents de nous : ils sont tout le contraire. Ils pensent que la décapitation est une honte par rapport à la strangulation. Ils se rasent la tête mais conservent le poil qu'ils ont au menton. Ils s'habillent de blanc quand ils sont en deuil.* »

J'ai retrouvé les mêmes différences — et les mêmes étonnements — en Chine, en Russie, aux États-Unis. La vraie question n'est pas : qu'est-ce qui change, des mœurs, des habitudes, coutumes, *conventions* ? Mais : qu'est-ce que cela change des hommes, dans leur corps et leur âme ?

LES RIVES DU
BOSPHORE   *Istanbul, 23 mars 1983*

Sachant ma curiosité de l'œuvre de Younous Emré, Y. m'a trouvé un très beau disque de poèmes du grand mystique médiéval, chantés par un barde populaire. C'est Nazim Hikmet qui m'avait révélé Younous Emré, un « Fou de Dieu » soufi du XIIIe siècle. Quelques poèmes de lui avaient été traduits en français par Yves Regnier, dont je découvris le recueil grâce à Nazim. Celui-ci avait écrit une suite de poèmes où se reprenaient les grands thèmes mystiques de Younous

Emré et des poètes populaires religieux, en les « renversant » (« Je voudrais faire avec la poésie mystique, disait-il, ce que Marx voulait faire avec la dialectique de Hegel : la remettre sur ses pieds »). Nazim me citait des vers de Younous comme preuve de la légitimité de l'entreprise, qui consistait à remplacer le Royaume de Dieu par le Royaume des Hommes Libérés, la lutte du poète contre ses passions par la lutte révolutionnaire contre les oppresseurs, etc. Younous dit lui-même, répétait Nazim : « *Ne méprise pas cette terre ! Tout repose en elle.* » Je ne suis pas sûr que le projet de Nazim était aussi fécond qu'il l'espérait : ce que Younous et Nazim ont à dire, ils l'ont dit, et sans qu'il soit besoin de les « remettre sur leurs pieds ». Quand j'objectais cela à Nazim, il déclarait qu'il ne voyait aucun inconvénient à ce qu'on donne de ses poèmes des versions « mystiques ». Nazim me traduisait à livre ouvert des poèmes de Younous Emré. Il voulait que nous en fassions une anthologie, mais l'agitation de 1956 nous éloigna de ce genre de travaux de patience. Trois jours avant la mort subite de Nazim, le téléphone sonna. Il appelait de Moscou. J'ai pensé qu'il voulait d'abord me parler de « notre » traduction de Younous Emré. Ce n'était pas cela. Après une interruption brutale le soir de la cinquième représentation, on n'avait pas repris sa pièce antistalinienne *Ivan Ivanovitch a-t-il existé ?* Ce que voulait Nazim, c'est que Loleh lui envoie le texte de *La Bête dans la jungle*, adaptée de Henry James par James Lord et Marguerite Duras, et que Loleh interprétait à l'époque à l'Athénée. « Tu comprends, dit Nazim à Loleh, je ne crois pas que ce genre de pièce, *ils* puissent l'interdire, et j'aimerais bien la traduire... »

On était à la fin mai 1963. Nazim mourut le 3 juin. Je ne crois pas qu'il ait reçu à temps pour la lire *La Bête dans la jungle*. Trois ans auparavant, il avait écrit son fameux poème sur Staline. Il a disparu aujourd'hui de tous les recueils et anthologies de Nazim dans les pays « socialistes ». Je me suis aperçu que de jeunes communistes ou communisants turcs ignorent totalement cet aspect de l'œuvre de Nazim. Il est mort communiste comme il avait vécu. Mais pour lui être communiste cela signifiait d'abord, répétait-il, que « *tout doit changer et changera* », en U.R.S.S. comme ailleurs. Il avait salué avec allégresse la chute du tyran :

> *Ses bottes ont disparu de nos places*
> *son ombre de nos arbres*
> > *ses moustaches de nos potages*
> > *ses yeux de nos chambres*
> *Et de nos poitrines est tombé*
> *le poids des tonnes de bronze, de pierre, de plâtre*
> > *et de papier mâché.*

Ce soir, je regarde avec Y. un cargo soviétique descendre le Bosphore. Et je me dis que si rien n'a changé en Turquie, si les pauvres y sont toujours aussi pauvres et les militaires aussi puissants, c'est aussi parce que peu de choses ont changé en Union soviétique. « *Ses bottes* » ont peut-être disparu des places publiques. Ont-elles disparu des pensées ?

C'est à l'époque de nos interminables conversations dans les rues de Paris, de mes discussions passionnées avec Nazim, qu'il me fit découvrir dans Younous Emré un vers qui a germé depuis en moi, et dont est né *Les Chercheurs de dieux*. La signification mystique de ce vers pourrait certainement s'appliquer (aussi) à la politique :

> *Est-il une impiété plus grande*
> > *que la croyance ?*

ADIEUX *Istanbul, 26 mars 1983*

Nous passons notre dernière soirée avec Y. et sa femme. Combien de départs aurais-je connus dans des situations analogues ? Les amis qu'on laisse dans un pays policier, dans le « camp socialiste », dans un tiers monde « révolutionnaire », captifs d'une dictature d'Amérique latine ou d'Asie. Les amis qu'on laisse avec l'impression de les abandonner. La toute petite minorité des « démocraties », avec leurs défauts et leurs vices, apparaît à ce moment pour ce qu'elle est : un havre de grâce bien menacé, la fragile exception à la règle. La règle c'est les cités du talon de fer, les pays sans loi, les citoyens sans citoyenneté, les individus sans passeports, sans droits, sans garanties.

Nous avons été dans la banlieue visiter la sainte mosquée d'Eyüp, où une foule de fidèles, de pigeons, de hérons cendrés (fort sales) et de cigognes fait ses dévotions à un compagnon du Prophète. Les grands échassiers mêlés aux croyants, les uns picorant autour du tombeau du saint homme, les autres priant, donne à Eyüp un côté *Alice au pays des merveilles* musulman. On s'attend à ce que les grands oiseaux profèrent quelques devinettes bizarres. Si on ne trouve pas la réponse, on demeure prisonnier à vie des grilles qui protègent les tombeaux.

Nous allons au-dessus de la Corne d'Or prendre le café traditionnel tout là-haut, sur la colline-cimetière, au *Pyerloti Khavesi*, le café Pierre Loti, qui perpétue une fumisterie culturelle aussi comique que celle du soi-disant héroïsme militaire de Montherlant. Le café Pierre Loti est sans doute le dernier monument qui maintient la mémoire en train de s'effacer de l'auteur des *Désenchantées*. Le petit officier de marine académicien, perché sur ses talons triples et la moustache bien cirée, jouissait pendant la vie de la gloire du grand séducteur et du courageux libérateur des esclaves du harem. Loti, on le sait, détestait en réalité les femmes, camouflant avec soin une homosexualité qu'il eût mieux valu assumer dans sa vie et son œuvre : sa biographie sonne le creux. Aziyadé est une poupée en toc et *Les Désenchantées* n'enchantent plus personne.

Nous redescendons à pied dans les sentiers à flanc de colline, entre les tombes. Au débarcadère nous avons tant flâné que le dernier bateau pour Galata est parti. Nous louons les services d'un pêcheur qui nous descend dans sa barque jusqu'au cœur d'Istanbul. Les eaux de la Corne d'Or coulent entre des fabriques, des ateliers de réparation, des dépôts de ferraille, des carcasses de barques au rebut, des usines. Une puissante pestilence s'élève de l'eau. Est-ce là que Byron descendait à la nage le courant ?

DE LA VÉRITÉ　　　　　*Le Haut-Bout, 2 avril 1983*

J'ai connu l'éblouissant Paul Veyne quand il présidait la cellule des communistes de Normale Supérieure, dans les années 50, où il m'avait invité à aller parler de la Chine aux Normaliens. La débâcle du communisme et le commerce des historiens ont laissé Veyne si sceptique que le mot *vérité* au singulier lui fait hausser les épaules, et au pluriel hausser les sourcils. Son credo aujourd'hui est que « *rien n'existe ni n'agit à l'extérieur de ces palais de l'imagination* » que les naïfs prennent pour des vérités, « *espèces de clai-*

rières dans le néant ». Mais après tout, y a-t-il une différence fondamentale entre le nihilisme élégant de Veyne en 1983 et notre foi communiste des années somnambules ? Gorki nous adjurait déjà de renoncer « *à cette vérité mesquine et maudite avec laquelle* [l'homme] *se débat : il a besoin de la vérité qu'il crée lui-même* ». Ni Veyne ni moi n'obtempérions, d'ailleurs.

Ce qui est exact, c'est qu'il faut se méfier d'une *vérité* qu'on posséderait comme on possède une clef anglaise, d'une vérité immuable, immobile et atteinte une fois pour toutes. Le mathématicien André Lichnerowicz ne conçoit que « *des espaces de vérités approchées* ». De la relation d'incertitude de Heisenberg en physique au théorème d'incomplétude de Gödel en mathématique, et à « l'effet Hawthorne » en psychologie (le comportement d'un sujet informé qu'il est soumis à une expérience est modifié par sa connaissance), tout converge vers la conclusion d'Ilya Prigogine : « *Le problème de la vérité doit partir du fait que notre rapport au réel contient un élément essentiel de construction.* »

Mais entre la prudente *construction* de la vérité qu'entreprennent le physicien, l'historien ou l'ethnologue et la *construction* des châteaux en Espagne et des pavillons en Chine des clowns de plume, il y a un abîme. C'est la passion de la vérité qui rend les scientifiques authentiques et les vrais philosophes peu enclins à affirmer qu'ils la possèdent et circonspects dans leur quête. C'est le mépris de la vérité qui depuis des années lance les vedettes et les acrobates du grand show « intellectuel » dans leurs numéros burlesques.

Mais la « construction » dont parle Prigogine, c'est celle de l'hypothèse, que l'expérimentation (ou le calcul) a la possibilité de vérifier ou de rejeter. La *construction*, les crédules, les croyants aveugles et les clowns de la foi l'ont conçue tout autrement. La Chine de la Révolution Culturelle est l'exemple le plus connu de ces *constructions* sans « rapport au réel ». « *Je décrivis la Chine telle que je l'imaginais* », dit l'une : c'était pourtant sur place. Marcelin Pleynet explique très bien (et courageusement) dans *Le Voyage en Chine* qu'il n'a vu la réalité chinoise « *qu'à partir de ce que, coûte que coûte,* [il] *voulait penser* ».

L'expérience de Benassi et Singer au « Caltech » de Berkeley décourage de l'espoir qu'on puisse guérir les crédules de leur crédulité. Les expérimentateurs montrent à trois groupes d'étudiants un illusionniste. Au premier groupe, on le présente comme un spécialiste pratiquant de la parapsychologie, et le professeur ajoute que personnellement il ne croit pas aux pouvoirs paranormaux. Au second groupe, on le présente comme un illusionniste, sans autre commentaire. Au troisième groupe, on le présente comme un illusionniste, en ajoutant qu'il fera semblant d'être doué de pouvoirs paranormaux.

La démonstration terminée, on demande aux étudiants de répondre par écrit à la question : « Croyez-vous aux pouvoirs paranormaux de l'homme que vous venez de voir ? »

Premier groupe : 75 % de oui. Second groupe : 60 % de oui. Troisième groupe : 50 % de oui.

Conclusion : les êtres humains ne croient pas ce qui est, ce qu'ils voient, ce qu'ils *savent*. Ils croient ce qu'ils veulent croire, ont besoin de croire.

À partir de cette « faim de croire », la rationalisation à tout prix commence. J'ai vu ainsi, pendant mes années communistes, se déployer des raisonnements d'une ingéniosité admirable et une fragilité redoutable, dont l'objet était de justifier l'injustifiable, d'expliquer l'inexplicable, de donner les apparences de la raison aux pulsions grossières de la force brutale. On peut *tout* justifier et *raisonner* quand on a décidé à l'avance qu'une injustice cache une justice secrète, qu'une folie a une raison cachée. Descartes et Bergson le savaient déjà.

C'est ce que Pierce dans ses *Collected Papers* appelle le raisonnement-feint *(sham-reasoning)*. « *Les hommes*, écrit-il, *continuent à se dire qu'ils règlent leur conduite par la raison ; mais ils apprennent à anticiper* [et alors] *ce n'est plus le raisonnement qui détermine ce que la conclusion doit être, mais c'est la conclusion qui détermine ce que le raisonnement doit être. C'est le raisonnement simulé* [qui amène à] *considérer le raisonnement comme étant principalement décoratif.* »

Je ne suis intransigeant quant à la valeur de la vérité (quand on a la possibilité de la connaître) qu'envers moi-même. C'est un problème de préférence personnelle, tout à fait subjective. Je *préfère* la vérité toute nue, si cruelle soit-elle, aux brumes et aux pénombres derrière lesquelles je devine la présence angoissante d'une vérité étouffée — qui m'angoisse et m'étouffe sans que j'y voie clair. Je redoute les jeux intérieurs de cache-cache avec la vérité, comme je redoute l'effet de ces tranquillisants et des médicaments du psychisme qui ne suppriment pas les causes d'un trouble mais en amortissent simplement les effets. Dans la vie personnelle comme dans les relations sociales, en amitié comme en politique, j'essaie de voir clair, de regarder les faits en face et de ne pas me raconter d'histoires, parce que je préfère agir que d'être agi, me porter en avant plutôt que de rester en place, et comprendre ce qui m'arrive plutôt que de me laisser manipuler à la dérive de moi-même.

Mais je ne suis pas vis-à-vis des autres un fanatique de la vérité à toute allure, à tout prix et tous azimuts.

On *doit* la vérité à autrui ? Dire la vérité est un *devoir* ? Il faut d'abord être certain de la connaître, cette vérité. Le professeur qui croit que la vérité vraie c'est de déconseiller à un adolescent de suivre la vocation qu'il croit avoir peut se tromper gravement. Le médecin qui annonce à son malade qu'il n'a plus que deux mois à vivre peut se tromper cruellement. La « vérité » ici est un produit à manier avec précaution.

Même si on est assuré d'une vérité, il faut aussi être assuré de l'utilité de la communiquer. Si la révélation à un malade de la gravité de son état aggrave encore celui-ci, impose au patient une souffrance morale qui l'affaiblit davantage, n'aide en rien à le soigner et à le guérir, mais au contraire l'*enfonce*, il est évidemment criminel de lui assener la vérité. « *Il faut décourager les beaux-arts* », disait Degas devant les médiocrités qu'on exposait. Peut-être. Mais pourquoi décourager le peintre du dimanche ou le poète amateur dont le plaisir sans prétention est de barbouiller des croûtes ou de rimer des fadaises ? Ils ne font de mal à personne et se font sûrement un grand bien. Quel bien leur ferait une vérité inutile ? Une des difficultés du travail de lecteur dans une maison d'édition, c'est de refuser un manuscrit qui n'est pas tout à fait, nous semble-t-il, publiable en se souvenant *a)* qu'on peut très bien se tromper, qu'il n'y a pas une *vérité* mesurable des goûts et des couleurs *b)* et qu'il faudrait ne pas décourager d'écrire quelqu'un à qui cela fait du bien.

LE DÉNI DE RÉALITÉ *Le Haut-Bout, 4 avril 1983*

Le vieux Léonce, le mari de Clémentine, est mort l'an dernier. Cancer de la prostate. Il s'était fait « soigner » longtemps par un guérisseur qui « diagnostiquait » sur photographies et « traitait » le mal avec de l'argile et des applications d'une poudre végétale. Le charlatan fut arrêté quelque temps avant la mort de Léonce, qui s'en alla à l'hôpital, où il mourut. Grâce à ses « soins » le guérisseur avait tué un bon nombre de malheureux, et amassé un solide magot. La veuve de Léonce s'indigne qu'on ait mis en prison un si bon homme. Si on avait laissé tranquille son guérisseur, Léonce vivrait encore. Il allait très bien quand la justice et l'Ordre des Médecins s'en mêlèrent. « Tous ces gens-là, me dit-elle, ce sont des assassins. C'est eux qui ont tué mon Léonce. » On ne l'en fera pas démordre.

En 1665, le Messie apparut enfin aux Juifs du Proche-Orient à Gaza et en Égypte. Il s'appelait Sabbataï Zevi, donnait les signes d'une grande effervescence intérieure, passant de l'extase à la dépression. Il annonçait la venue du Royaume de Dieu. Il vit venir à lui des milliers de fidèles, qui le saluèrent comme le Messie annoncé par le livre. Le jour où, emprisonné par les Turcs, Sabbataï Zevi abjure sa religion, se convertit à l'islam et avoue n'être pas le Messie mais un imposteur, son apostasie ne décourage pas ses fidèles de le révérer. Ils affirment que c'est justement son reniement, sa plongée dans la trahison, l'abjection et le mal qui prouvent son être messianique. C'est parce qu'il est en proie à la plus violente tentation des « serpents » du péché, professent son disciple Nathan de Gaza et ceux qu'on nomme les Sabbatianistes, que sa défaite (provisoire) révèle « *la grandeur de notre Roi Messie* ». Loin d'être désabusés par l'écroulement total de leur Roi, les Sabbatianistes, dit Gershom Scholem (dans *Les Grands Courants de la mystique juive*), ont « *considéré son apostasie comme une mission* » et son crime comme une preuve de sa sainteté.

Trois siècles plus tard, en 1935, un petit garçon de treize ans, fils d'antifascistes communistes allemands, arrive à Moscou avec sa mère, fuyant l'Allemagne de Hitler. Wolfgang Leonard est placé dans un home pour enfants d'émigrés étrangers. En 1936, sa mère est arrêtée, déportée. Elle ne reviendra du Goulag que douze ans plus tard. Une nuit, dans le dortoir du home d'enfants, le Guépéou vient arrêter son ami Rolf, quinze ans, fils d'antifascistes allemands. Autour de Wolfgang, les arrestations se multiplient, la terreur s'alourdit, le silence s'épaissit. Il n'est pourtant ébranlé par rien. Il devient un brillant sujet de l'École Centrale du Komintern et ne quitte le Parti qu'en 1949, en R.D.A., quand l'imposture quotidienne lui devient par trop insupportable. Mais tandis qu'on arrête sa mère, son meilleur ami, ses camarades, il ne doute pas un instant du Parti : « *Je dissociais mes impressions et mes expériences de mes convictions politiques fondamentales. C'était presque comme s'il y avait eu deux domaines : l'un des événements de la vie quotidienne, de mes expériences personnelles, et l'autre de la Ligne (du Parti).* »

La Clémentine de mon village, comme le Nathan de Gaza du XVIIe siècle, comme le jeune Wolfgang Leonard, militant des années 30 à 49, c'est toujours le même phénomène : la rationalisation folle qui permet de ne pas avoir vu ce qu'on voit et de ne pas croire ce qu'on a pourtant su.

Parce que le mensonge est en général une des armes préférées du pouvoir, il ne faut pas sous-estimer l'utilisation de la vérité comme autre instrument du pouvoir et comme affirmation de puissance. On connaît bien le personnage de l'ami tellement ami de la vérité qu'il la préfère même à l'amitié, et qu'il dit ce qu'il pense, surtout en mal, avec une joie si féroce que le plaisir de faire mal l'emporte visiblement de beaucoup sur le souci d'aider. La vérité peut être une forme hypocrite du sadisme. La même observation, selon qu'elle est faite pour rendre service et aider quelqu'un qu'on aime à se corriger, ou au contraire pour se réjouir de l'humiliation imposée et de la souffrance infligée, n'a pas la même valeur. On peut se demander dans quelle mesure la vérité-agression reste une vérité : la haine lui impose une distorsion qui la fausse. Quand quelqu'un vous dit : « Je lui ai envoyé ses quatre vérités », il y a beaucoup de chances qu'il n'ait pas « envoyé » quatre vérités, ni trois, ni deux, ni une, mais simplement quatre méchancetés déguisées en vérité.

MOSCOU SUR POÉSIE *Paris, 15 avril 1983*

Une lettre de Moscou vient me « relancer » affectueusement et ranime les anciennes discussions, là-bas, dans l'appartement des V.

« Vous ne pouvez pas comprendre ! » Ce soir-là, à Moscou, Boris et Varvara n'avaient cessé de répéter cette phrase, avec le mélange de fierté et de commisération qu'on a pour celui qui ne peut partager les bonheurs, les souffrances, les secrets, le dur savoir commun d'un peuple. Le père de Boris, dix ans de camp, et qui à cette époque continuait à dire que ce n'était pas la faute de Staline, non, je ne pouvais pas tout à fait comprendre. Que mes amis partent chaque matin patiemment armés d'un grand sac, plié dans la serviette ou dans une poche, au cas où ils trouveraient en route une queue, et prendraient la file, à tout hasard (parce qu'à la fin de la queue il y aura peut-être une aubaine), je ne pouvais pas comprendre. Non, je ne pouvais comprendre, même ce que je comprenais. « Et d'ailleurs, ajoutai-je, ce que les peuples ont de plus précieux, ce qu'ils ont de plus profondément à cœur et au cœur, les autres souvent ne peuvent pas le comprendre. » Et comme mes amis n'avaient cessé depuis deux jours de me citer des vers (ils connaissaient par cœur des dizaines de poèmes, Pouchkine, Lermontov, Blok, Mandelstam, Pasternak, Akhmatova et les vives et dansantes comptines enfantines de Marchak) je continuai (ne sachant pas ce que j'allais déclencher) : « Même les plus grands poètes d'une nation sont la plupart du temps intraduisibles, intransmissibles. Essayez donc de " faire passer " La Fontaine en anglais, Leopardi en français ; essayez de prendre au vol l'écume d'une cascade pour aboutir à une bouteille d'eau minérale en plastique. Et votre Pouchkine même, qu'est-ce qu'il en reste si on le transvase de la source russe dans une cuvette française ? Une eau plate et sans goût... Ce qui est le plus *soi*, qui d'autre peut le comprendre ? »

Je ne savais pas ce que j'avais dit. Boris et Varvara étaient indignés, chaleureux, désespérés. « Un poète n'a pas le droit de parler ainsi, décrétèrent-ils. Tous les poètes en Russie traduisent les poètes étrangers. Tu dois traduire nos grands poètes. » À deux heures du matin, j'étais mobilisé, mis au travail, j'avais la plume en main, Boris et Varvara avaient sorti tous les livres, nous avions presque fini la réserve de vodka et ils se disputaient pour savoir si *zadumatsya* avait, dans le contexte du poème que nous avions entrepris de traduire (pour me prouver que la poésie n'est *pas* intransmissible), le sens de « pensif » ou celui de « perdu dans ses pensées », ou si l'expression juste pour *motchat* était « se taire » ou « garder le silence ». « Mais de toute façon, disait Boris, on fait avec toi un mot-à-mot, on te donne le rythme et la couleur, et tu travailleras en France après. » C'était comme ça, je n'avais pas à discuter. Tour à tour mes deux amis faisaient chanter ou tonner les octosyllabes trochéiques ou les iambes tétramètres de Pouchkine. Ah, j'avais eu l'insolence de dire que Pouchkine est intraduisible. Au travail, donc !

    J'ai vécu cette nuit-là à Moscou ce que j'avais vécu à Hang-zeou avec Lo Dakang, en essayant avec lui de traduire Li Po ; ce que j'avais vécu à Rome avec Antonella, en essayant de traduire Leopardi : la folie heureuse et douloureuse de « l'essayer-de-faire passer », faire passer ce qui coule entre les doigts et fuit comme l'eau vive, comme l'odeur de menthe fraîche, comme le sable si fin de certains déserts, à peine un peu de vent doré chuchotant dans la main, qui déjà n'est plus là quand on croit encore deviner sa caresse.

    Boris choisissait plutôt dans Pouchkine les poèmes qu'il trouvait toujours « actuels », les *Épîtres au Censeur* (« *Vieux persécuteur, gardien de prison des Muses / Ceux qui sont d'humeur à critiquer l'État savent échapper à tes ciseaux / Et leurs manuscrits courent le monde en liberté* »), les pièces de vers sur les déportés sibériens ou les poèmes de combat pour la liberté. Varvara, elle, réclamait une place pour les légères chansons en ricochets, qui font penser à Musset jouant avec les mots comme des échos rieurs, et Varvara aurait voulu qu'on essaye de traduire un peu de *Eugène Oniéguine*, parce qu'elle avait toujours pensé que Tatiana était sa sœur, ce qui (je crois) est le cas de toutes les jeunes filles russes.

Au retour de Moscou, dans mes bagages et dans mes poches, il y avait les inévitables *babouchkas* gigognes, les boîtes enluminées en papier mâché, et sur mon carnet, plus précieux, des notes prises sur le manuscrit du *Vertige*, Mémoires des dix-huit années d'Evguénia Guinzbourg à la Kolyma, qui était encore inédit. Je rapportais aussi les chansons du Goulag que m'avait chantées une amie d'Ilya Ehrenbourg qui les avait apprises au camp (Dina Vierny les a enregistrées depuis, sur un disque bouleversant, *Chants des prisonniers sibériens d'aujourd'hui*). Et j'avais dans un dossier les brouillons d'une dizaine de « mots à mots » de poèmes de Pouchkine. J'ai passé des soirées à essayer de tirer de ces ébauches quelque chose qui soit au moins une allusion aux vers originaux, l'illusion française d'un poème russe. Je n'ai pas réussi. J'en demande pardon à mes amis moscovites. Il aurait fallu rester avec eux, tout près des dômes de Saint-Basile qui ressemble à un gâteau d'anniversaire en technicolor naïf pour la fête d'une petite fille à nattes blondes, entre l'Arbat et les bouquinistes autour du Théâtre d'Art, en mangeant des concombres salés arrosés de vodka, et en parlant de poésie jusqu'à l'aube. Alors, peut-être, le miracle aurait eu lieu, qui arrive, quelquefois, quand on peine sur des mots hérissés, et soudain ils se cristallisent en poésie, et *restituent*, ombre portée assez exacte, le profil du poème original, et j'aurais eu le bonheur de faire cadeau à mes amis de Russie et de France d'un presque-poème, d'un écho affaibli mais pas trop déformé de Pouchkine. Mais non. Les brouillons de cette nuit à Moscou dorment dans un tiroir.

Les pauvres ont la vodka, les moins pauvres ont la poésie, me suis-je dit souvent en Russie, en croisant dans les rues, le soir, les innombrables ivrognes que la milice n'a pas encore ramassés pour les emmener dans les *dessoûloirs* d'État, où on les boucle pendant huit ou quinze jours « pour leur apprendre », plutôt qu'avec l'espoir de les désintoxiquer. (Il y a là-dessus une littérature tout à fait réaliste, déjà importante, une sorte d'« école de la vodka de Moscou » comme on parle de l'école juive de New York, depuis *Moscou sur Vodka* jusqu'au livre de Felix Kandel, *Zone de repos*. Zinoviev a très bien expliqué le rôle d'*opium du peuple* que joue l'alcool au pays de l'Avenir Radieux et du Présent de la vodka.) Mais la poésie n'est pas un opium et je ne connais pas de peuple où il y ait autant de gens qui savent par cœur des poèmes, les récitent à haute voix, les lisent à leurs amis, se réunissent pour écouter des vers, et ont pour héros, à côté ou au-dessus des joueurs de foot et de vedettes de cinéma, des poètes. Pas uniquement les stars publiques de la poésie en partie permise, ceux qui remplissent des stades quand ils lisent leurs vers, Evtouchenko, Bella Akhmadulina ou Andreï Voznessenski, mais de préférence ces mauvais grands esprits qui ont pris la fille de l'air en se suicidant, d'Essénine à Maïakovski et à Marina Tsvétaïeva, ou qui ont été traqués à mort et jusqu'à la mort, comme Goumilev ou Mandelstam, ou jusqu'à devoir s'exiler, comme Joseph Brodsky et tant d'autres, ou persécutés par le bâillon, la calomnie et le malheur de leurs proches, comme Pasternak ou Akhmatova. Le culte des poètes en U.R.S.S. n'a, je crois, d'équivalent nulle part au monde. Il semble que l'alcoolisme russe n'ait pas non plus de rivaux. La prose de la vie soviétique a besoin de ces deux ivresses.

CHAT / RÊVE *Le Haut-Bout, 21 avril 1983*

Je n'aime décidément pas les somnifères : ils nous font dormir en nous volant le sommeil. Le meilleur somnifère, à mon avis, c'est un chat. En même temps qu'ils sont *avec nous*, les chats sont *ailleurs*. Ils nous donnent des nouvelles de nous-même, de la façon dont notre affectivité fonctionne, et nous donnent des nouvelles, plus difficiles à déchiffrer, de l'autre vie, de la part de nuit et de profondeur primordiale de notre existence. Ce n'est pas par hasard que les neurobiologistes, les spécialistes des problèmes du sommeil et du rêve, comme Michel Jouvet, étudient tout particulièrement les chats. Ce sont des *rêveurs* exemplaires, qui rêvent pendant une grande partie de leur sommeil. Les travaux des biologistes ont apporté la preuve de ce que savaient depuis longtemps les poètes : que rêver est aussi nécessaire que respirer et se nourrir. Un dormeur qu'on empêche de rêver devient la proie de troubles organiques et psychiques graves. Si les chats ont neuf vies, c'est qu'ils rêvent beaucoup.

Je suis persuadé que nous ne rêvons pas seulement nos propres rêves, mais que les mondes de la nuit communiquent entre eux. Mes rêves traversent les rêves de Loleh, dont les rêves se mêlent aux miens, et tous ces rêves sont probablement des rêves que nos « ancêtres » ont rêvés bien avant le paléolithique. Vivre près d'un chat (ou d'une panthère, si on peut) ce n'est pas seulement partager sa chaleur, ses jeux, ses plaisirs et ses peurs. C'est partager aussi l'océan invisible du rêve animal.

VERTIGE *Paris, 11 mai 1983*

Pour la première fois depuis des mois, Loleh va au théâtre et soupe avec son metteur en scène après la représentation. Elle n'a pas voulu me laisser seul. Elle a demandé à Roger d'être, comme elle dit en riant, mon *baby sitter*. Elle a tout préparé, dîner, couvert. Tout prévu. Je la vois partir. Inquiète peut-être, encore ? Mais non : rassérénée. Et quel bonheur pour moi, de voir revenir pour elle un peu de liberté, d'autonomie, après un an de tendre et énergique « servitude volontaire » !

Mais le dîner achevé, je rends sa liberté à Roger, qui me quitte. En me déshabillant, un vertige soudain m'envahit. Je me retrouve à terre, brutalement, mon crâne cogné dur, qui saigne, mon épaule opérée plus meurtrie encore que d'habitude, et l'angoisse du vertige au cœur.

Ma tête tourne, et la terre. L'ennui c'est que ce n'est pas, semble-t-il, dans le même sens.

TANGAGE *Paris, 12 mai 1983*

Je commençais à me réjouir que les médecins aient au moins écarté de moi, pour l'heure, la menace du cancer. Les servantes du corps ont inventé autre chose : une grève perlée de l'équilibre, et l'accompagnement d'une vague nausée.

> *Jusant violent qui se retire*
> *me laissant vide et tournoyant*
> *au bord du précipice – ciel*
> *l'angoisse m'éblouit de vertige*
>
> *Le cœur déclare forfait*
> *puis reprend le jeu*

JALOUSIE　　　　　　　*Le Haut-Bout, 13 mai 1983*

Parce qu'elle m'a vu donner à manger à la pauvre Nénette, la chatte de nos voisins, et la caresser, Una me *bat froid*. Ce qu'il y a de commun entre un enfant, un chat et nous (et qu'on perçoit évidemment moins bien chez l'amibe ou le lézard) c'est la possibilité de ce vice fondamental, détestable et admirable : la *jalousie*. Je n'ose pas dire que le chat est notre semblable, cela le vexerait peut-être. Mais ce qu'ont de commun les humains, les dieux de l'Olympe, les enfants et les chats, c'est cette attitude inséparable sans doute de ce que nous avons d'essentiel : la jalousie amoureuse. Je suis toujours plein de respect et d'admiration pour les quatre pattes moustachus quand un des chats que j'ai eus me *fait la tête*, parce que j'ai accueilli à la maison un autre chat, un bébé ou même une amie : « *Il n'y a pas d'amour*, dit Pierre Reverdy : *il n'y a que des preuves d'amour.* » Hélas, ou heureusement, le mal de jalousie est *aussi* la preuve de la joie d'amour. Angelo Rinaldi en a fait l'expérience durable. Quand il a eu le coup de foudre à une exposition féline pour la chatte persane Laetitia et l'a ramenée chez lui, où les attendait une autre chatte persane, Bérénice, celle-ci a décidé en deux secondes qu'elle n'était plus *la* chatte d'Angelo, et a élu désormais pour maître le compagnon de celui qui l'avait trahie. Bérénice a mis plusieurs années à se réconcilier avec Angelo, à accepter de nouveau l'asile de ses genoux ou un coin de sa table de travail. C'est une grande vertu dont tous les humains ne sont peut-être pas capables, de pouvoir souffrir de se croire mal aimé et d'en vouloir punir celui qu'on a soupçonné d'être mal aimant.

Été 1983

INVENTAIRES *Le Haut-Bout, 1ᵉʳ juin 1983*

Ce que j'avais dans mon pupitre à onze ans :
Des billes en marbre et des agates,
des timbres de collection,
les images à coller des tablettes de chocolat,
du roudoudou, des bâtonnets de bois de réglisse,
de la poudre de coco à verser dans l'eau,
du chewing-gum et des caramels un peu sucés déjà,
des petits pains au chocolat,
de la réglisse Zan.

LE GOÛT DU
SANG *Le Haut-Bout, 2 juin 1983*

J'ai toujours eu l'impression avec Sartre d'un homme très doux, rangé, qui, entre un studio plein de livres et le déjeuner qu'il allait manger à la Palette, n'avait vraiment pas le goût d'un autre sang que le sang noir du boudin noir, qu'il aimait à la folie. Mais le Père Duchesne et Marat, à gauche, mais Charlotte Corday et Cadoudal, à droite, fascinent les hommes de cabinet. Maurras, vieux moustique sourd qui tout seul n'aurait pas fait de mal à un autre moustique, maniait les menaces de mort et le couteau de cuisine avec une faconde d'acteur tragique. Sartre, au carrefour Raspail-Montparnasse, appelait à faire couler le sang avec le même enthousiasme :

« *Un régime révolutionnaire doit se débarrasser d'un certain nombre d'individus qui le menacent et je ne vois pas d'autre moyen que la mort. On peut toujours sortir d'une prison. Les révolutionnaires de 1793 n'ont probablement pas assez tué.* »

(*Actuel* n° 28, fév. 73.)

« *L'écrivain sait que les mots, comme dit Brice parain, sont des "pistolets chargés". S'il parle, il tire. Il peut se taire, mais puisqu'il a choisi de tirer, il faut qu'il soit comme un homme, en visant des cibles.* »
(*Qu'est-ce que la littérature ?*)

« *En un premier temps de la révolte, il faut tirer : abattre un Européen c'est faire d'une pierre deux coups, supprimer en même temps un oppresseur et un opprimé : restent un homme mort et un homme libre* » [...] « *À défaut d'autres armes, la patience du couteau suffira.* »
(Préface aux *Damnés de la terre*, de F. Fanon.)

MINIMES *Le Haut-Bout, 3 juin 1983*

Le bonheur a les yeux fermés pour écouter sa source.

Il ne suffit pas d'avoir entendu parler de la vérité. Il faut qu'elle nous soit devenue vraie.

ÉCLIPSES
DE SOI *Le Haut-Bout, 4 juin 1983*

Vers sept heures du soir, Jacques me téléphone. Sa voix d'outre-tristesse, résonance de l'autre côté de la vie.
Pendant que je parle avec lui, essaie de le raccrocher (à quoi ? À moi, qui suis comme le grimpeur dont inlassablement les prises glissent et le lâchent !), Loleh me voit renverser la tête, « les yeux blancs comme le Christ dans certains tableaux », dit-elle, le visage soudain blanc comme un papier blanc sale.
Puis je reviens à moi. Je reviens : mais d'où ?

CHOSES
ÉTONNANTES *Le Haut-Bout, 4 juin 1983*

Une nuit où je flânais dans la galaxie, du côté d'Aldebaran et d'une étoile dont j'ai oublié la nomenclature, entendre le sifflet d'un train, un vieux train à vapeur d'avant l'électrification. Pure coïncidence ?

Dans la forêt, m'arrêter pour me reposer sous un chêne vert entouré de mousse et découvrir, fraîchement gravées avec une pointe de couteau, les initiales de Loleh et les miennes. Pure coïncidence ?

En marchant distraitement sur une marelle dessinée à la craie sur un trottoir de la rue de Vaugirard, à la hauteur des anciens Abattoirs, mettre les pieds sur la partie intitulée CIEL et soudain me sentir aspiré et déplanant à mille mètres environ d'altitude. Pure coïncidence ?

À la nouvelle lune, à minuit, le seringa, qui ne savait pas que je le voyais, se met à pousser d'un mètre en quelques minutes et s'arrête brusquement en découvrant que je l'observe. Pure coïncidence ?

Loleh, ici, sur la même terre, au même moment. Pure coïncidence ?

ARUM *Le Haut-Bout, 5 juin 1983*

L'arum rustique, ou gouet, ou pied de veau, a des cousins qui sont arrivés, ont fait carrière en ville. Mais parvenir lui importe peu. Il se suffit à lui-même. En plus d'un sens. Les Anglais le nomment Lord and Lady, Monsieur et Madame. Dans le frais des prairies au bord de l'eau, là où elles sont ombragées, dans les fossés humides, les haies, il attend son moment. Il n'a besoin de personne pour être heureux. Il déploie une longue feuille en cornet, d'un vert translucide très clair, autour de sa fleur pas convenable. Ses autres grandes feuilles triangulaires font de l'agitation en douceur, tout autour, pour détourner l'attention. Ses racines fibreuses entées par un tubercule descendant loin en terre vont lui chercher de quoi faire ce suc âcre dont les gens du vieux temps se servaient comme d'une purge. Il ne sent pas très bon. On n'aime l'odeur que de qui on aime. L'arum s'aime. C'est assez.

Sa fleur jaune, puis rouge, mûrit lentement son épi voluptueux, enveloppé d'une spathe, sorte d'enveloppe. Les fleurs du haut fécondent les fleurs du bas.

Très souvent les anthères ont produit leur pollen avant que les stigmates ne soient prêts à le recevoir. Darwin s'amusait à regarder l'arum se débrouiller alors, emprisonner dans la spathe des tas de moucherons, les relâchant quand ils ont accompli, en allant et venant dans leur prison verte, la fécondation qu'il attend. Il ne les mange pas. Darwin était déçu : il préférait la *Drosera rotundifolia* qui, elle, tue les insectes qu'elle enfourne. Il a écrit un livre très patient sur les fleurs carnivores. Le révérend H. M. Wilkinson lui avait annoncé qu'il avait trouvé une libellule vivante emprisonnée entre deux feuilles de *sun-dew*. Il se mit à étudier ces fleurs, à cinquante-deux ans. Le livre a trois cent soixante-dix pages. C'est un beau livre.

JEAN
FREUSTIÉ   *Le Haut-Bout, 6 juin 1983*

Deux jours avant la date fixée pour l'opération de Jean Freustié, d'un cancer du poumon, je lui téléphone. Sa voix sépulcrale depuis vingt-cinq ans est sonore, presque gaillarde : « J'ai une chance inouïe. Les médecins sont venus me voir. Ils s'étaient trompés. J'ai une affection anodine qu'on peut confondre avec un cancer. On me lâche ce matin. Je suis libre. »

J'avais, hélas, compris tout de suite. Il y a trois mois de ça. Freustié est mort hier. Il y a longtemps qu'il avait entrepris de mourir, du moins de se-redouter-mourir. Il y a dix ans, il m'avait un moment élu comme confesseur, directeur spirituel, conseiller intime, gourou. Il s'était depuis longtemps désintoxiqué des drogues dures. Les médecins venaient de lui interdire l'alcool, le tabac, menaçant de devoir l'amputer s'il s'obstinait à boire. Il me disait : « Mais je ne veux pas mourir. — Qui le veut ? demandai-je. Ce qu'il faut du moins, c'est vouloir ne pas mourir. — Je ne veux pas mourir ! » disait Freustié. Il y avait des moments où j'en doutais. Il s'intéressait trop peu à lui-même et aux autres pour parvenir à s'intéresser vraiment à la vie. Quand il avait publié son *Mérimée*, j'avais retrouvé le peintre dans le modèle : « *Prosper Mérimée adulte*, écrivait-il, *sera caractérisé par une "absence aux autres" qui ne vient ni du cœur ni de la tête, qui n'est ni de l'indifférence ni un manque de sensibilité, mais plutôt une sorte d'impossibilité à sortir de soi-même.* » Freustié cheminait en compagnie de lui-même avec la même impassibilité et la même impossibilité à s'approcher de quiconque, même de ses proches, qu'en compagnie de Mérimée : en proie à un étonnement tour à tour désolé et ironique, et souvent les deux à la fois. Aussi incapable de se détacher de lui-même que de vraiment s'attacher à soi, il ne s'accordait jamais ce qu'en termes d'échanges commerciaux on appelle le « traitement de la nation la plus favorisée ». Il se regardait vivre avec une sympathie modérée, comme s'il était un autre, et sans intérêt excessif. Son plus beau livre, peut-être, *Harmonie ou les horreurs de la guerre*, est un de ses rares récits qui (sur fond de sang et de mort) s'éclaire du soleil pâle de la tendresse humaine. Mais même dans *Harmonie*, c'est une tendresse dont le narrateur-scrutateur incline à s'exclure. Freustié a peu de sentiments fraternels à l'égard de cet inconnu vêtu d'indifférence et d'ennui vain qui lui ressemblait pourtant comme un frère. Le docteur Freustié auscultait le patient Freustié avec une neutralité clinique et une rare précision d'écriture-diagnostic. Il explique dans *L'Entracte algérien* qu'il a finalement abandonné la médecine parce qu'elle « *exige une disponibilité vis-à-vis d'autrui, un intérêt réel pour les personnes, leurs corps et leurs âmes. Il se trouve que je suis un distrait permanent, dépourvu de curiosité à l'égard des autres et d'une indifférence exceptionnelle à tout événement qui ne me concerne pas directement.* » Le secret de l'intérêt soutenu qu'on prenait pourtant à suivre dans sa vie un personnage si lucide, qui répétait à chaque pas que la vie (et sa vie) n'avait aucun intérêt, c'est qu'il provoquait une réaction instinctive chez ses amis et chez les lecteurs. Cet Ecclésiaste de petite ville girondine, hanté par le « *sentiment à la fois fort et mou de l'existence vaine* », baigné toujours dans le même fleuve, dans le courant de « *l'ennui du temps qui s'écoule sans raison aucune* », ne cessait de murmurer d'une voix blême : « *Que veut dire vivre, sinon laisser filer le temps ?* » Freustié, ce Pierrot lunaire, ne s'autorisait, en dehors de la morphine, de l'alcool et de l'érotisme, que les plaisirs courtois de la narquoiserie et d'un style feutré et exact. Il pratiquait l'involontaire rouerie de l'enfant triste, celui qu'on a envie d'aimer d'autant plus qu'il se dit et se veut peu aimable. Sa ruse inconsciente, c'était celle de l'être qu'on trouve d'autant plus attachant qu'il se montre davantage détaché. Mais c'est une étrange vie que celle passée à vivre si longtemps sa mort de son vivant.

La littérature pourtant intéressait encore Freustié. Pendant des années, il me parla de ce livre dans un tiroir, qu'il tenait pour son meilleur, mais qu'il ne publierait pas, tant qu'en vivrait le modèle : son père. Il y a deux ans, je reçus le livre, qui venait enfin de paraître. J'appelai Freustié : « Vous ne m'aviez pas dit que votre père est mort. — Il vit toujours, répondit-il. Mais je ne pouvais plus attendre... »

Il semble que le père fut davantage flatté d'être le héros d'un « roman » que blessé d'y apparaître peu aimable.

MONOTONIE *Hôpital Marie-Lannelongue, 7 juin 1983*

Éblouissements, vertiges. Hospitalisé à nouveau. Un peu monotone.

HÔPITAL
SILENCE *Le Haut-Bout, 13 juin 1983*

Les vertiges ont continué, qui m'abattaient comme si les *trolls* me faisaient des croche-pieds et les *djinns* me soufflaient à travers l'oreille des orages dans le crâne. Puis une douleur si vive m'a poignardé le dos qu'on a cru à une embolie pulmonaire. On m'a transporté aussitôt à l'hôpital Marie-Lannelongue — où j'ai retrouvé ma chambre de l'an dernier, et la gentillesse des mêmes médecins, surveillantes, infirmières. J'y ai passé d'abord huit jours, du 14 mai au 20, puis je suis retourné m'évanouir chez moi, à Haut-Bout, pour me retrouver à Marie-Lannelongue du 6 juin au 13. Le « Service après vente » du docteur Merlier s'est amicalement acharné à « trouver » la cause de la panne. Radiographies, échographies, scintigraphies, analyses de toutes sortes, scanner, j'ai expérimenté une fois de plus tout ce qu'on a inventé pour pénétrer nos profondeurs, déchiffrer nos messages en code, explorer nos coulisses, surprendre les manigances de nos organes. À la fin de cette (épuisante) série, l'hypothèse retenue semble être celle d'un énorme calcul qui fait le gros dos dans ma vésicule, calcul dont on n'avait pas tenu compte dans nos calculs. Il faudra sans doute envisager une nouvelle opération.

SPIRITUALITÉ *Le Haut-Bout, 14 juin 1983*

Je : moitié esprit, moitié éponge. L'esprit tente de tenir tête dans la tête. Mais l'éponge-corps est transie de froid, de neige fondue. J'ai douleur dans toute la gauche de mon corps, et ma belle âme, essayant de s'élever au-dessus de ces contingences, ne réussit qu'à claquer des dents, en toute spiritualité, bien sûr.

CHANTER DANS
LE NOIR *Le Haut-Bout, 15 juin 1983*

Cette nuit-là   une nuit de souffrance rongeuse
je ne pouvais dormir   et la veilleuse bleue
des chambres d'hôpital chuchotait une clarté triste
Je respirais mal et je savais à chaque aspiration
que jamais plus je n'aurais le bonheur du souffle
Alors   une main   sur une vitre embuée
a effacé ce peu d'humidité qui brouillait la vue
J'ai découvert soudain un ciel très clair
avec juste un léger nuage blanc qui se reflétait
dans la rivière calme comme le cours du temps
quand le temps se suspend pour refléter le ciel

J'avais encore mal   Pourtant j'ai redormi
seul mais tenant ta main   dans la paix du silence

LE SENTIMENT
DU « PEU DE
RÉALITÉ » *Le Haut-Bout, 18 juin 1983*

Les vertiges qui m'affligent accentuent ce sentiment que j'ai toujours connu, quand je me demande si la chambre où je suis couché est vraiment *ma* chambre, ou seulement un spectacle fallacieux mis en scène par un imprésario sournois pour me troubler. J'ai pendant des années caché mes doutes sur l'objectivité des objets posés sur la cheminée, sur la tranquillité des « natures mortes » de la vie quotidienne, sur le caractère (peu rassurant) de certains paysages à certaines heures. Je pensais être le seul humain à être habité parfois par une sensation troublante d'insolite, ce que notre oncle, le bon docteur Sigmund Freud, appelle *« l'inquiétante étrangeté »*. Avouer qu'on se demande si la pendule qui fait tranquillement tic-tac dans la salle à manger n'est pas une créature méchante en train de faire semblant d'être une pendule, si le jardin au crépuscule n'est pas soudain simplement la doublure visible d'un paysage qui serait le *vrai* paysage, n'est-ce pas s'avouer fou ? Il faut pas mal d'années pour assumer cette folie-là, et découvrir que d'ailleurs elle est la chose du monde la mieux partagée.

Les philosophes m'auront au moins servi à une chose : à me rassurer sur des états d'esprit que je croyais les plus singuliers du monde, et dont j'ai la certitude aujourd'hui qu'ils sont les plus généraux qui soient. Quand j'ai découvert dans Descartes l'hypothèse du « Malin Génie », qui nous tromperait en nous faisant croire à l'existence de cette fantasmagorie rusée, l'univers, ou dans Tchouang-tseu l'apologue célèbre du papillon, j'ai été soulagé. Je n'étais donc pas le monstre exceptionnel que j'avais redouté d'être. L'idée que la rue en bas de mon bureau, ou la route au sortir de mon jardin apparaissent parfois comme vaguement menaçantes et sournoisement irréelles, qu'elles m'inspirent un soupçon indéfinissable, qu'elles exhalent un parfum de bizarrerie et d'insolite assez intense pour me mettre sur mes gardes, cette idée ne m'est plus apparue si extravagante et « morbide ». L'insolite sans rien d'insolite, la maison du garde-barrière le long de la voie Paris-Orsay-Dourdan, avec son air entre deux airs, à l'improviste et en tapinois, c'est évidemment bien plus *insolite* que le spectacle d'une femme à barbe, que la rencontre d'une fourmi de dix-huit mètres avec un chapeau sur la tête ou que la coexistence pacifique (et rationnellement explicable) d'une machine à coudre et d'un buste à moustaches de Chirico sur une table de dissection. Tout le monde a traversé ces rêves où l'on est en train de se demander si on rêve. Mais une *réalité* tout à fait banale et convenable, qui fait se poser la question : « Est-ce que cette réalité est réelle ? » ça, c'est encore plus insidieux, et peu rassurant.

C'est ici que, beaucoup plus tard, la photographie (celle des autres, et l'usage de mon vieux Leica d'amateur) a pris le relais de ces philosophes qui m'avaient appris que ma dinguerie spécifique était plus répandue que je ne l'avais redouté. Le caractère *mécanique* de la caméra, cette chambre noire à attraper la lumière, le caractère *scientifique* de l'ensemble optique qui faisait sortir un petit oiseau et entrer une image avec l'évidence d'un constat, donnent, dans l'utilisation du piège à reflets ou dans l'examen des photographies d'autrui, un soulagement premier : ce qu'on voit est *prouvé*. Cette réalité, qui était peut-être un tour de prestidigitation du Malin Génie de Descartes, ou de l'organisateur des rêves de Tchouang-tseu, n'est pas un attrape-pensée ou un trompe-l'œil, puisque l'existence de cette empreinte, une photographie, la corrobore et la confirme. Le monde réel est vraiment réel, puisque cet assemblage de métal, de lentilles, de papier sensible et de mécanique, cet outil, tout à fait impersonnel et tellement peu *subjectif* qu'on l'appelle l'*objectif*, dit la même chose que moi et voit la même chose.

La photographie pouvait donc me fournir un certificat en format 24 × 36 attestant du beaucoup-de-vérité de ce monde au sujet duquel André Breton écrivit un *Discours sur le peu de réalité*. Les philosophes m'avaient prouvé que je n'étais pas seul à garder parfois des doutes sur l'existence des autres existants que le *je*, qui pense, donc serait. La photographie pouvait m'ôter ce doute : le monde existe puisque je peux le photographier, et vérifier la véracité de ce que mon esprit, sinon mon regard, met parfois en question. Le monde réel est réel, puisque les photographes sont là pour le *saisir*.

Mais cette certitude n'est pas si certaine qu'elle en a l'air car l'œil de l'objectif n'est qu'un prolongement de l'œil vivant. Il n'en est pas la vérification ou la preuve par *un autre* regard. Ce qui fait qu'il y a des grands photographes, ou des photos vraiment « personnelles », qu'une photographie en définitive ressemble à son auteur, et qu'elle est signée même si le photographe est anonyme, c'est que nous ne sortons pas de nous-mêmes en nous servant d'un *appareil* : l'appareil, c'est encore nous. Et le photographe, comme Tchouang-tseu devant le papillon du rêve, se demande s'il est un objectif qui se découvre toujours subjectif, ou un être subjectif qui rêve, sa caméra en main, de se faire objectif.

L'ÉTERNEL
AVEU   *Paris, 18 juin 1983*

Le secrétaire général du Parti Toudeh (le parti communiste iranien) Noureddine Kianouri, arrêté par les khomeinistes avec toute la direction du parti, avoue à la télévision que, lui et tous ses camarades communistes, étaient depuis des années des espions à la solde de l'Union soviétique.

Le docteur Philippe Augoyard, médecin bénévole en Afghanistan, arrêté par les Soviéto-Afghans, avoue à son procès tout ce qu'on veut, est finalement libéré, et explique calmement qu'il a accepté le marché : vous dites ce que nous vous dictons, et on vous libère. Peu importe, après, qu'il démente tout. Le spectacle était destiné, comme celui de Téhéran, au public local. Qui peut-être y croit — ou fait semblant.

Mais qui dira que l'Union soviétique n'exerce pas un grand rayonnement culturel ? La Russie de l'ère stalinienne a créé un genre littéraire et historique, le Procès-avec-aveux-et-mise-à-mort, aussi codifié que la tragédie classique ou que la corrida de toros. Et tout le long du siècle cette forme modèle suscite des imitations, des suites, une admirable postérité.

En esthétique des procès comme en économie de l'agriculture ou de l'industrie, ce qui frappe dans les pays « socialistes » c'est l'immobilisme, le conservatisme. Des années 30 aux années 80, on tue moins. Mais dans le style, aucune évolution : même langue de bois, mêmes déclarations paisiblement invraisemblables, même cérémonial lugubre, et la même empreinte, au fer rouge, du système russe. Le marxisme-léninisme dit à l'Histoire, dont il assurait prévoir le sens : « Ô Temps, suspends ton vol ! »

ENCYCLOPÉDIES *Le Haut-Bout, 18 juin 1983*

Les dictionnaires, les encyclopédies, les manuels, c'est une assurance, des provisions mises en réserve en prévision des trous noirs d'ignorance qui, inexorablement, s'ouvriront sous nos pas.

Comme d'autres collectionnent les bouts de ficelle trop courts qui ne servent à rien, mais qui pourraient cependant servir un jour, je collectionne maniaquement les *containers* de savoir. Ils veillent à mes côtés, sentinelles muettes. Je m'y rassure, naïvement. Je m'y perds, voluptueusement. Si je consulte dans l'*Encyclopedia Universalis* l'article consacré au poète chinois *Po Kiu-yi*, je m'égare ensuite dans la lecture alphabétique et folle des articles *Podocarpeles* (ce sont des arbres), *Podzolijès* (une espèce de sol), *Pogonophores* (une sorte de vers en forme de tubes) et *Poincaré (Henri)*. Littré, Robert, Grevisse et *Les Difficultés de la langue française* me font parfois trouver le mot juste, qui me fuyait, et parfois perdre délicieusement du temps, qui s'enfuit. Je garde précieusement, non seulement les dictionnaires de langue que je connais un peu, du *Harrap's* au *Partridge*, mais la méthode d'argot en vingt leçons qu'Alphonse Boudard intitula *La Méthode à Mimile*. Je consulte souvent sans aucun besoin le *Dictionnaire français-créole* de Jules Faine, où je suis ravi de découvrir que, pour désigner le *Bien-Aimé*, la langue créole dispose d'un grand luxe de mots doux : « *Chouchou, chéri, doudoux, tit chou, matoute, mon cétout.* » J'ai de l'affection pour le *Dictionnaire des idées reçues* de Flaubert et pour le *Dictionnaire de la bêtise* de Carrière et Bechtel, où je peux trouver par exemple à l'article *Perdrix* une belle citation de Toussenel : « *La perdrix se marie et fait honte au faisan et au coq domestique par la pureté de ses mœurs.* »

MINIMES   *Le Haut-Bout, 19 juin 1983*

L'écran de télévision, le voile de Véronique à la portée de tous : les visages crient ce qu'ils sont, et surtout quand ils croient le cacher.

Ces grands penseurs politiques, prophètes, qui à force de *prévoir* ne voient plus rien.

Ma bêtise ne me saute aux yeux qu'en me relisant : encore faut-il avoir écrit.

DES FEMMES   *Le Haut-Bout, 20 juin 1983*

J'ai vécu assez long pour avoir connu un Ancien Régime. Au temps de mon enfance, les femmes n'étaient pas supposées trouver du plaisir au plaisir, les enfants étaient faits pour les parents, et non pour vivre, et l'espèce humaine en général n'avait pas conscience d'avoir un inconscient.
J'ai habité la vie au temps des grandes séparations : l'instinct sexuel a pu se débarrasser de la nécessité de procréer, ce que les hommes disent d'eux-mêmes s'est séparé de ce qu'ils sont et font.
Dans mon enfance, la nature humaine était encore chose simple : il était *naturel* que les femmes aient les

cheveux longs et les hommes les cheveux courts. Il était *naturel* qu'un enfant soit élevé à la dure, parce que la vie l'était, qu'on lui passe un frein pour qu'il apprenne à le ronger, qu'il ait à se faire les dents pour apprendre à les perdre. Un enfant naturel n'était pas une chose naturelle. Ce que dit Bossuet des femmes semblait encore l'évidence même : « *Les femmes devraient songer après tout qu'elles viennent d'un os surnuméraire, où il n'y avait de beauté que celle que Dieu y voulut mettre.* »

LE BON VIEUX TEMPS   *Le Haut-Bout, 21 juin 1983*

En ce temps-là les fers à repasser chauffaient
sur les ronds de la cuisinière à bois
qu'on ouvrait avec un crochet dans le trou du couvercle
et la repasseuse approchait le fer de sa joue
pour être sûre qu'il était à la bonne température

J'avais des pinces à bicyclette à mes pantalons longs
et un lampion rouge avec une bougie accroché au
   guidon
pour le cas où je reviendrais après la nuit à la maison
En ce temps-là il y avait des femmes appelées servantes
et on disait « la bonne » en parlant de Marie

Ma grand-mère n'avait pas de plus grand éloge
que de pouvoir dire de « ces gens-là »
« Ils savent parfaitement se tenir à leur place »

Et je me demandais où donc était leur place
Où donc était la mienne ? Celle de mes parents ?

DIGITALE POURPRE *Le Haut-Bout, 22 juin 1983*

C'est une sauvagesse glorieuse.
Une grande tige droite, une hampe qui fait facilement ses deux mètres, même plus. La grappe de fleurs pressées, ça fait penser aux photographies de Marey, le chat en train de tomber ; on le voit dans la main, lâché, se retournant, près du sol, voilà. Il y est. La digitale, c'est une cloche : à son début de course, *ding* ; à son milieu, *deng* ; à fin de battant, *dong*. Les fleurs du haut font *ding*, celles du milieu *deng*, celles du bas *dong*. Il peut y en avoir, serrées et pourpres, de vingt-cinq à cinquante. Leur forme, clochette, dé, doigt de gant, a inspiré des tas de noms : gantelet, doigt de Notre-Dame, doigtier, gant de bergère, queue de loup. Les Anglais disent *fox glove*, gant de renard. La digitale est souvent voisine, en effet, des terriers de renard ou de blaireau.

Le calice a une collerette de cinq pétales distincts, mais inégaux. Il offre sa cloche de pétales pourpres, s'évase en quatre ou cinq demi-cercles, dont l'un s'épointe un peu. Autour du pistil, il y a quatre étamines blanches brandissant chacune deux petits œufs de pollen jaune. Ce sont des étamines didynysmes, beau nom qui veut dire que deux d'entre elles sont longues, et les deux autres courtes. *La nymphe Didynysme pleurait le départ d'Odysseus...* Comme les étamines mûrissent avant le stigmate, le bord de la clochette est tacheté de points sombres, couverts de duvet blanc. Le duvet retient le pollen, qui attend là son moment d'aller féconder le pistil.

Les fruits sont des capsules en forme de poires renversées qui se tassent serrées le long de la hampe entre les feuilles en fer de lance, plus larges à la base.

La digitale est vénéneuse. On en extrait la digitaline, drogue calme-cœur ou poison arrête-vie, selon la dose et le dessein. Elle s'apprivoise aussi. Au jardin, la voici rose, saumon, blanche ou jaune. Mais elle perd alors ses vertus médicinales et son pouvoir toxique. Ce n'est plus une sauvagesse. C'est une dame *bien*. Elle a perdu tous ses venins, elle a renoncé à tous ses pouvoirs. Elle est rangée, convenable, innocente, perdue. Et beaucoup moins intéressante.

PLAISIR À LA VIE   *Le Haut-bout, 23 juin 1983*

Orwell raconte qu'il reçoit automatiquement un panier de lettres de protestation dès qu'il ouvre dans ses chroniques une parenthèse sur la nature, les saisons et les simples plaisirs des champs, des parcs et du beau temps. C'est que ses lecteurs « de gauche » estiment souvent que prendre du plaisir à la vie peut incliner vers le quiétisme politique, que le devoir du « militant » est d'être mécontent, et son honneur d'être malheureux, même s'il ressent pendant un moment une bouffée de bonne humeur, connaît un petit ou un grand bonheur. À quoi Orwell répond : « *Serait-il politiquement injuste de prendre plaisir au printemps, de dire que la vie vaut souvent davantage la peine d'être vécue à cause de la chanson d'un merle, de l'or des feuilles d'un orme en octobre, toutes choses dans lesquelles les journaux de gauche ne voient pas un point de vue de classe ?* » Orwell murmure cela ironiquement, avec sa voix brisée par la balle franquiste qui a traversé sa gorge.

PIERRE PASCAL *Le Haut-Bout, 2 juillet 1983*

Pierre Pascal vient de mourir. C'était un personnage étonnant : un slavisant en Sorbonne qui connaissait à la fois et à fond les mystiques russes et les marxistes de Saint-Pétersbourg, le vieux slavon d'Église et la langue de bois soviétique, les écrits des schismatiques du XVIIe siècle et ceux des hérétiques du trotskisme ou de l'« Opposition ouvrière » de 1920. Un historien qui avait écrit une biographie de l'archiprêtre Avvakum (1620-1681), qui était l'ami de Boris Souvarine, avait rencontré Boukharine et Zinoviev, un philosophe qui était également à l'aise dans la langue des *bylines* archaïques et dans l'argot des rues de Moscou des années 20 à 30. Un catholique, enfin, qui était devenu communiste à Moscou en 1917.

Jeune professeur de littérature russe, mobilisé en 14, Pascal avait été affecté en 1916 à la Mission militaire française de Petrograd. Ses supérieurs firent grise mine, ou noire mine, à la jeune Révolution russe. Pascal fut transporté par elle. « *Le peuple est révolutionnaire parce que chrétien* », écrivait-il dans son journal. « *Seule la République soviétique est forte, indispensable et saine.* » Quand ce « chrétien de gauche » (extrême) reçut l'ordre de rentrer à Paris, il refusa et resta à Moscou. Mais quand les bolcheviks, Trotski en tête, allèrent écraser la Commune de Kronstadt, Pascal rompit avec le communisme en déclarant : « *Nous séparons la Révolution russe du Parti qui ne l'a pas faite, mais qui l'a capturée ; nous séparons la classe ouvrière du Parti, qui la méprise et la tyrannise.* » Mais il aimait si fort la Russie qu'il y resta jusqu'en 1930, vivant pauvrement de traductions, partageant la vie du peuple russe et les amères désillusions de l'*intelligentsia* révolutionnaire. Victor Serge dans ses *Mémoires d'un révolutionnaire* décrit Pierre Pascal à cette époque, la tête rasée, en blouse de moujik, marchant pieds nus dans les rues de Moscou, ou travaillant dans la bibliothèque de l'Institut Marx-Engels, encore dirigé par le vieux savant Riazonov, qui finira fusillé, comme tant d'autres. Pierre Pascal assiste, le désespoir au cœur, à la mise en place du système stalinien : la police omniprésente, le monopole d'État de la vérité et de la vodka, les prisons, les camps et déjà les asiles psychiatriques. Il observe, silencieux, les bolcheviks s'entre-exterminer. « *Tous se valent, au point de vue mépris du peuple, soif de commander, moyens démagogiques pour parvenir, vie personnelle étrangère à toute aspiration vers le communisme.* »

Quand Angelo Tasca, alors délégué italien à l'Internationale communiste, arrive d'Italie et décrit à Pierre Pascal ce qu'est la dictature de Mussolini, Pierre Pascal écrit dans son journal : « *Il rapporte naïvement quantité de faits qui me donnent une envie folle d'éclater de rire, tant ils dépeignent le régime moscovite : les journaux mentent systématiquement, le public a perdu le souvenir de ce qu'est la vérité, le pouvoir en est arrivé à se prendre à son propre mensonge.* » Pascal sait bien que la répression est pire en Russie, et que les déportés soviétiques pourraient presque envier le sort des antifascistes italiens déportés dans les îles. « *De quelque côté que l'on se tourne : censure, Guépéou, fonctionnaires aux ordres.* »

À la Bourse du Travail de Moscou, un ouvrier russe de 1926, découvrant que Sacco et Vanzetti étaient anarchistes, s'étonne devant Pierre Pascal de l'indignation de la presse soviétique. « *Mais ici*, dit-il, *on en a zigouillé bien plus !* » Ce n'était qu'un début.

COQUELICOT   *Le Haut-Bout, 4 juillet 1983*

Qui nous rendra le coquelicot en troupeaux étouffe-moissons tout au milieu des blés ? Il criait de tout son rouge pourpre le mot coq, tout haut, avec écho. Les herbicides l'ont quasiment fait disparaître. Il avait pourtant l'envie de vivre chevillée à sa tige.

Pour en venir à bout, sarcler ne suffisait pas. Il est gonflé de petites graines minusculement, nombreusement brunes. Un pied oublié, et l'an d'après c'était tout à refaire. Aujourd'hui, je vais dans les champs à la recherche *du* coquelicot entêté, qui survit dans les blés ou l'avoine, fleur d'avant l'âge post-moderne.

Son rouge chaud vif, soutenu d'un arrière-fond orangé, va à l'or comme un gant. Il fait bien sur fond de blé mûr, quoiqu'il en soit l'ennemi. Dans les retables des primitifs siennois, il éclate malignement sur les fonds d'or gaufrés, travaillés au petit fer comme les reliures, ou tout lisses. Marie-Madeleine, dans une *Crucifixion* de Masaccio, a un manteau coquelicot. On ne voit que ses mains en croix, dressées, et ses cheveux blonds qui tombent sur le manteau coquelicot. Le fond est doré. Ce tableau est à Rome, à la Galerie Borghèse.

Le coquelicot, survivant sur lequel je me penche, a quatre pétales au bout d'une longue tige duveteuse. (C'est un duvet blond, comme sur certains bras cuits de Suédoises qui font du ski.) Dans le bouton, les quatre pétales sont pliés, serrés comme de la soie de parachute. On n'arrive pas à croire qu'une si grande fleur puisse tenir dans un si petit sac de sépales. Quand les sépales tombent, les pétales sortent. Ils sont fripés comme une robe qui sort d'une valise, mais ça ne dure pas longtemps, et les voilà sans plis, frais, bien repassés, brillants. Au-dedans du bouton, l'ovaire est bourré à craquer (il craquera en effet) de graines, et les étamines se casent comme elles peuvent.

La base des pétales est tachée de noir. À l'intérieur, la tache noire a dans le haut une frange blanche. On voit ici ce qu'est un beau noir : il faut qu'il soit profond et légèrement luisant (gras, ou verni).

Quand j'étais petit, en rabattant les pétales, et en les nouant en leur milieu par un brin d'herbe, on faisait une dame en robe de style et couronnée d'aigrettes. Superbe. On lui donnait des bras en traversant son corsage d'un bâtonnet. La dame était prête à valser.

La tisane de pétales secs est une boisson qui endort, fait transpirer et calme la toux. Il y a du coquelicot dans le mélange nommé fleurs pectorales, ou tisane des quatre fleurs (ainsi nommée parce que six fleurs la composent).

MERCI *Le Haut-Bout, 6 et 7 juillet 1983*

Ce moment de la matinée où mille taches de soleil doux se faufilent à travers les branches du tilleul
 et on dit   La journée sera chaude aujourd'hui   mais il y a encore cette fraîcheur légère
 et les oiseaux parlent encore à voix haute avant d'aller se cacher dans le frais
 Je voudrais garder cet instant dans le creux de ma main le garder encore un peu   pour toi et moi
 le ranger dans l'herbier à moments   à côté du jour où il était onze heures du matin en été dans ma vie
 la chaleur canicule déjà montait dans la fraîcheur pas encore écrasée par le feu

Été 1983 109

et tu étais là   Loleh entrée dans ma vie   et j'étais dans la tienne   et décidément toi et moi   ce serait désormais
une même maison   dans la même saison   et la merveille de parler à voix basse   et de laisser les mots sécher comme du sel sur la peau   en couches successives
Je te parlerai jusqu'à la fin du monde
enfin jusqu'à la fin du monde où je-tu-nous sommes au monde
et où un jour je-tu-nous ne sera plus de ce monde
Quand je te retrouve au réveil
(mais je te rencontre la nuit en rêvant)
tu es dans toutes les saisons
cette fraîcheur légère qui persiste en juin
quand déjà le soleil commence à monter haut
mais les oiseaux parlent encore
et les taches du soleil pleuvent
à travers les branches du tilleul
La journée sera chaude aujourd'hui   mais nous la passerons ensemble
je t'entendrai rire   et la nuit sera pleine d'étoiles filantes.

ÉPREUVES *Le Haut-Bout, 10 juillet 1983*

Je corrige les épreuves de *Permis de séjour*, avec la double angoisse de laisser échapper de perfides coquilles, et de lire le récit de ce que j'ai déjà vécu et que la prochaine opération va (en partie) me faire revivre. L'Éternel Retour est un manège de chevaux de bois qui donne une vague nausée.

LE SILENCE DES
INTELLECTUELS *Le Haut-Bout, 12 juillet 1983*

La gauche semble se désoler de ce qui serait le « silence » de ses intellectuels comparé aux âges héroïques qu'évoque Max Gallo : « Où sont les Gide, les Malraux, les Alain, les Langevin d'aujourd'hui ? »

C'est oublier un peu vite que très vite après l'« état de grâce » du Front Populaire, Gide n'était plus que le « renégat » couvert d'insultes à son retour de l'U.R.S.S. et que la plupart des coryphées des tribunes d'alors allaient rapidement connaître le désenchantement : Paul Nizan allait devenir en un tournemain le « policier Nizan », pendant que Malraux s'éloignait à grands pas. Il suffit de citer les noms de Jean Cassou ou de Marcel Prenant pour se rappeler qu'être de gauche et vouloir le rester peut conduire à prononcer des paroles sur l'« union de gauche » que la gauche officielle juge scandaleuses, ou à garder des silences amers qu'elle nomme trahison.

Pour en revenir à l'époque actuelle, est-ce qu'un gouvernement socialiste ne pourrait pas plutôt se féliciter du silence des intellectuels de gauche ? On a fini en France par confondre intellectuel avec écrivain d'idées et écrivain d'idées avec idéologue, oubliant qu'un physicien, un poète, un architecte, un romancier ou un dramaturge sont aussi des intellectuels. Il faut dire que dans l'ensemble, depuis et avant la Libération, ces idéologues se sont tellement trompés, avec tant d'enthousiasmes successifs, qu'on en vient à souhaiter de ne pas les voir prétendre éclairer de leurs conseils le gouvernement. Je n'exempte pas l'idéologue qui peut-être sommeille encore en moi de ce nécessaire procès en sottise. On peut et doit l'intenter aux générations successives qui ont promené le drapeau hagard des Révolutions théoriques depuis Moscou la Gâteuse jusqu'à Pékin la Menteuse et au camp du caudillo Fidel. À quelques exceptions près, comme celles de Castoriadis, de Claude Lefort et de l'I.S., pendant un demi-siècle l'intelligentsia idéologique française n'a rien appris ni rien oublié. Les « intelligents » ne sont en général sortis du stalinisme que pour entrer en maoïsme ou en castrisme. Ils ne sont sortis du gauchisme à front de taureau que pour aller batifoler dans les champs entre la spiritualité de l'Ayatollah, la sensualité des belles et les fines balances à peser le concept de *différence* ou de postmodernité.

Il est intéressant de constater que, dans ce grand festival de l'aveuglement obstiné, les artistes ont payé un moins lourd tribut à l'erreur politique que les idéologues. Des poètes comme Breton, Yves Bonnefoy ou Char ont eu une « ligne » plus lucide et cohérente que la plupart des « philosophes ». Les romanciers comme Camus, Julien Gracq ou Louis Guilloux ont tenu un cap plus droit que les « politiques ». Michaux ou Beckett n'ont pas à leur actif les bourdes fabuleuses des intellectuels mal engagés.

Dans les atouts dont dispose le gouvernement actuel, on peut compter les bénéfiques silences d'une intelligentsia en partie dégrisée et guérie des fumées de l'illusion lyrique et du hosannah mécanique. Que François Mitterrand échappe au culte de la personnalité, malgré les timides essais de quelques thuriféraires, excellente chose. Que le ministère et les ministres ne soient pas voués à l'approbation unanime de la gauche et à la vénération sans réserve des masses, c'est un bien.

Il est préférable que les « intellectuels de gauche »

ne prêtent pas la main à ceux des institutionnels de gauche qui semblent parfois impatients de ramener la droite au pouvoir, à coups d'erreurs de calculs dans leurs comptes ou de coups fourrés dans leurs règlements de comptes. Quand on voit le visage des policiers conspuant Badinter, on préfère ne pas pousser à la roue qui nous mettrait en leur pouvoir. Quand on voit la Nouvelle Droite couvrir de fleurs douteuses Jack Lang parce que pour elle l'ennemi numéro un ce sont les États-Unis, on est assez heureux que pour Mitterrand le danger principal soit l'U.R.S.S. et que la stupidité qui renforce le danger soit celle de la politique de Reagan en Amérique centrale, dans le tiers monde et vis-à-vis de l'Europe. Certes, la politique du « tout nucléaire », les « livraisons » de supposés terroristes aux polices voisines et un certain verbiage gauchisant sont difficilement supportables, ou ne le sont pas du tout. Mais de l'abolition de la peine de mort à certaines lois sur le travail dans l'entreprise, de la lutte contre l'hégémonie russe à la critique de l'impérialisme américain, il y a suffisamment de choses à approuver dans le gouvernement actuel pour que les réserves ou les interrogations ne soient pas signe de froideur mais preuve de franchise. Était-il nécessaire, pour faire baisser le nombre des voix communistes, de renforcer par l'accès au pouvoir l'appareil du Parti ? Et si le véritable clivage entre la gauche et la droite, c'est le plus ou le moins de démocratie, est-ce que depuis le 10 mai 1981 la démocratie s'est simplement maintenue, ou s'est-elle au contraire développée en France ?

UN SOUVENIR 1942   *Le Haut-Bout, 18 juillet 1983*

Une salle d'attente   à la fin d'une nuit   l'hiver
pendant l'occupation   Un poêle à charbon éteint
  depuis longtemps
« Le train de Saint-Ferréol n'assure pas la correspon-
  dance
avec le rapide de Paris »   Le haut-parleur répète l'avis
en allemand   Ma valise est remplie de tracts
dont je trouve le texte ronflant et inutile
mais la discipline est la force principale
des désarmés   et si je n'ai pas la certitude d'être efficace
j'ai du moins   comme on dit   ma conscience pour
  moi
J'aimerais mordre dans un sandwich jambon
avec du beurre épais   un vrai café bien chaud
Je n'ai qu'une tranche de pain gris de ma ration
et une tablette de pâte de raisin synthétique
Mais au retour de Bordeaux je vais faire un tour
par la campagne et manger tout mon soûl
et j'irai boire du lait crémeux sous le pis de la vache

Est-ce que ça va durer longtemps cette histoire
  d'Histoire ?
Qu'on fasse vite la Révolution et qu'on respire enfin

J'avais en ce temps-là cette vision des choses
et je croyais au poing final   Ça m'a passé
et à la fin des fins   je sais qu'il n'y a pas de fin

SOYONS FRANCS *Le Haut-Bout, 3 août 1983*

L'été est chaud, calme et lent. Les pigeons ramiers parlent sans se lasser d'amour dans les ormes agonisants. J'essaie de me faire lisse, eau plane, et bienveillance. De ne pas gonfler les muscles (à la Sénèque) mais de les dénouer (à la Tchouang-tseu). Le fond de la chose c'est que je dois manœuvrer avec une *peur bleue* que j'essaie d'amortir par ruse et tactique mentale, la peur bleue de la nouvelle opération, juste un an après la grande — la peur bleue de ne pas me réveiller.

Mais Loleh est là, *si naturelle* qu'il me semble naturel d'être tout à fait naturel.

(Ou de croire que je le suis...)

RETOUR À L'HÔPITAL *La Pitié, 16 août 1983*

Me voilà de retour à l'hôpital, pas très flambant, me demandant trop de choses.

Comme toujours, ici, l'heure difficile c'est celle où les chambres deviennent cellules, où la nuit vient, mais pas encore le sommeil, sauf celui de la raison, qui nous asticote avec ses monstres ridicules, et où dans notre âme frileuse un labrador noir s'assied sur ses pattes de derrière et tente de hululer à la lune en s'attendrissant sur la méchanceté de l'univers. Mais il suffit de respirer aussi profond qu'on peut, de regarder Loleh qui sourit, et tout va mieux.

L'innombrable personnel (féminin en général) qui défile dans ma chambre s'emploie d'ailleurs à ne pas me laisser seul et rêveur à l'excès. À six heures une vive et fraîche créature vous réveille en sursaut pour prendre une tension qui pourrait (à mon avis) attendre, vous conseille tendrement de redormir, et s'en va pimpante. Lui succéderont de demi-heure en demi-heure celle qui pompe du sang sur le bras gauche, celle qui en pompe sur le bras droit, celui qui vous conduit à la radio, celle qui vous fend l'oreille avec un rasoir pour voir combien de temps la goutte gouttera, celle qui vous fait souffler dans une machine de luxe, celle qui voudrait que vous lui réserviez l'exclusivité de votre pipi, celle qui a de la curiosité pour vos crachats, l'entrée en coup de vent des médecins, toc toc toc, les ouvriers qui viennent remettre en place la porte du cabinet de toilette, la demoiselle de la tomographie, et j'en passe. J'ai toujours aimé les mains féminines, les femmes : je suis comblé.

(Une jolie demoiselle noire entre et dit : « Les urines ? » Je lui cède le bocal.)

NUITS *La Pitié, 17 août 1983*

La lampe éteinte mais éveillé encore
dans le noir d'avant le sommeil
Il faut être prudent et calme
pour que la nuit reste légère
et ne t'étouffe pas avec son bâillon de ténèbres
qui transforme le lit en tombeau

« BELLES MORTS » *La Pitié, 17 août 1983*

J. me dit qu'en mourant, le grand sinologue Paul Demiéville a laissé un manuscrit des traductions auxquelles il travaillait depuis des années, un recueil qu'il avait intitulé *Belles Morts*. Bien entendu, l'ouvrage est resté inachevé. Si « belle » puisse être la mort, elle coupe toujours le sifflet. Je suis curieux de lire le travail de Demiéville[1]. L'an dernier j'avais maille à partir de façon plus urgente que d'habitude avec la mort. Toujours pédant, toujours intello, j'avais projeté une anthologie de citations sur la mort, assuré grâce à elle (si je la menais à terme) sinon de trouver un « mot de la fin » personnel, du moins de pouvoir en emprunter un à quelque prédécesseur.

Mais les plus profonds poètes, je le crains, ne voient rien dans la mort, qu'une vie qui fait semblant de se vivre morte. Au Ve siècle des Han, Tao Yuanming feint de se voir mort : parents et amis le pleurent, font festin, retournent chez eux, et déjà se remettent à chanter. « *Cette nuit je dors aux champs, en terre, couché sous l'herbe.* » Ni Dante, ni Villon, ni les enfants qui jouent à « on serait mort » n'imaginent autre chose que cette pensée nulle : un vivant-qui-se-vivrait-mort, « *os déclinés en poudre* ». Un gisant aboli dont le corps resterait un corps : « *La mort le fait frémir, pâlir.* » Mots de la vie, défaits à vouloir dire la mort.

Les philosophes savent que toute pensée s'arrête avant : au temps compté, irréversible. « *La mort est la*

[1]. Il a paru depuis, en 1984, aux éditions de l'Asiathèque, sous le titre *Poèmes chinois d'avant la mort*, édité et préfacé par Jean-Pierre Diény.

mort de la mort », dit Feuerbach. Dans tous les mythes du monde, les immortels finissent par s'ennuyer, aspirer à leur fin. Ayant le temps, ils perdent le leur. Qui pourrait jouer une infinité de parties, qui peut tout avoir et ne rien choisir, souhaite finalement une fin de jeu. Devoir finir, et le savoir, contraint à *préférer*. C'est une grande évidence, si claire que la banalité même. « *Sans la mort*, murmure Schopenhauer, *il serait même difficile de philosopher.* » Les penseurs sérieux n'ont rien à dire de la mort : seulement de la vie qui se sait unique.

Quand la pensée refuse de penser l'impensé, magies et métaphysiques prennent le relais. Le grand discours occidental sur la mort-passage-vers, sur la vallée de larmes ouvrant sur la porte étroite qui ouvre elle-même sur l'éternité, sur l'*Ars moriendi*, ce discours contourne la mort pour la « dépasser ». Quand j'allais apprendre le catéchisme à l'église de Bassac, je franchissais le porche de la vieille abbatiale. On y lit encore l'inscription de 1792 : « *Le peuple français croit à l'Être Suprême et à l'immortalité de l'âme.* » Robespierre impose à la Nation les consolations de l'au-delà.

Quand je suivais les cours de notre vieux maître Margouliès, il m'étonnait en trouvant « morbide » la façon de parler de la mort des poètes chinois, souvent angoissés par la mort des autres, la leur : « *L'absence de tendances mystiques et de religion* [des Chinois] *augmente cette angoisse.* » Il ne semble pourtant pas que la « morbidité » des Danses macabres du Moyen Âge ou de Valdes Leal soit moins « morbide » que les poèmes du deuil de Li Po ou de Tou Fou. Ni que les croyants aient moins peur de la mort que Freud l'athée. Freud avait quarante-trois ans, en 1899, quand il écrivit à Fliess : « *Shakespeare a dit :* " Tu es débiteur d'une mort à la nature." *J'espère que, l'ins-*

tant venu, il se trouvera quelqu'un pour me traiter avec plus d'égards [que le malade auquel on cache la vérité sur son état] *et pour me dire à quel moment je devrai me tenir prêt.* » À soixante-treize ans, en exil à Londres, la mâchoire rongée par le cancer, souffrant d'atroces douleurs depuis des années, ayant travaillé jusqu'au bout, Freud demande à son médecin de se souvenir qu'il lui a promis de ne pas l'abandonner lorsque son temps serait venu. Max Schur raconte : « *Je lui fis signe que je n'avais pas oublié ma promesse.* » Schur fait à Freud une injection de morphine. « *Freud ne se réveilla plus.* » Pendant les derniers jours, Freud ressentit une grande tristesse de voir que le chien qu'il aimait refusait de l'approcher. La bête ne pouvait pas supporter l'odeur de mort que dégageait le malade.

Les êtres humains sont tiraillés entre les deux « postulations » dont parle Baudelaire : l'attitude de Freud envers sa mort, la vérité en face ; et l'instinct du chien devant elle, la fuir. Entre l'homme et l'animal-en-nous.

Les hommes meurent selon leur rang, leur classe et les règles de leur société. Le « Grand Cérémonial » de la mort est un style commun aux aristocraties du pouvoir et de la culture, qu'il s'agisse des civilisations à « religions athées » de l'Orient ou de l'Occident chrétien. La mort « mise en scène », ritualisée, publique et « spectaculaire » d'un prince de l'Église et de la pensée théologique, comme saint François de Sales, ressemble beaucoup à celle du haut fonctionnaire, poète, peintre et « sage » taoïste Mi Fou, sous la dynastie Song. Ayant mis en ordre ses affaires, installé dans le cercueil de chêne parfumé qu'il s'est fait faire, Mi Fou rassemble autour de lui tous les officiers de sa sous-préfecture, leur montre son chasse-mouches, et dit : « *Du royaume de tous les parfums on*

vient, vers le royaume de tous les parfums on part. »
Puis il laisse tomber le chasse-mouches, et meurt.
L'évêque de Genève réunit autour de lui l'assemblée
de ses prêtres, moines et religieuses, reçoit les sacrements, déclare : « *Celuy qui a commencé achèvera* », se
tait, puis rend l'âme. Morts de sages ou de saints ?
Sans doute. Mais aussi morts de « grands ».

Le lieu commun séculaire de la mort démocrate,
égalitaire et grande réconciliatrice, est d'une vérité
douteuse. La « *pallida Mors pulsat pede* » d'Horace, la
« *male mort qui d'un pas impartial* » va frapper aux
portes de la masure du pauvre et du palais du riche,
celle qui dans les Danses macabres rafle de la même
faux le pape et le manant, c'est une image qui console
— le pauvre.

BLOC
OPÉRATOIRE *La Pitié, 18 août 1983*

J'habitais un espace sans aucun habitant
sans soleil sans rumeurs sans pollen sans oiseaux
dans un ressac d'échos mauvais de bruits stridents
les mains ligotées un garrot prêt à se serrer
autour de mon souffle hésitant
la tête traversée de carillons rouillés
le corps traversé de bistouris cuisants
J'étais cette chose équarrie qu'on obligeait à vivre
(que ça te plaise ou non
la vie ne te regarde plus pour l'instant
c'est l'affaire des spécialistes)
Plus tard ils ont délié mes mains
ôté le tube de ma gorge
chargé le bocal du liquide goutte à goutte

J'ai eu un instant envie d'une abeille
toute petite et fine dans un brin de soleil
allant à son travail   légère légère
une abeille et tout ce qu'elle apporte avec elle
l'été   les coqs   les chiens   les fleurs   les ramiers
une abeille   pas davantage
et la certitude d'être sur la terre
où il y a des abeilles   et Loleh

ÉTATS
D'ÂME *La Pitié, 21 août 1983*

Il est intéressant de constater que, depuis quelques années, en politique, dire de quelqu'un qu'il a des *états d'âme* est considéré comme une injure, mais que parler de *sensibilité* est une façon courtoise de désigner un appareil ou une idéologie.

Quand Balzac ou Stendhal parlent de l'état d'âme de Lucien de Rubempré ou de Fabrice, ou plus près de nous, quand un romancier contemporain nous dit de son héros que « *son état d'âme ce matin-là mariait l'indifférence à la curiosité* », il s'agit bien de la situation atmosphérique d'un esprit, d'une météorologie de l'*âme*, de son *état*. Mais dans le langage courant de la place publique, l'expression *état d'âme* a pris curieusement depuis quelque temps une coloration péjorative. On ne la prononce jamais plus sans un petit rire étouffé de commisération ou de dédain. On la met au pluriel pour la dévaloriser plus sûrement : avoir *des* états d'âme est le signe infaillible d'une tête pas très solide, d'une santé morale chancelante et de faiblesses de caractère entachées de ridicule. L'état d'un homme d'État implique la nécessité de n'avoir pas d'états d'âme, et de préférence pas d'âme du tout.

Dans le même temps où s'opérait cette évolution des vocables, et où les « bons sentiments » étaient exposés aux flèches de l'ironie, l'affectivité remportait une étrange victoire dans le domaine des « monstres froids ». L'union de la gauche, par exemple, n'est plus simplement une coalition de partis. Elle est un mariage de *sensibilités*. Il est plaisant d'entendre présenter Georges Marchais comme le représentant de la *sensibilité communiste* dans l'arc-en-ciel des heureuses familles du « peuple de gauche ». C'est du moins une sensibilité qui semble ignorer les états d'âme, ou les exclut sans pleurer à fendre l'âme.

Automne-hiver 1983

PASSAGES *Paris, 3 octobre 1983*

La vie de S. a été déchirée par le départ de M. qui la laissait avec ses enfants *nel mezzo del cammino della vita*. Elle me dit : « J'ai rêvé hier que M. était en face de moi et m'annonçait qu'il me quittait. Je me suis réveillée. Quel soulagement : ce n'était qu'un rêve. »

Descendant avec Roger Grenier son escalier de la rue du Bac, j'ouvre la porte de la rue et je m'arrête à mi-chemin de la phrase : « Tu as vu Gary ces temps-ci ? » Si fortes sont les images de Romain sur le trottoir, au comptoir du tabac, traversant la rue, avec sa tête de violoniste tzigane de génie — et si inimaginable qu'il soit mort, se soit suicidé — ma mémoire volplanait au-dessus de cela...

Rêve. Je marche dans la foule de Grand Central à New York, à une heure d'affluence, mais dans un silence absolu. Pas un silence angoissant, le silence du bœuf sur la langue. Mais comme si chacun ne ressentait plus aucun besoin d'émettre des sons, si tranquille dans la paix du silence.

« *Mes* personnages », dit ce romancier... Dans le travail d'imaginer comme dans le travail de vivre, on ne devrait jamais employer le possessif que comme une commodité de la conversation : qui croit trop posséder s'éveille vite les mains vides. *Ma* vie, *mes* enfants, *mes* amis, *mes* idées, *mes* opinions... Le verbe être est déjà assez compliqué à utiliser pour qu'on ne se méfie pas comme de la peste du verbe avoir. De quoi est-on propriétaire ? De rien, sans doute. Jamais des autres. Je me souviens d'un romancier que j'ai connu. Il était dans la vie quotidienne le despote des siens. Il les asservissait à sa volonté et à ses caprices. Au nom de son œuvre, bien entendu. Je l'entendis pourtant un jour me dire, en terminant un livre : « Mes personnages ici m'ont échappé. » J'avais envie de lui souhaiter de se conduire aussi poliment avec ses proches, qu'il réduisait en esclavage, pour de vrai, et qui n'avaient, eux, aucune chance de lui *échapper*. Au reste, quand je lus le roman dont il m'avait parlé, je m'aperçus que ses personnages non plus n'avaient pas eu un instant la possibilité de vivre une vie à eux : il les tenait si bien en main qu'ils étaient raides comme du bois.

FORÊT *Le Haut-Bout, 19 novembre 1983*

La forêt est toute dépouillée. Il fait encore ce beau temps glacé, sec et ensoleillé d'Été de la Saint-Martin. À midi, les vanneaux huppés surgissent, avec l'espoir que le réchauffement aura ameubli le sol et qu'ils pourront y piquer des vers. Les bandes de freux campent dans les labours, que je regarde à la jumelle pour voir si ce sont vraiment des freux, et pas des corbeaux d'été. Oui, ils ont le bord du bec déplumé, parce qu'ils fouissent en terre, exemple type de « caractère acquis ».

Le caractère que j'ai acquis cette année, c'est un mélange de pessimisme radical et de joie en sourdine. Pessimisme de celui qui sait bien que « ça ne durera pas ». Bonheur (avec pédale douce) de celui qui s'émerveille que ça ait pu encore durer.

1er décembre 1983

Les feuilles mortes fuient devant la charge de cavalerie des cosaques du vent, comme la foule dans les vieilles bandes d'actualité de la Révolution de Février à Saint-Pétersbourg.

4 décembre 1983

Promenade à midi, par grand soleil et froid glorieux, du côté des Granges et de l'abbaye de Louye. L'air est si pur qu'on entend le moindre son de très très loin, l'aboi d'un chien du côté de Dourdan, quelqu'un à l'horizon qui coupe du bois avec une scie à main. Comme pour confirmer la légende qui prétend que la Vierge *ouyt* la requête d'un seigneur égaré à la chasse dans ces parages, et que ses gens retrouvèrent, grâce à Notre-Dame de l'ouïe.

Dans la plaine labourée, vaste clairière entre les bois et l'abbaye, un immense vol d'étourneaux ondule, se délie et se reforme, croisant un vol de petites corneilles noires. Les deux bandes se mêlent sans se confondre. Image d'une paix joyeuse entre deux armées qui préfèrent danser un gai ballet d'ailes plutôt que de se battre.

Notre négligence fait le bonheur des grives draines. Les pommes oubliées dans l'herbe leur ont permis de faire bombance.

LE MESSAGER
QU'ON NE VEUT
PAS ENTENDRE *Paris, 8 décembre 1983*

Lu les souvenirs de guerre de Jan Nowak, *Courrier de Varsovie*. Il y a une tragédie plus tragique encore que celle du coureur de Marathon, qui tombe mort en transmettant son message. C'est quand il meurt parce qu'on ne l'a pas cru. Il y a un égorgement encore plus sanglant que celui des témoins dont parle Pascal, ceux qu'on croit parce qu'ils se sont fait égorger : c'est la mort de ceux qu'on ne croit pas, *quoiqu*'ils se soient fait égorger.

Le prédécesseur de Jan Nowak dans la périlleuse fonction de courrier de la Résistance intérieure entre la Pologne et les Alliés, Jan Karski, avait réussi l'exploit terrible de pénétrer deux fois dans le ghetto de Varsovie, une fois dans un camp de la mort, et d'aller rendre compte de ses missions à Londres et à Washington. D'Eden à Roosevelt, des juges de la Cour Suprême aux journaux sionistes, on ne le crut pas, ou le crut à demi. Reprenant la fonction de *Courrier de Varsovie*, Nowak va déployer le même courage, la même ingéniosité, la même patience, franchissant les fronts, les armées, les frontières avec une incroyable audace. Pour découvrir, à dix reprises, que ce qu'il a vécu, vérifié, on ne le croit pas, ne veut pas le croire. On l'écoute poliment, mais on ne l'entend littéralement pas, ou on fait le sourd. Il assure aux Anglais que Katyn est l'œuvre des Russes : « *À quelques rares exceptions près, les critiques et la réprobation [...] étaient dirigées en chœur harmonieux non contre la Russie [...] mais contre la victime du meurtre qui avait eu l'audace de faire part de ses présomptions et d'exiger que la vérité soit établie.* » Qu'il apporte les preuves de la barbarie allemande dans le ghetto de Varsovie, qu'il présente des rapports circonstanciés sur l'extermination de trois millions de Juifs en Pologne, qu'il transmette le témoignage d'un soldat anglais évadé en Pologne qui a assisté aux massacres poursuivis méthodiquement par les Allemands, ou qu'il communique les comptes rendus des activités des l'Armée Intérieure, *on ne le croit pas*, parce qu'on a déjà décidé de ne pas le croire. On ne le croit pas, parce que (comme le lui explique un dirigeant sioniste à Londres) on veut bien accepter l'histoire de trois enfants juifs abattus en essayant de fuir le ghetto, mais trois millions de juifs exterminés, cela semble *incroyable*. De surcroît, les Polonais sont toujours soupçonnés d'exagérer délibérément les crimes des Allemands, de gonfler les exploits de leur Armée de l'Intérieur, d'en « rajouter » aux ruses et à la répression des Soviétiques. Nowak met à vingt reprises sa vie en jeu, vit des « romans d'aventures » auprès desquels les exploits de James Bond sont des bleuettes, pour se heurter à des politiques et à des journalistes qui, neuf fois sur dix, l'écoutent mal, le croient peu, ne lui font aucun écho, et le font taire à la fin. Quand il établit le bilan de ses années de péril et de saute-frontières, il pense qu'il a travaillé pour l'avenir, pour que Solidarnosc, par exemple, puisse un jour exister. Mais à l'époque, il pouvait bien parler et dire la vérité : les décisions étaient déjà prises, et tout à fait indépendamment des réalités dont

Nowak était le témoin — un témoin en effet prêt à se faire égorger. Un « Service du Refoulement » fonctionnait. L'homme a des yeux pour voir, des oreilles pour entendre. Il excelle aussi à en faire l'usage le plus pervers quand il ne veut pas voir, ne veut pas entendre, ne veut pas savoir. Le messager de Marathon, qui arrive à bout de souffle et de vie à porter la nouvelle, ne meurt pas tellement d'avoir couru sa course, que de l'avoir courue en vain.

BRINS DE
MOTS *Paris, 10 décembre 1983*

On a couché Flore, la petite-fille de Sonia, mais l'enfant ne veut pas dormir.
— Qu'est-ce que tu as ?
— J'ai envie de quelque chose.
— De quoi as-tu envie ?
Flore réfléchit, fait une moue :
— Je ne sais pas. Dis-moi quoi, toi...

CHATS ET
OISEAUX *Le Haut-Bout, 12 décembre 1983*

Bernadette et Jean Morand m'écrivent : « *Une chose nous trouble beaucoup dans votre passion pour les oiseaux et pour les chats. Est-ce que vos chats ne finissent pas quand même, de temps en temps, par manger vos oiseaux ?* » Ils ajoutent, *tongue in the cheek* : « *Il est vrai qu'il y a le précédent de saint François d'Assise et que vous avez peut-être la même vertu et les mêmes pouvoirs que lui, de réconcilier les inconciliables de la nature ?* »

Je leur réponds que je n'ai pas de *passion* pour *les* chats. Je n'aime pas non plus *les* hommes : j'aime des êtres que je connais. Je n'ai pas beaucoup de goût pour les cœurs d'artichaut, qui aiment tout et tant, qu'à force d'aimer trop ils aiment mal, ou peu, ou pas du tout.

J'ai encore moins de goût pour ceux dont les amours sont des amours « contre » : qui aiment une femme pour pouvoir détester tout le reste du monde, qui aiment les bêtes en haine du genre humain, qui adorent les chats mais ne peuvent pas souffrir les chiens, qui aiment Dieu parce qu'ils n'aiment pas la vie, qui définissent leurs amours par ce à quoi elles s'opposent, par le grand fond d'indifférence ou de mépris sur lequel se détache une passion exclusive. Il me semble au contraire que les amitiés, les amours et les inclinations peuvent et doivent s'enrichir les uns les autres. Et si j'aime en effet mes compagnons modestes et laineux, les chats, ce n'est pas comme alibi à mon dégoût de tout le reste.

Cela n'implique pas, bien entendu, un optimisme béat et une vision trop idyllique de l'univers. J'aime souvent dans la vie, d'un même cœur, des êtres qui ne s'aimeraient pas tellement si je les réunissais ailleurs que dans ma sympathie. Je me nourris également de Proust et de Hugo, qui n'ont pas grand-chose à se dire, de Marx et du mystique allemand Angelus Silesius, qui ne parlent pas exactement le même langage, de Nabokov qui abhorre Freud, de Breton et de Freud, qui ne comprenait pas grand-chose à la poésie surréaliste et n'aurait peut-être pas apprécié *Ada*. Pour en rester au domaine animal, mes chats et moi avons un goût très vif en commun, celui des oiseaux. Mais nous ne les regardons pas du même œil. Mes jumelles à portée de main, j'aime observer les fauvettes à tête noire et mes voisins de campagne, le couple de hérons cendrés qui habite une mare dans la proche forêt. Mais quand ma chatte observe les oiseaux, c'est avec une curiosité assez différente de la mienne. Il m'arrive de sauver une mésange des griffes de la chatte, et de protéger celle-ci des attaques en piqué d'une femelle de corbeau freux qui croit son nid menacé par nous. Mais j'assiste souvent aux drames de la « lutte pour la vie », qui n'est pas un conte rose.

« *Dieu*, dit J. L. Borges, *a inventé le chat pour que nous puissions avoir un tigre à la maison.* » Il l'a inventé aussi pour que nous gardions à portée de main, de caresses, de griffes et de mystères en pleine fourrure un échantillon quotidien de nature, dans un monde de plus en plus dénaturé.

ANDREÏ
VOZNESSENSKI *Paris, 15 décembre 1983*

Il y a longtemps que je n'avais pas vu Andreï Voznessenski. L'enfant chéri des meetings de poésie des années 50-60, l'enfant prudemment terrible qui dans ses vertes années enrageait les « dirigeants » soviétiques, l'enfant prodigue auquel ses parents tendirent le téléphone, un soir où il revenait du lycée, en disant : « Pasternak à l'appareil. C'est pour toi », l'enfant prodigue qui était toujours sur le point de prendre le large et revenait toujours à la maison, l'enfant gâté qui entre deux esclandres vend ses poèmes par cent mille exemplaires et lance à Moscou le premier « rock-opéra », un show assez vulgaire et démagogique, parsemé de malignes fléchettes chantées sur les charmes de la liberté, sur le droit d'aller ailleurs si ça vous chante, et sur la nocivité des bureaucrates d'État — l'enfant-poète enfin, est-il vraiment devenu une grande personne ? « J'ai cinquante ans », dit-il. Bon. Les pommettes à angles aigus se sont adoucies, le maigre garçon s'est un tout petit peu arrondi, mais l'âge qu'il a pris, on ne le lui donnerait vraiment pas. Le visage tout rond garde une jeunesse lunaire, un mélange d'innocence, d'émerveillement juvénile et d'habileté madrée, un alliage fragile de rouerie, de fraîcheur rusée, de protestation-alibi. Ce qu'il appelle dans son dernier livre (dont c'est le titre) son côté *Incontrôlable*. Je dirais plutôt : *insaisissable*, parce que dans le pays des mille et un contrôles, contrôle de la parole, contrôle de l'écriture, contrôle de l'identité, contrôle de la résidence, contrôle de l'emploi du temps, contrôle des pensées, contrôle des contrôleurs, contrôle des contrôleurs-de-contrôleurs, Andreï Voznessenski est contrôlé comme n'importe quel citoyen, mais se faufile hors de la cage à contrôles comme le premier nuage se volatilise aux vents. On imagine assez bien ce qui se passe dans la tête des Grands Contrôleurs du *Glavlit*, du K.G.B., du ministère de la Culture. Ils se disent que ce Voznessenski est insupportable, avec ses accès de contestation, ses foucades de protestation, son libéralisme « bourgeois » à l'occidentale, son américanomanie. Mais après tout il ne fait pas grand mal, et on peut l'envoyer à l'étranger sans crainte, parce qu'il aime trop profondément la Russie, même soviétique, pour jamais émigrer. D'ailleurs, dehors comme dedans, il présente bien, il a un public, il est populaire, il rapporte du prestige, il rapporte des devises, il encourage les gens à penser que puisque Voznessenski est libre comme un petit nuage en pantalon, ça ne doit pas être si méchant que ça, l'U.R.S.S.

Bien entendu, Voznessenski souffre et jouit de ce statut particulier de lutin. Il y a vingt ans, quand nous l'avons connu, il avait l'auréole, sinon du martyre, du moins des menaces sérieuses. Khrouchtchev tonnait derrière lui au podium du Palais Sverdlov, hurlant des imprécations : « *Formaliste ! Houligan ! Il veut nous amener une autre Révolution hongroise !* » Andreï ne savait pas s'il fallait qu'il se retourne de son estrade pour regarder dans son dos, au-dessus de lui, Monsieur K., qui faisait tressauter le micro à coup de poing. À sa façon le chef de l'U.R.S.S. s'intéressait à la Culture. D'émotion Voznessenski en cassa son verre d'eau. Monsieur K. hurlait : « *Videz ma patrie de votre présence, Monsieur Voznessenski ! Je vais dire à Chelepine qui est à côté de moi de vous préparer un passeport.* » Andreï s'étranglait : « *Je suis un poète russe, j'aime mon pays...* » Le grand-gros Chelepine prenait le relais de K. et tonnait, comme l'adjudant hargneux qui passe une revue de détail : « *Comment osez-vous vous présenter au Kremlin sans chemise blanche, en polo, comme un voyou !* » La salle, « faite » selon les bonnes recettes soviétiques, grondait : « *Honte ! Honte à Voznessenski ! Faites-le taire !* »

Il ne fut jamais envoyé au camp, mais l'élève Voznessenski fut souvent envoyé en retenue au coin. Dans son coin, il marmonnait toujours, comme le petit garçon en pénitence qui maudit les grandes personnes entre ses dents :

Ce sont les puissants qui sont en disgrâce lorsque s'en détourne le poète.

La mauvaise tête est enfin autorisée à ôter son bonnet d'âne et à aller en récréation. Les pions croient qu'ils l'ont dressé ? Eh bien non, il recommence. Il salue lyriquement Chagall. Le voilà catalogué « sioniste ». On lui refuse un visa. Il pousse des cris qu'on entend jusqu'à New York et Paris. Scandale. Il ose avec son ami Axionov lancer à Moscou une revue hors censure, *Metropole*. Scandale. Un pas pour rentrer dans le rang. Deux pas pour en sortir à nouveau et faire un esclandre. Axionov émigre. Voznessenski trouve un compromis. Ses poèmes ont gardé la musique et la grâce, la fraîcheur de l'insolence et le je-ne-sais-quoi, acrobatique et farfelu, parfois un peu truqué, d'un Cocteau russe. Il célèbre gravement les grands parias, les grandes victimes, dans des poèmes aériens comme un vol d'oiseaux. L'astrophysicien Kozygrev, qui passa des années dans les camps, où il continuait à étudier l'hypothèse selon laquelle le temps aurait son propre champ de gravité, inspire à Andreï plusieurs poèmes, dont l'un est peut-être un de ses plus beaux :

Un affranchi du Temps suscite la colère des esclaves du Temps
Un physicien honoré et martyrisé à l'époque d'avant-guerre
trouva la formule de la pesanteur du Temps.
Le monde n'était pas prêt pour elle.

J'aime entendre Voznessenski lire ses poèmes en russe. Quand il vint à Paris pour la première fois, il avait tendance comme beaucoup de ses confrères russes à déclamer, à *chanter* les poèmes (Joseph Brodsky, très grand poète, dit ses poèmes comme un chantre entonne des versets liturgiques). Aujourd'hui Andreï a dépouillé sa diction, il dit ses vers, de plus en plus simples et nus, avec une simplicité de plus en plus simple :

> *On soigne notre honte*
> *comme on opère une appendicite*
>
> *Maintenant notre problème*
> *c'est l'absence de honte.*
> *Allons, qui ose encore rougir ?*
> *Vous en connaissez, vous ?*
>
> *Nous avons honte de nos silences.*
> *Que faisons-nous ? Nous plaisantons.*

J'écoute Voznessenski parler de son travail, de ses essais de prose, *J'ai quatorze ans*, *O*, des ses amitiés, de ses maîtres, de ses espoirs et de son désespoir. « *La nostalgie du présent* », c'est le titre d'un de ses poèmes. Mais comment suggérer en français le fourmillement de sens du mot *nastoyaschi* en russe, un mot qui parle du présent, le présent immédiat, mais aussi de la vérité vraie, de l'authentique, du réellement réel, de ce que le poète sent parfois le fuir, quand il fait un pas en arrière, et qu'il retrouve, quand il repart de l'avant ? Un instant brebis galeuse, un moment après fils choyé, Andreï Voznessenski essaie de se faufiler sans perdre l'équilibre entre la vérité qu'il a besoin de dire et la tranquillité qu'il a envie de garder. Il est ce poète officiellement reconnu qui tient des propos officiellement inadmissibles. Esprit *incontrôlable* et citoyen assujetti, comme chacun, au perpétuel contrôle d'État. Star soviétique et poète maudit de luxe, il intrigue autant qu'il déçoit et qu'il charme.

Que ferions-nous si nous étions citoyens d'un État dont les deux armes sont l'interdiction de quitter la patrie et l'obligation de quitter la patrie ? Que faire, lorsqu'on est toujours menacé au minimum de l'emprisonnement dans les frontières — ou du bannissement à vie ? Avec, troisième voie, l'asile psychiatrique ou le camp ?

Je rêve un moment en compagnie du vieux jeune homme toujours incontrôlable et parfois contrôlé, contestataire gardé à vue et vedette librement voyageuse, rouspéteur d'État et coqueluche des lecteurs, tenu à l'œil et pourtant évasif comme un vol d'oiseaux migrateurs. Il décrit, spectacle banal, les queues soviétiques, partout, et notamment le matin où les libraires vont recevoir un livre d'Akhmatova que le public a vraiment envie de lire, mais qui est prudemment limité à un minuscule tirage :

Augmentez le tirage des cigognes, des grues
et des passions

demande ironiquement Voznessenski.

Les « libéraux » se font rares en U.R.S.S. Iouri Trifonov est mort. Axionov est au Canada. Vyssotski est mort. Lioubimov est menacé. « Je me sens quelquefois un peu seul », dit Andreï Voznessenski.

PARIS
INFORME *Paris, décembre 1983*

En allant au *Nouvel Obs.*, je fais chaque fois, par masochisme et curiosité, un détour du côté *Trou*.

Le « symbole » par excellence, le « lieu » sacré de la culture française 1945-1985, c'est le trou des Halles.

Creuser des trous, il y a longtemps que Présidents de la République, Premiers ministres, ministres pas premiers, conseillers municipaux, urbanistes-sic, et promoteurs-promettant s'y entendent.

En 1954, il y avait encore des arbres avenue des Champs-Élysées. En 1955, on les remplace par des trous et ensuite par des autos. On arrache pendant l'été 1955 les arbres de l'avenue de l'Opéra, en septembre 1957, ceux de l'avenue d'Italie, en septembre 1959, ceux du boulevard Malesherbes. L'ennemi, c'est le marronnier. D'ailleurs les vapeurs d'essence ne lui valent rien. On l'arrache donc, pour mettre à sa place plus de voitures encore, donc plus de vapeurs d'essence. Raisonnement irréfutable.

La danse de Saint-Guy de Paris sur trous et de Paris sur tours s'accélère dans les années 60.

On creuse des trous pour élever des tours : Maine-Montparnasse, Italie, la Défense.

Mais les trous dont surgissent les tours jouent des tours.

Personne n'avait eu l'air de prévoir par exemple que la Tour du Groupe d'Assurances Nationales (170 m) allait se voir comme un nez de travers dans une figure, dans la perspective Arc du Carrousel-Tuileries-Arc de Triomphe.

On crée donc en juin 1972 un groupe d'études pour chiffrer le montant de la démolition des étages qui défigurent l'horizon de Paris. Addition salée. Le ministre des Finances de l'époque, Giscard, est néanmoins d'accord pour débloquer les fonds nécessaires, afin de payer les frais causés par les urbanistes qui ont divagué. Mais le projet de scier la tour du G.A.N. tombe au trou.

Pendant que la rive droite de la Seine est transformée en autoroute, l'élection du même Giscard entraînera, entre autres amnisties, celle de la rive gauche, qui était menacée, elle aussi, de son autoroute. Un pas de plus dans la voie du progrès, et la Seine bétonnée dans son parcours parisien pouvait devenir une gigantesque « voie express ».

Le guignol « urbain » continue. On construit la Villette, pour découvrir que ces abattoirs devraient être abattus : ils sont inutilisables.

On transfère les Halles. Les pavillons de Baltard s'étaient révélés spontanément des lieux de rendez-vous heureux, de vie sociale naturelle, de spectacles, de fêtes. On les détruit donc. Mais on en transporte un, à titre d'échantillon, en banlieue.

Et on creuse le Trou des Trous.

Quand il est creusé, on se demande ce qu'on pourrait bien en faire.

On en fait ce qu'on peut. Peu. Un peu hideux, bête et méchant. Une simple horreur.

« À la trappe, au trou ! » criait le Père Ubu. Il était roi de Pologne. Il est devenu monarque de Paris.

Inutile de citer les vers célèbres :

> ... *la forme d'une ville*
> *change plus vite, hélas, que le cœur d'un mortel*

Baudelaire parlait de *forme*. Mais nous vivons de plus en plus dans un Paris informe.

Carnet de Venise

MAI 1983

Venise à nouveau. C'est ici que j'ai souhaité revenir, en même temps qu'à la vie. J'avais deux superstitions. Si les hirondelles nichaient à nouveau sous leurs poutres à Haut-Bout, je serais sauvé. Et si j'étais sauvé, j'irais à Venise *rendre grâces*.

J'ai voyagé parfois pour me changer les idées, ou me guérir de mes sentiments. Je voudrais ne plus voyager que pour les vérifier.

À Venise, à minuit, dans la brume de novembre, sur le Fondamenta qui conduit aux Tre Ponti, croiser l'Homme à la Chèvre et sa noire compagne aux sabots légers, pianotant sur les durs pavés de pierre d'Istrie. Au Mexique, à Tcpot-zolán, écouter Octavio Paz voltiger sur le trapèze volant de l'intelligence d'un point cardinal à l'autre, bondissant d'André Breton aux temples indiens, de Sœur Juana de la Cruz à Wittgenstein. À Pékin, au Temple du Ciel, écouter un ami raconter les larmes aux yeux la Révolution Culturelle, et n'allez pas me dire que les Chinois sont impassibles...

J'ai voyagé. Était-ce pour me *divertir*, selon le verbe

latin, pour me détourner et distraire, et m'oublier un peu (oubliant que le voyage emporte avec soi le voyageur) ? Était-ce pour me retrouver, dans cette distance que le déplacement creuse entre notre routine et moi-même, entre notre train-train (ou l'avion, ou la route) et l'éveil ? Était-ce pour me recueillir, dans ce dépouillement relatif, cet allégement et cette cellule de solitaire que l'exil volontaire provoque aussitôt ?

Le voyageur voit. Le touriste *toure*.

On reconnaît le touriste à ce qu'il ne cesse de pester contre les touristes.

Le touriste déploie d'infinies ressources d'énergie et de ruse pour éviter d'être pris pour un touriste. Au retour, en projetant ses diapositives à ses amis, il leur cache qu'à la même seconde où sa femme l'a photographié devant une *koré* du Parthénon, elle a dû attendre dix-sept minutes afin qu'aucune des deux mille personnes qui prenaient la même photographie ne se trouvent plus dans le champ.

Le touriste parle des touristes comme le service de désinfection parle des rats : Louxor était « infesté » de touristes, qui à la même heure sont en train de dire que Louxor était « infesté » de touristes, qui à la même heure...

L'expérience m'a prouvé pourtant que fausser compagnie aux touristes est, pour qui s'en donne la peine, un jeu d'enfant. Les ruines de Mycènes au petit matin sont un désert où seul le vent parle d'Agamemnon et de Clytemnestre. Passé l'*Ospedale*, Venise est une ville ignorée des étrangers, qui s'agglutinent sur San Marco comme des mouches. Il suffit de se promener à six heures du matin le long des douves de la Cité Impériale pour retrouver le Pékin de la fin des Song.

Au IIe siècle, dans son *Livre des portes et des évasions*, Rabbi Cephania Ben Ahoya (je viens d'inventer son œuvre et sa vie) écrit au chapitre VII : « *L'homme pieux et avisé n'a nul besoin de parcourir la terre. Où qu'il soit, il sait qu'il est en Exil du Vrai Royaume. Devant chaque homme rencontré, il sait que le plus proche demeure un étranger si on ne lui ouvre son cœur dans la clarté de l'Éternel. Quoi qu'il lui advienne, le sage et avisé garde la vertu d'étonnement. Et sa maison comme son petit jardin lui sont terres inconnues, continents à chaque instant découverts, constante surprise et l'occasion de cet émerveillement qui à toute minute inspire à l'âme le désir de louer Dieu.* »

Ai-je suffisamment écouté la leçon du Rabbi ? J'ai dû souvent aller chercher bien loin ce qui m'attendait à ma porte.

Enfant, ma mère me mesurait tous les cinq ou six mois avec une règle et un crayon encre, contre la tranche d'une porte de la maison. Ainsi à Venise, à travers les années, je mesure ma croissance et mes décrues, ma constance et mes variations.

En politique, par exemple, dans les années 50, j'allais en Italie, à Florence, Venise et Rome surtout, parce que là l'utopie semblait raisonnable et possible. Un « communisme à visage humain » nous accueillait en souriant : Elio Vittorini, un des hommes admirables que j'aurai connus ; Mario Barato, qui avait la malice de son maître Goldoni ; le grand historien d'art Ranuccio Bianchi-Bandinelli, « *Il conte rosso* », qui connaissait et appréciait les arts comme peu d'hommes et parlait des Étrusques comme de vieux amis, Romano Bilenchi... Mais sans y prendre garde, j'imite le grand Chateaubriand, revenant en Italie, qui revoit le congrès de Vérone. Nommant chaque participant, de Metternich à Louis XVIII, de l'empereur Alexandre de Russie au pape Pie VII, il s'aperçoit qu'il fait l'appel des morts.

Mortes aussi les illusions...

Mais toujours vraie la boutade de Cocteau : « *Les Italiens sont des Français de bonne humeur.* »

L'esprit, c'est comme l'argent. Ceux qui en ont l'ont en général aux dépens d'autrui.

On disait de Cocteau qu'il avait de l'esprit. Mais l'esprit et la bonté ne font pas bon ménage, et Cocteau était sans méchanceté vraie.

À la Pensione Seguso, la signora Seguso me rappelle ce matin d'*acqua alta* où nous nous réveillâmes avec cinquante centimètres d'eau au rez-de-chaussée de la pension, et où un couple français fulminait : « On aurait pu quand même nous prévenir ! » C'est que, pour les « touristes », Venise n'est pas habitée par des citadins, mais seulement meublée par des figurants parlant un dialecte bizarre. On leur demande par gestes la direction du Rialto ou du Zanipolo, ou d'apporter un *espresso*. À la première question, ils répondent invariablement « *Sempre diritto*, toujours tout droit » (quoique Venise soit tout, sauf rectiligne) et souvent ils vous accompagnent avec une gentillesse rarement méritée par les voyageurs. À la seconde demande, ils acquiescent en général gracieusement (service compris, mais pourboire non inclus).

Il est vrai que les étrangers ont un avantage certain sur les autochtones : les Vénitiens ne les gênent pas. Les habitants pour eux font partie du paysage mais pas plus que les palais, les canaux, les gondoles, les dix mille chats, les soixante-dix églises, les quatre cents ponts et les cloches à carillon-vole. Ruskin était le plus modeste et le plus précis des voyageurs-à-Venise en intitulant son livre *Les pierres de Venise*. Il ne prétendait pas du tout s'intéresser aux gens.

Un paradoxe, c'est une vérité qui a mis une robe du soir un peu excentrique. Ainsi l'axiome d'Oscar Wilde sur la nature, qui imite l'art. Il habille de façon piquante une vérité d'expérience courante : les hommes sont de naturel imitateur. Quand on leur a proposé une certaine façon de regarder le paysage, ils découvrent partout des Renoir ou des Monet. Quand on a fait rêver toute une génération sur les amours de Werther et de Charlotte, il se trouve aussitôt des centaines d'adolescents pour s'éprendre avec le même feu que le héros de Goethe, et parfois se suicider de la même manière. Les censeurs en déduisent que les artistes sont très dangereux, et accusent Proust, Gide et Valéry d'avoir perdu la guerre de quarante. L'artiste ou l'écrivain répondent qu'ils n'ont rien inventé, qu'ils ont simplement décrit ce qu'ils voyaient. C'est le dialogue entre Émile Zola et un général, aux alentours de 1890. « J'ai lu votre *Débâcle*, dit le général au romancier. Quand donc écrirez-vous la *Victoire* ? » À quoi Zola répond doucement : « Cela dépend de vous, mon général. »

Venise est devenue avant tout une institution, un rite de passage — et de passage seulement : on la traverse le plus souvent sans y vivre. On y séjourne en effet juste le temps d'un examen de passage. On en rapporte, quand on est touriste de masse, un certificat de bonne vue et mœurs, et suffisamment de photographies et de cartes postales prouvant qu'on a *vrai-*

ment été à Venise. Quand on est jeune marié, on exhibe au retour le certificat post-nuptial de voyage de noces, authentifié par la photographie du couple béat nourrissant des pigeons abrutis devant San Marco. Quand on est par exemple écrivain, Venise est cette salle d'examen en forme d'île à la sortie de laquelle on doit remettre sa copie. Le classement général est modifié d'année en année, par suite de l'entrée en lice de nouveaux candidats et du jaunissement ou de la moisissure d'anciens examinés, dont la dissertation semble soudain démodée.

Le Vénitien vivant serait un grand embarras pour le candidat qui doit passer sa licence de lettres vénitienne. Ce qu'on lui demande essentiellement, c'est de *décrire*. Il peut ajouter quelques commentaires en marge, « *Venise est une cité contre nature* » (Chateaubriand), quelques jolies images en chemin, « *Il neige des pigeons sur les places* » (Larbaud). On peut demander aux canaux, comme Barrès, de « *nourrir sa fièvre* » (je me demande toujours si c'est tellement nécessaire) ou comme Stendhal s'y baigner en plein milieu de la Giudecca, « *c'est fort agréable et probablement fort sain* ». (Ça l'était peut-être le 22 juillet 1815, mais aujourd'hui, avec le mazout des grands navires et la décharge des égouts...). Ce qu'on attend d'une copie d'examen-de-Venise, c'est un décor, une atmosphère et quelques états d'âme. Le décor doit être de préférence un pont aux ânes, comme le pont des Soupirs, la place Saint-Marc ou la Piazzetta. Les quartiers que fréquentent peu, ou pas, les touristes, comme Cannaregio, le vieux ghetto et la Madonna dell'Orto, comme le Dorsoduro, les Zattere ou le campo Santa Margherita, et ces cent coins de Venise où il n'y a « personne » (sauf des Vénitiens), ces lieux peu fréquentés ne sont pas recommandés à l'impétrant.

L'atmosphère et l'état d'âme sont laissés au choix de l'écrivain, avec une dominante évidente pour le funèbre, le déplorable, le lamento et la mort (*Mort de Venise*, de l'élève Maurice Barrès ; *La Mort à Venise*, de l'élève Thomas Mann, etc.). C'est pourquoi la rencontre des Vénitiens vivants serait extrêmement préjudiciable à l'usage littéraire de la Sérénissime.

La plupart des Vénitiens ont d'ailleurs pour leur ville des sentiments mélangés qui étonneraient les étrangers si l'envie leur prenait de les connaître. « *Venise*, dit joliment Ruskin, *n'est pas construite sur le sable de la mer mais sur le sable du sablier.* » La vie fuit de Venise comme glisse le sable du sablier. Les édifices s'enfoncent de cinq millimètres par an. Les Vénitiens, à force d'aller habiter Mestre ou Marghera pour fuir les perpétuelles inondations de l'*acqua alta*, sont passés de 230 000 en 1926 à environ 100 000 aujourd'hui. Il y a une vingtaine d'années, j'entendais un charmant vieil homme de lettres parisien expliquer à un auditoire de Vénitiens que chez eux on circule beaucoup plus agréablement et plus vite qu'à Paris. Le serveur du bar à côté venait de m'expliquer qu'il en avait eu assez de faire vivre sa famille les pieds dans l'eau et la tête sans soleil. Il habitait maintenant à Mestre. Il avait trois heures de transport par jour.

Mon ami Fulvio Roiter, qui fut un grand photographe, est devenu le fournisseur le mieux achalandé d'albums et de cartes postales en couleurs de *sa* ville. Je taquine Fulvio : où vit un des chantres en images de Venise ? À Mestre, bien entendu.

Ce qui pourrait venir à bout de Venise, ce n'est pas la pollution, la modification des courants, la fiente des pigeons, le méthane. Ce serait d'abord la désaffection des hommes. Certaines pierres précieuses meurent quand on ne les porte plus. Les pierres d'une ville meurent quand on ne les habite plus.

De temps en temps, la municipalité décide de venir à bout des colonies de chats rouquins jouant les fauves, *soriani* aux belles tigrures, et les princes des ténèbres de sagesse, les beaux chats noirs aux yeux profonds. Souvent aussi, hélas, les chats de Venise sont galeux et misérables. La « commune » de chats qui vit sous le pont dell'Accademia, celle qui vit dans les jardinets royaux, à gauche de la Piazzetta, celle qui sort du soubassement du Palais des Doges, avant les Prigioni, ne comptent pas que des chats gracieux et bien dans leur fourrure. Mais les Vénitiens refusent qu'on « désinfecte » leur ville de ses chats. Ils les cachent, leur aménagent des retraites, des dortoirs, les nourrissent. Je crois qu'ils ont raison. Comme les truites de la Réserve d'eau du Parc Montsouris à Paris, les chats ici sont le témoignage de la santé encore préservée de Venise. C'est la ville où on entend encore des cloches (essayez d'en entendre une à Paris ou à Londres !) et où on croise encore des chats.

Les cris des rues qui disparaissent font ricocher pour moi des souvenirs méditerranéens à jamais disparus, eux. Les Siciliens des rues de Tunis, avant l'indépendance, qui achetaient et vendaient bric à brac : « *Roba vecchia !* », je retrouve parfois ici dans les *calle* leur appel modulé de style arabo-andalou : « *Roba veccia da vendar !* »

Derrière les murs, l'odeur des jardins secrets. L'odeur de bois chauffé, de goudron et de paix d'un *squercio*, où les gondoles se font refaire une beauté. L'odeur de café *espresso*. L'odeur de pourriture d'un canal pas nettoyé depuis Dieu sait quand. Au-dessus d'un mur, vers la Madonna dell'Orto, les branches d'un pêcher en fleur. Les paniers des marchandes de fleurs sur les marchés. Les fleuristes qui vendent des branches de fleurs d'oranger pour faire frire en beignet, avec une goutte de *grappa* dans la pâte pour faire fleurir le parfum un peu fade.

Venise est l'invention d'un peuple qui, pour se préserver des Barbares, est allé s'installer sur des îles perdues dans la lagune, où les Lombards, les Goths et les Huns étaient davantage découragés d'aborder. Elle est restée un refuge. Mais cette fois les Barbares ont souvent l'impression que c'est à eux que ce refuge est offert, et qu'ils peuvent y tenir à distance ces envahisseurs fâcheux, les Vénitiens.

Rencontré B. au kiosque à journaux près de la poste de San Marco. Il n'était pas venu à Venise depuis longtemps. « Ce n'est plus ça », dit-il. Il a mal à Venise comme on a mal à son siècle.

Le mal du siècle est probablement né au premier jour du premier siècle des siècles, quand Adam et Ève chassés du Paradis ont ressenti le mal de terre comme on a le mal de mer, ont découvert le vague à l'âme, et que déjà, *ça n'était plus ça*. Depuis ce jour, d'ailleurs, ça n'a plus jamais été ça. Ça, quoi ? Personne ne sait exactement, sauf Tocqueville, Marx et quelques autres. Pour la plupart des grincheux, *ça* (qui n'est plus ça) ne s'explique pas, mais se sent.

Comme tous les soirs, une lourde *peate* ornée de lampions criards et chargée de touristes allemands ou américains descend le Grand Canal, dans un grand tumulte de couleur locale sonore, c'est-à-dire d'atroces chansons napolitaines et de mandolines pas du tout vénitiennes. Les Vénitiens ne détrompent pas leurs hôtes : ceux-ci veulent du vénitien, ils obtiennent l'idée qu'ils s'en font. Même envahis par l'*acqua alta*, le salpêtre, les touristes, les chansons napolitaines, les Brigades Rouges et les télévisions libres, les Vénitiens pratiquent en effet la politesse généralisée de l'Italie, qui allie à un sentiment tragique de la vie le goût du café noir amer et celui de la bonne humeur la plus avenante du monde (avec celle des Chinois, qui ont pourtant peu de raisons objectives d'être gais).

L'étranger en général ignore la langue et les Vénitiens. Ceux-ci ont lancé cette année un slogan et une campagne : « *Éduque ton touriste.* » Œuvre de longue haleine. Pour que les autochtones puissent *éduquer* leurs hôtes, il faudrait des rencontres. Elles sont rares. Il y a une exception admise, c'est le donjuanisme élégamment *macho* : Lord Byron avec la jolie boulangère ou la signora S (amours roturières), ou « Papa » Hemingway avec la petite *contessa*, le grand chic, style Harry's Bar (où le rizzotto, il faut le reconnaître, est délectable). Mais on sait que les rencontres de lit ont un avantage : elles ne nécessitent pas forcément de se parler, ni de se connaître. Tandis que la conversation est la base de la société vénitienne. À midi et à sept heures du soir, sur le Campo San Bartolomeo, la statue de Goldoni préside en souriant à deux cents conversations simultanées, animées et bruissantes.

Jours de 1984

EXAMENS *Paris, 30 mai 1984*

« Vous avez droit à deux docteurs aujourd'hui », me dit le docteur B., tandis que son second vaporise dans mon nez le liquide qui va insensibiliser le chemin des bronches. Puis B. fait glisser le tuyau fin du fibroscope dans le nez et le poumon restant. « Cicatrice parfaite », dit-il.

Elle doit être moins parfaite qu'il n'a cru d'abord, puisqu'il m'explique qu'un fil subsiste. Et puisqu'il indique à un confrère d'introduire le tuyau fin pour faire des prélèvements.

« Avec l'Ascension et le week-end, nous n'aurons pas les résultats avant le milieu de la semaine prochaine... »

Il écrit un très long texte sur le formulaire, puis une assez longue lettre au labo.

La dernière fois, pour la fibroscopie de contrôle, il était seul, pas de prélèvements, pas d'analyse.

J'aimerais que B. me lise ou me fasse lire ce qu'il a écrit, en m'expliquant au besoin les « termes techniques ». Mais du censeur au lycée jusqu'au médecin à l'hôpital, du flic qui dresse procès-verbal au juge qui prend des notes, le *client* doit être *patient* : il saura (peut-être) plus tard ce qui était écrit. Le sujet devient objet.

Personne n'est plus brave et gentil pourtant que B. Il veut être à la fois rassurant et (si possible) véridique. « Il y a parfois un bout de fil qui reste, qui n'est pas évacué par les bronches... Il y a une chance sur cent que ce soit... Bon. Je ne veux pas prendre de risque, même si le risque est aussi de vous inquiéter... »

Ce n'est pas mourir dont j'ai surtout peur : c'est du *trouble*. Je voudrais vivre jusqu'au bout en y voyant aussi clair que possible.

On ne nous demande pas notre avis, la vie est un spectacle où les places ne sont pas numérotées. je sais.

Dans le métro, je me demande si je vais m'imposer de ne rien dire à Loleh et d'attendre seul pendant la dizaine de jours les résultats, ou si je vais partager avec elle le fardeau de l'inévitable inquiétude.

Je ne sais pas si c'est lâcheté ou tendresse, faiblesse ou besoin de transparence, mais, de retour à la maison, je lui explique tout.

LE SOUFFLE
COUPÉ *Paris, 6 juin 1984*

Le professeur Michel me donne à lire le manuscrit de son essai *Le Souffle coupé*. Il pense que mon expérience de « lecteur » et mon expérience d'homme-au-souffle-coupé peut lui être utile. Mais je ne vois rien à critiquer dans son travail.

François Michel est trop proche de la réalité quotidienne pour croire qu'une étiquette est une explication, qu'on a tout dit quand on a prononcé le mot « psychosomatique » et que le faux dualisme corps/esprit pourrait être un ouvre-savoir universel. Chesterton disait que le monde est plein de vérités chrétiennes devenues folles. Il est encore plus peuplé aujourd'hui de vérités psychanalytiques devenues gâteuses. François Michel, lui, nous épargne les « lectures » sommaires et les interprétations primaires des enfants égarés de Freud et de Groddeck, où un éternuement « *veut dire* » l'envie de tuer le Père et où une conjonctivite signifie le besoin de pleurer la mort de Dieu. « *Ne veut pas dire, monsieur !* » tonnait André Breton, devant un herméneuticien pressé qui traduisait en banalités ce que « *voulaient dire* » les poèmes de Saint-Pol Roux. Avant de prétendre trop vite révéler « ce que veut dire » l'asthme de Raymond Queneau ou la tuberculose pulmonaire de Roland Barthes, il faut beaucoup de prudence. Même si nous savons bien que, du premier cri au dernier soupir, l'homme est un souffle pensant.

SOUFFLE COUPÉ (SUITE) *Paris, 8 juin 1984*

Si heureuse et « choquée » de savoir que les analyses sont bonnes, pas trace de cellules malignes — Loleh est immédiatement frappée d'une extinction de voix. « Le souffle coupé » — de bonheur.

UNE FAUVETTE *Le Haut-Bout, 12 juin 1984*

Peut-on parler du *talent* (ou du génie) d'un oiseau ? Le dire *inspiré*, le trouver exceptionnel ? Je l'observe à la jumelle dans le grand cerisier. C'est une fauvette, fauvette à tête noire, me semble-t-il, cet oiseau de si ordinaire apparence, un peu grisâtre, comme Suzanne Flon en femme de ménage dans *Le Cœur sur la main*. Oui, cette fauvette (un mâle certainement) ne paye pas de mine, mais comme Suzanne, quelle ressource ! Elle prélude par un long gazouillis plaisant, sans grand relief, comme quelqu'un qui s'exerce, cherche à poser sa voix, mais ne fait pas d'effort. Et puis elle attaque, une mélodie flûtée avec des variations et des reprises, la ressource d'invention des airs de la Reine de la Nuit dans *La Flûte enchantée*.

L'improvisation va durer vingt minutes, sans que l'inspiration ou l'allégresse s'essoufflent ou tarissent. La voiture de Dominique Eluard, qui arrive à ce moment, fait se taire et s'envoler ma chanteuse qui, muette, se distingue mal d'un gros moineau un peu bêta.

L'AMATEUR DE
LIBRAIRIES *Paris, 10 juillet 1984*

Marie-Thérèse Boulay, ma libraire, va rouvrir à la rentrée *Le Divan* remis à neuf. Marie-Thérèse me demande si j'écrirais un petit texte pour le carton d'invitation, parce qu'elle me sait non seulement ami et client du *Divan* depuis belle lurette, mais amateur de librairies en général.

Je n'écrirai pas le petit texte que me demande Marie-Thérèse. J'ai trop à dire sur le sujet, pour le faire tenir sur un si petit espace. Car il est vrai qu'à Paris peu de jours passent sans que j'acquière de nouveaux livres.

Comme j'habite au troisième, sans ascenseur, et que je ne peux plus porter de paquets trop lourds, comme mon itinéraire vers le marché de Buci est jalonné au départ de chez moi par la devanture de *Couleur du temps*, le soldeur de livres, dont le magasin est rue Dauphine, puis par *Actualités*, la librairie gaucho-soixante-huitarde-underground-B.D. pour adultes et science-fiction, et ensuite, à mi-route de la rue de Buci, par la caverne de livres d'occasion de M. Laffitte (où on se fraie un passage entre les bouquins en piles comme un explorateur dans un canyon hérissé de rochers), et comme mon point d'arrivée, à l'angle de la rue Bonaparte et de la rue de l'Abbaye, ce sera la vitrine en angle de ma librairie favorite (de neuf) ou de ma libraire préférée (comme vous voudrez), je réfléchis sérieusement à ce que j'acquiers en route, qui risque de charger trop mon filet. Je remets à plus tard d'acquérir l'album de photos de Nadar chez le soldeur ; je soupèse à *Actualités* la plaquette de Wittgenstein sur *Le Rameau d'or* de Frazer. C'est léger ? J'emporte ! J'achète chez Laffitte l'*Hermès Trismégiste* de la collection Guillaume Budé, en bon état, avec les textes grecs et latins. C'est un peu lourd, mais évidemment indispensable. Les nourritures terrestres vont pourtant faire un bon poids : les yaourts achetés au Cambodgien de la Coop, les fruits à mon ami chinois M. Yang, à l'angle Buci-Seine, le café (mon mélange habituel : un tiers Nicaragua, un tiers Moka, un tiers Colombie) à sa sœur, la fine Mlle Chan, au délicieux et léger accent cantonais, qui travaille au magasin de thés-cafés à côté du restaurant vietnamien *La Rose des Prés*.

J'ai bon espoir. Encore un effort et ce sera délicieux d'avoir un vrai quartier chinois à notre porte, comme nous avons déjà un coin de Chine dans le XIIIe, où j'aime aller voir des films de Hong Kong ou de Taiwan avec sous-titres vietnamiens et cambodgiens, dans les trois salles de *Ciné-Orient*, qui ont l'exacte odeur des théâtres de Pékin, ce parfum de foules nourries d'une cuisine parfumée au gingembre, aux piments et au poivre chinois.

Arrivé à la librairie, je pose dans un coin mon marché qui sent le melon de Charente, le café moulu fin Melita, le pain de campagne de notre boulanger de la rue Dauphine (avec Gérard Mulot, rue de Seine, les meilleurs de toute la rive gauche, sans se donner de grands airs, sans le style moulin rustique, fausses poutres apparentes et artisan du bon vieux temps, sans le *toc* enfin), je pose à côté de ma baguette l'appenzell de chez Barthélemy et mes autres achats. Le parfum des choses bonnes à manger s'élève en offrande vers les tables et les rayons, où méditent les choses bonnes à savoir, le concile des livres.

On m'offre une chaise, je flaire les derniers arrivages. J'espère que, bien enfermé dans son plastique, mon poisson ne va pas envahir la boutique, et nous bavardons, de choses et d'autres, de livres et d'hôtes. Comme on n'a pas livré encore l'édition des *Inscriptions* du roi Asoka que j'ai commandée il y a deux jours, je menace d'aller les lire à la Nationale. (Mes amis de la librairie savent bien que c'est une menace de Gascon.)

Car je révère certes les grandes bibliothèques, arches de Noé de la parole, citadelles de mémoire,

Jours de 1984

conscience et inconscience du savoir et des folies des siècles. Je cède quand j'y pénètre, parlant soudain à voix basse, à l'impérieuse tranquillité des lampes de travail vertes. Je salue les combattants de la recherche derrière leurs remparts de livres chaque jour recommencés. Je m'abandonne avec plaisir au vertige des immenses fichiers, avec l'abracadabra des chiffres et des lettres, des cotes et des références, la magie des formules algébriques qui conduisent à un volume aussi sûrement que les gestes des abeilles déchiffrés par von Frisch conduisent les ouvrières vers le pollen odorant d'un champ de lavande. J'ai scrupuleusement présenté mes respects aux sœurs d'Occident ou d'Asie de notre Nationale. Dans la Bibliothèque du British Museum j'ai esquissé une génuflexion devant la place habituelle d'un exilé barbu auquel sa mère reprochait d'avoir gâché sa vie à écrire *Le Capital* au lieu d'accumuler un capital. J'ai salué la coupole, vaste comme le front d'un génie universel, de la Bibliothèque du Congrès à Washington. J'ai respiré l'odeur de science à l'ancienne et d'oignon amical de la Bibliothèque Lénine à Moscou. J'ai écouté le froissement caractéristique des pages de papier de riz tournées dans le silence de la Bibliothèque de l'Université Pei da à Pékin. Oui, je révère les grandes bibliothèques, reposoirs de toute la mémoire du monde que célébra Alain Resnais. Mais on sait bien que la révérence n'est pas l'amour et que le respect peut n'être pas dépourvu de froideur. Je m'incline devant les bibliothèques cardinales. J'ai souvent recours à elles. Mais je m'incline avec un peu d'effroi. Je les utilise quand je ne peux absolument pas faire autrement. Je l'avoue, je ne suis pas l'homme de ces immenses conservatoires de l'imprimé. J'aime trop les livres pour supporter de seulement leur rendre visite, pour pouvoir abandonner les volumes, à la fermeture, aux gardiens de leurs glorieuses Bastilles. J'aime que les livres partagent ma vie, m'accompagnent, flânent, travaillent et dorment en ma compagnie, se frottent aux bonheurs du jour et aux caprices du temps, acceptent des rendez-vous avec moi à des heures « impossibles », ronronnent avec la chatte au pied de mon lit, ou traînent avec elle dans l'herbe, écornent un peu leurs pages dans le hamac d'été, se perdent et se retrouvent. Les livres sont pour moi plutôt des amis que des serviteurs ou des maîtres. C'est pourquoi je préfère aux bibliothèques les magasins d'où l'on sort avec son ami sous le bras, les grandes ou les petites librairies, et les membres de leur famille, bouquineries, librairies spécialisées, boîtes des quais, foires aux livres d'occasion (à Lausanne près du Palais de Justice, ou à Moscou sur les trottoirs du Théâtre d'Art, et les silos à livres de seconde main du bas de la Troisième Avenue à New York, et les huit miles de rayonnages croulant sous des dizaines de milliers de livres sur les deux niveaux, rez-de-chaussée et sous-sol, chez *Strand*, au coin du 828 Broadway et de la 12ᵉ Rue. La dernière fois, je cherchais chez *Strand* des traductions des *Chants des harpistes* égyptiens de l'Ancien Empire et un livre sur la psychologie des chats, et j'ai admiré la sûreté des pas et la fierté du regard du vendeur, me dévoilant deux immenses casiers de rayonnages bourrés de livres d'égyptologie et, plus loin, parmi les rayonnages consacrés aux *Wild Animals*, *Insects*, *Zoology*, *Ethology*, *Dogs*, etc., une « bibliothèque chat » de trois ou quatre mille volumes, à faire pâlir d'envie Suzanne Flon, Angelo Rinaldi, Leonor Fini et Hector Bianciotti.

Bien sûr, l'argent ne fait pas le bonheur, mais il aide à acheter des livres. Dans la librairie qui fut pour moi la caverne primordiale, la grotte d'Ali Baba de la lecture, le paradis d'adolescence des découvertes, une ronde abbesse au chignon sage, en grande jupe circulaire de bure grise, était la calme maîtresse de maison qui dispensait à chacun sa pâture de livres selon ses moyens : l'originale précieuse de Joyce ou de Larbaud pour l'amateur pourvu d'ors, l'édition courante afin que le livre, en effet, se mette à *courir* de main en main, et enfin, volumes luisants, craquant sous leur couverture de papier cristal, les livres du Cabinet de Lecture. J'aimerais qu'il y ait une autre vie (ce dont était sûre, je crois, Adrienne Monnier, douce et bourrue souveraine de la *Maison des amis des livres*) afin d'avoir le temps, que la guerre et les traverses de la vie ne m'ont pas laissé, de m'acquitter de la dette que j'ai contractée envers elle. J'avais fui la bibliothèque de prêt que tenait encore à cette époque une grande librairie du boulevard Raspail, parce que le vendeur qui y était préposé appartenait à la race estimable, mais redoutable, des bienfaiteurs impérieux. L'excellent homme avait une voix de stentor. Il était animé d'un beau zèle partageur, du besoin de guider, conseiller et enjoindre, avec un éclat de clairon dans la voix qui me faisait rougir. J'ai connu plus tard, à cette même librairie, des jours moins confusants. Mais la confusion m'emplissait alors devant les injonctions de cet autoritaire amant des livres. J'étais entré pour demander Eluard ; je partais avec sous le bras Anna de Noailles. Je voulais emprunter Milosz ; je ressortais du magasin avec l'œuvre de Roger Martin du Gard. Un beau matin d'avant vacances j'eus le lâche courage de rendre les livres que j'avais encore, et de dire « au revoir » avec la ferme décision de ne jamais revenir. Adrienne, à qui Jean Paulhan m'avait conseillé de me confier, me donna le bonheur d'avoir à suivre des conseils plutôt que d'obéir à des commandements. De livre emprunté en livre repris, je sentais croître une confiance chaque fois mieux justifiée. Adrienne me donna à aimer Michaux et Fargue, *Pierre ou Les Ambiguïtés* de Melville et la *Vie de Milarepa*, les livres de Larbaud, le *Tao-tö King* et cent autres merveilles. Les livres dont elle sut, en me suggérant de les prendre, me conduire à m'éprendre, j'allais ensuite, quand mes fonds étaient bas (et ils l'étaient toujours), à leur chasse chez les bouquinistes. Rue Bonaparte, entre la place Saint-Germain-des-Prés et la rue du Four, la boutique de M. Flandre me procura pour peu de francs *L'Amour la poésie* et les premiers Breton. (Plus tard, pendant l'Occupation, j'aperçus un après-midi, derrière les vitres de M. Flandre, un client imprévu : Emmanuel d'Astier, clandestinement débarqué de Londres la semaine précédente, mais que l'appât des livres rendait bien imprudent. Je renonçai à entrer dans le magasin pour ne pas provoquer sa confusion. Nous rîmes beaucoup, plus tard, de sa folie bouquinière : risquer d'être reconnu quand on est émissaire clandestin de Londres, parce qu'on ne peut résister à l'attrait de quelques rayons de livres, c'est une belle folie...)

En 1943, M. Flandre se donna la mort en ouvrant le gaz. Il ne pouvait plus supporter les prix fabuleux qu'on demandait alors pour un exemplaire de l'édition ordinaire de *Autant en emporte le vent*. Il souffrait male mort du froid de sa boutique, de la pénurie de bons livres, du vide de ses rayons, du départ au S.T.O. de son neveu, le seul compagnon qu'il eut (en dehors d'un chat noir et blanc amaigri par le rationnement). Le suicide de M. Flandre me semble aussi noble que celui de Vatel : un congé pris dans le style stoïque des grands départs de la vie pratiqués au Japon et en Chine. L'amour des livres peut être plus fort que le goût pour une vie qui en serait privée.

Je n'ai jamais fréquenté de *salons*, et je le regretterais s'il s'était agi de ceux de la marquise de Lambert ou de Mlle de Lespinasse, ou des thés de cinq heures de Bloomsbury, ou même de la petite coterie de cette grande calomniée, Mme Verdurin (elle aime vraiment la culture d'un amour maladroit, mais finalement touchant). J'ai été, pendant des saisons de ma vie, familier des cafés, dans un village de Paris où ils jouxtent sagement les librairies, et où on peut au coin de la rue Bonaparte et de la place Saint-Germain-des-Prés prendre un livre au *Divan*, et, l'été aller le lire en buvant un café à la terrasse du *Bonaparte*. Deux étages au-dessus, Sartre disposait les livres du travail en cours comme des divisions prêtes à monter à l'assaut : tout ce qu'on avait écrit sur Marx ou Baudelaire, tout ce qu'on avait écrit sur Budapest ou Flaubert.

On sait que les fantômes sortent à midi juste, quand le temps est très clair, spectres bien élevés qui ne se font pas remarquer. Au douzième coup du milieu du jour tombant du clocher de l'église, le fantôme trapu de Sartre croise celui d'un monsieur aux yeux et aux cheveux du noir d'un Steinway de concert, et au teint de citron de Sicile. C'est le fondateur du *Divan*, Henri Martineau, l'homme qui pouvait vous dire sans hésiter ce qu'avait fait Stendhal entre huit heures du matin et une heure de la nuit, le 12 mars 1817. Il était l'auteur, entre autres livres savants, d'une chronologie de la vie de Beyle jour par jour et presque heure par heure. Elle fit dire à un de ses amis, que j'entendis plaisanter dans la librairie avec le libraire-historien-éditeur, que Martineau avait meilleure mémoire de la vie de Stendhal que de la sienne propre.

Car les conversations de librairies, celles du moins qui méritent un autre nom que celui de « point de vente d'imprimés » ou de « grandes surfaces du livre » (j'aime assez pourtant ces dernières, le côté Gargantua-des-écrits des étages de la F.N.A.C., les galaxies de livres aussi innombrables que celles du cosmos, ce déferlement d'océan de papier qui vous gifle comme les vagues de la plage de Donnant à Belle-Île)...

Où en étais-je ? Ah oui...

... car les conversations de bonnes librairies, c'est ce qui s'approche le plus de ce qu'on imagine que pouvaient être les conversations des salons, quand ce n'étaient pas des *salonnards* qui les fréquentaient, mais Sterne, ou Diderot, ou Virginia Woolf, ou les commensaux du bar de l'*Algonquin* à New York. D'ailleurs, la première image que j'ai eue d'un lieu de rendez-vous où se recueillir, se retrouver, s'entretenir, n'étaient-ce pas, rue de l'Odéon, la librairie d'Adrienne et sa jumelle d'en face, *Shakespeare and C°*, où régnait Sylvia Beach ? Ceux que Fargue nommait les « potassons » (une espèce d'hommes sages, ronds, gourmands, bouddhico-bohèmes, jamais hâtifs, pétrissant et savourant la vie avec patience) s'y réunissaient à la fin de l'après-midi. Potasson était Fargue et potasson Larbaud, que je ne connus point (il était déjà foudroyé dans le silence quand j'arrivai à Paris), potassons étaient Tériade qui éditait *Verve*, et Malcolm Cowley. Mais il y avait aussi dans les deux librairies d'autres modèles différents de personnes. Jules Supervielle dépliait doucement son grand corps d'avant le pliocène, et laissait hésiter au bord des mots sa douce voix caverneuse. Malraux avait l'intelligence impatiente, comme un robinet sous pression si forte qu'il « crache ». Jean Prévost maniait les idées comme des haltères de culture physique, méthodiquement. Et les bons livres, en cercle, écoutaient en silence deviser leurs amis, comme les anges en gradin, dans le *Couronnement de la Vierge* de Fra Angelico, sont attentifs aux propos délicieux des saints et de Marie.

Rien n'est d'ailleurs moins *livresque* qu'une conversation qui prend son départ des livres, ce qui rend plus vivant que tout le commerce des clients et des desservants d'une vraie librairie. Je n'ai jamais pu me résoudre ni à accorder aux livres la clause de la nation la plus favorisée, ni à les considérer non plus comme une sorte de viande desséchée, ratatinée, ou comme les fleurs passées d'un très vieil herbier trop longtemps mis sous presse et oublié, vivant une vie de second choix. Je ne mélange pas les êtres et les livres, parce que j'essaie de traiter les livres comme ils me traitent, c'est-à-dire d'homme à homme. Les livres sont des personnes, ou ne sont rien. Des personnes simplement plus ouvertes souvent (ou plus aisées à ouvrir) que les personnes-personnes. Je sais bien que la lecture, la littérature, les « livres », c'est (et ce doit être) la vraie « passion inutile », que dès qu'on veut trouver une utilité utilitaire à la littérature on la voit dépérir, se recroqueviller et périr, qu'une librairie, même si elle vend aussi des « usuels », des livres de cuisine, des manuels de bricolage et des traités de navigation, c'est ce lieu gratuit et parfait qui ne peut *servir* à rien, de même que nous n'aimons pas d'abord ceux que nous aimons parce qu'ils nous servent à quelque chose (même si au départ de tout la maman *sert* à faire survivre le nourrisson et l'aimée *sert* à faire battre le cœur à l'amant), mais parce que nous les aimons pour le pur plaisir, sans aucune justification pratique, pour le seul agrément de les aimer. Mais une fois que j'ai posé avec force le principe fondamental que la littérature et les livres, comme tout ce qui est précieux, n'ont aucune valeur pratique et, comme tout ce qui est inépuisable, ne peuvent être définis par une fonction univoque, je me tourne vers

Baudelaire, je lui emprunte un moment un de ces Droits de l'homme oubliés dont il rédigera la charte, le « *droit de se contredire* », et je me lance dans l'éloge de l'utilité d'avoir plusieurs cordes à son arc et plusieurs sortes de gens comme compagnons : les personnes sur deux pieds que nous appelons les hommes, et ces humains brochés ou reliés, qu'on met sur sa table ou dans sa poche, et que nous appelons les livres. Rabelais les décrivait comme des paroles gelées, et je crois que ces créatures, que tous les folklores décrivent comme des homoncules, elfes, farfadets, petits nains, trolls, génies, djinns, ce sont en fait des allégories du Livre, cette personne de plus petit format, magicienne et sorceresse, maniable en effet, et qui ne servant à rien n'en est pas moins serviable. Une librairie, n'est-ce pas le maximum de serviabilité dans le minimum de place, exactement ce que réalise, dans *Les Mille et Une Nuits*, le *djinn*, tellement serviable (quand on sait le prendre), qui a été enfermé dans un flacon, de la même manière qu'on peut condenser dans le compact parallélépipède d'une Pléiade Combray, les Champs-Élysées, Étretat, Albertine, Swann, Odette, Charles, Marcel, plusieurs mondes et même les gens du monde, et quand on ouvre la Pléiade, c'est comme lorsqu'on débouche le flacon, le génie déplie ses tapis volants, le bon génie déploie ses ciels variés, et que celui qui a pu dire, la première fois où il a entrepris la lecture de la *Recherche*, qu'à cette époque « *longtemps* (s'il s'est) *endormi de bonne heure* » soit solennellement convaincu de mensonge : l'insomniaque Proust rend merveilleusement insomniaques ses lecteurs...

Où en étais-je donc ? Ah oui...

...à vrai dire, l'entretien dans la librairie n'est pas seulement cet échange de propos qui se tisse entre la librairie, les vendeurs, les clients, mais cet entretien muet qu'on a avec les « nouveautés » et les résurrections, avec les livres du jour et les livres « de fond », avec ce conciliabule de personnes brochées ou cartonnées ou reliées plein cuir ou semble-cuir, qui au cœur de la nuit, quand le magasin est fermé, continuent en silence à s'entretenir. Il arrive même, si on passe par là vers trois heures du matin, que malgré les vitres épaisses et pare-chocs de la devanture on entende les échos d'une altercation. C'est Louis-Ferdinand Céline qui traite Kafka de *youtre* tandis que Gide s'interpose, essayant de les séparer et de protéger Kafka du forcené, au nom des valeurs du dialogue et de l'humanisme, mais au risque de se faire à son tour abreuver d'injures et rouer de coups par Louis-Ferdinand, dont le chat Bébert s'éloigne sur le trottoir de la rue de l'Abbaye, désapprouvant sagement cette agitation névrotique.

Je prends un exemple limite de ces conversations *entre* les livres, qui relaient et prolongent la conversation que nous avons *avec* les livres et celle que nous avons *sur* eux, parce que l'empoignade qui a évidemment lieu si vous laissez ensemble dans un lieu clos le mangeur de juifs et l'écrivain K est une bonne illustration de ce que sont les vrais livres, c'est-à-dire ces êtres humains sous une apparence un peu simplifiée, mais avec, pour l'essentiel, tout ce qui caractérise un être humain : des sentiments, des idées, des humeurs, une voix, un *ton*, et ce perpétuel étonnement que nous inspirent les vivants et les œuvres, l'étonnement de ne jamais exactement les retrouver les mêmes malgré cette apparence qu'ils ont d'être pareils à eux-mêmes.

Les esprits *livresques*, le rat de bibliothèque qui a fait son trou dans le papier imprimé et s'y reclôt comme l'ermite dans la grotte, ne sont pas en réalité les amis des livres. Ils sont même (involontairement sans doute) leurs pires ennemis. Aimer un être ce n'est pas s'enfermer avec lui dans une cellule hermétique. Aimer les livres, ce n'est pas refuser d'approcher tout ce qui n'est pas eux. Il en est des livres auxquels on refuse tout contact avec la vie, comme des personnes qu'on cloître sans contacts avec le monde extérieur : ils se fanent, ils s'étiolent, ils ont vite une mine de papier mâché et ils finissent, à force de dépérir, par périr.

Si je préfère l'usage des librairies et des bouquinistes à celui des bibliothèques (loué soit cependant leur saint nom), si j'aime pouvoir inviter un livre à me suivre, à partager ma vie, à se balader avec moi dans ma poche, à traîner dans la maison, à voyager, à savoir même se défraîchir un peu dans son aspect pour rester intact au cœur dans sa fraîcheur communicative, si j'ai mérité les malédictions de Paul Eluard qui me reprochait de ne pas être bibliophile, de trouver aussi intéressant de lire Rimbaud en poche que dans son originale de la *Saison en enfer*, et de n'avoir même pas pris soin de garder un « grand papier » de mes propres livres, si j'ai toujours eu pour les livres un respect tout à fait irrespectueux, c'est-à-dire pas du tout fétichiste, c'est que j'ai avec eux exactement les mêmes relations qu'avec mes amis, mes connaissances, mes rencontres. Ce qui fait que je ne sais plus du tout d'où je tiens l'expérience que j'ai pu comme tout le monde acquérir sur ces délicieuses créatures que la bonne nature a mises sur notre route afin de nous faire faire du chemin à leur poursuite, les êtres de fuite, dont j'ai vu décrit le fonctionnement et suggéré le mode d'emploi en lisant Proust, en même temps que je rencontrais mon premier séduisant échantillon de l'espèce, ne sachant plus dès lors si c'était le livre qui avait suscité son image ou son profil fuyant qui me renvoyait au livre. De même, dans mon expérience des pays que j'ai aimés, l'Italie ou la Chine par exemple, j'ai du mal à discerner, avec le recul, ce que je dois aux conseils et aux enseignements des amis qui furent mes guides et mes initiateurs, et aux livres qui remplirent les mêmes fonctions. Je ne sais plus ce que je dois aux balades à Rome ou en Toscane avec Elio Vittorini ou Romano Bilenchi et à la lecture des livres de Stendhal, d'Henry James ou de Jacob Burckhardt — ce que je dois aux amis de la vie (qui écrivaient aussi des livres) et aux livres amis (qui évoquaient aussi des gens). Je tresse dans mon souvenir leurs propos de façon si serrée et dans une si vivante confusion que mon Italie n'est ni seulement personnelle ni purement livresque. Il faudrait pour la suggérer constituer par télescopage un *mot-valise* où entreraient, comme éléments des visages amicaux, de l'ivresse, des livres : une Italie *personalivresque*. De même, dans la composition de ma Chine, entre le savoir bouche à bouche de cent initiateurs, de Lo Takang à Simon Leys, de Tcheng Tinming à Jean Levi, de Joseph Needham à Zao Wou-Ki et d'une bibliothèque variée. De sorte qu'avec le recul des années je ne peux plus séparer ce qui m'a été transmis par des personnes de ce qui m'a été donné par des livres, et ne sais plus si j'ai eu le privilège de rencontrer des hommes qui me parlèrent comme de bons livres ou de croiser de bons livres qui se confièrent à moi comme des hommes.

Je ne serai jamais, non seulement l'homme d'un seul livre, mais pas davantage l'homme uniquement des livres, parce que je sais que les livres dignes de ce nom représentent toujours bien plus qu'un certain nombre de feuillets imprimés et cousus ou collés ensemble, et que s'il y a parfois une intonation péjorative, en parlant de quelqu'un, à dire qu'*il parle comme un livre*, on ne peut au contraire faire un plus grand éloge d'un livre que de constater qu'il nous parle comme un homme — ce qu'il est en effet.

Ainsi, pendant que je flaire sur les tables du jour l'arrivée de livres nouveaux, ou que je glisse le long des rayons, me laissant appeler par un titre inconnu, se poursuit l'entretien dans la librairie, où les voix des serviteurs des livres et celles des bouquins alternent et se couvrent, se répondent et se complètent. J'ajoute à mon filet à provisions deux volumes qui d'une voix ferme m'ont dit : « Emmène-nous, nous serons heureux ensemble », j'embrasse Marie-Thérèse et Renée, je reprends mes melons, mes yaourts, les livres, mon pain de campagne, je fais en sens inverse le chemin qui m'a conduit de mon bureau au marché, des nourritures imprimées aux bonnes choses de saison, je passe chez Silvio acheter à Janine du fin jambon San Daniele italien pour manger avec les melons, et je rentre chez moi, avec, comme chaque jour, un peu plus de livres que n'en peut contenir ma maison. Mais l'amateur de librairies, c'est comme celui qui ne peut pas résister à inviter au repas impromptu un hôte inattendu : on se serrera un peu, quand il y en a pour trois il y en a pour quatre. Morte est la demeure où n'entrent pas chaque jour un nouveau livre et un nouveau visiteur, de nouveaux amis.

(Marie-Thérèse n'a pas eu le « petit texte » pour un carton d'invitation qu'elle avait eu la gentillesse de me demander. Mais ayant lu les pages que sa requête m'avait amené à écrire, elle les publia, et le « carton d'invitation » devint une « plaquette d'invitation » hors commerce...)

DARIUS
MILHAUD *Paris, juillet 1984*

On inaugure ce matin une plaque sur la maison de Pigalle où vécut Darius Milhaud. (J'y habitai un an, en leur absence...)

J'ai connu peu de maisons plus silencieuses que celle de Darius et Madeleine au 10 du boulevard de Clichy. J'en ai connu peu d'aussi tumultueuses. Au cœur du fracas de Pigalle qui traversait les fenêtres, il régnait pourtant à ce premier étage, malgré un bruit souvent assourdissant, une atmosphère de concentration, de création, de contemplation, le silence de l'accueil, de l'attention donnée aux élèves, aux visiteurs, aux amis. Il montait du boulevard le grondement du trafic, la rumeur des passants, et deux fois par an le tintamarre des autos tamponneuses, le tactactac des tirs forains, la sono des baraques et le glapissement des bonimenteurs. Au milieu de ces vacarmes conjugués Milhaud, indifférent au bombardement des décibels, calme comme l'habitant d'une île déserte et d'un soleil à l'écart de tout, écrivait sur une table de bridge un quatuor, ou organisait paisiblement la partition d'orchestre d'une symphonie. Les idées musicales, les appels téléphoniques et les visiteurs humains se présentaient tour à tour, et Da les recevait avec la même équanimité, sans que jamais le fil d'une conversation lui fît perdre le fil de la composition en cours. Comme la maladie le tenait immobile, quand la grâce et la vivacité gaie de Madeleine ne le promenaient pas autour du monde sur deux roues, de San Francisco à Jérusalem et de Rome à Mexico, on venait beaucoup voir Milhaud à Pigalle. C'est souvent dans son salon qu'il donnait sa classe du Conservatoire. Ses anciens élèves du monde entier venaient sonner à la porte de celui qu'ils nommaient leur *Maître*, en donnant au mot son sens le plus beau, l'hommage rendu à celui qui enseigne. Betsy Jolas croisait le jazzman Dave Brubeck, Gilbert Amy rencontrait Paul Mefano, Alain Bancquart succédait à Roger Désormière. Comme le génie premier de Milhaud était de faire une chose à la fois, écrire, écouter, rire, méditer, et que le génie de Madeleine est celui de la simultanéité, tout marchait à merveille dans la maison où ils se complétaient. Les portraits de Darius par Daniel étaient si affectueusement fidèles au père et au modèle que, lorsque Da allait se reposer un moment, les dessins et la toile de Daniel prenaient la relève et auraient pu continuer la conversation. Pendant ce temps-là Madeleine préparait de la main droite du thé et un quatre-quarts pour Supervielle ou Claudel qui allaient venir à 5 heures, écrivait de l'autre un pneumatique à Stravinsky pour lui confirmer le dîner du lendemain, répondait au téléphone à André Malraux qui appelait Milhaud, tournait une crème au chocolat avec sa troisième main, répondait à la cantonade à une question de Da, tandis qu'elle répétait avec un autre lobe de son cerveau le texte d'une cantate de Milhaud dont elle devait être la récitante dans quelques jours. Là-dessus Henri Sauguet sonnait, suivi dans l'escalier par les pas de bûcheron de Fernand Léger, et quand il y avait, au 10 boulevard de Clichy, de l'amitié pour six, de l'attention pour huit et de la bonne humeur et du quatre-quarts pour dix, il y en avait pour douze, ce qui permettait d'accueillir Honegger venu en voisin, Francis Poulenc qui passait par là, Aaron Copland qui débarquait de New York et Jean Genet qui apportait le texte du ballet qu'il venait d'écrire pour Da. Alors Madeleine émergeait allégrement de la minuscule cuisine, ayant improvisé, avec l'aisance et la rapidité d'un Fregoli des fourneaux, un délicieux dîner où les plats avaient un léger accent de lavande, de pistou, de ciel bleu et de Montagne Sainte-Victoire, l'accent provençal de Milhaud lui-même.

On avait peine à croire que l'appartement des Milhaud ait pu être à la Libération cette suite de pièces désertes sous scellés où les Allemands avaient pillé manuscrits, partitions, lettres, photographies, papiers de familles, livres, un trésor de vie qu'on n'a jamais revu. Les oiseaux après la tempête se reconstruisent un nid. Darius et Madeleine avaient rebâti un foyer. C'est un beau mot, foyer, un mot qui tient chaud. Da était un homme qui répandait de la chaleur. La musique montait en lui comme la lumière d'été monte dans le matin. Il était bon et malicieux, et cet homme qui souffrait beaucoup sans jamais le laisser voir était capable de la plus religieuse gravité et de l'humour le plus cocasse. Da, disais-je, a un double génie : celui de la musique et celui de l'imitation des raseurs, des fâcheux et des prétentieux. Il faut ajouter : il avait aussi le génie de l'amitié, et de l'amour.

Quelquefois le soir, depuis qu'il n'est plus là, passant sur le boulevard, je crois l'apercevoir là-haut, près de la fenêtre, dans son fauteuil roulant, guettant la foule sur les trottoirs, la foule bigarrée et douteuse de Pigalle. Le soir tombe. Da n'a pas allumé. Il guette, il scrute la rue. Je sonne. J'entends les roues caoutchoutées qui glissent vers la porte. Il ouvre. Je dis : « Da, je vous ai vu, vous regardiez par la fenêtre.

— C'est que j'attends Madeleine, répond Da, elle est allée faire des courses. » Nous attendons ensemble, et même si nous n'avons pas allumé les lampes, je sais que le visage de Da va s'éclairer d'une très douce lumière quand nous entendrons les clefs de Madeleine tourner dans la serrure.

Heureux ceux qui sont attendus ainsi. Qui s'attendent toujours.

LOUIS GUILLOUX ET L'HERBE D'OUBLI
Paris, 5 octobre 1984

En rangeant des photos, je retrouve les clichés d'une journée que Louis Guilloux était venu passer à Haut-Bout avec Françoise Lambert.

Quelques mois avant sa mort (je l'ai déjà noté, je crois), Guilloux me disait : « J'aurais aimé quand même voir les socialistes au gouvernement. » Ils y sont. Pas toujours à l'aise. Mais quand « la gauche » tire sur eux à boulets rouges, je me dis que Guilloux, lui, serait tout de même content. Ne serait-ce que la suppression de la peine de mort et le travail de Badinter, qui fait grimacer de haine les flics de droite...

Guilloux appartenait à une espèce dont on voudrait parfois nous faire croire qu'elle est en voie de disparition. Il avait été pauvre, ne l'avait jamais oublié, et, sans la moindre propension au misérabilisme, il était persuadé qu'il y a encore beaucoup de pauvres et qu'il ne s'arrêterait jamais de les aider. Il était obstinément de gauche, élevé entre l'échoppe de savetier de son père, la Maison du Peuple de Saint-Brieuc, les paquets du journal syndicaliste *Le Travailleur de l'Ouest* et la très vieille tante couturière qui racontait d'une voix cassée les horreurs qu'elle avait vécues pendant la Semaine sanglante de la Commune. On sait qu'en 1984 la pauvreté est un concept archaïque, et qu'être de gauche, ce n'est pas le dernier chic. Mais le dernier chic faisait rire Louis.

Souvent l'existence des pauvres étonne ceux qui ne le sont pas. Guilloux racontait une rencontre de sa jeunesse avec le déjà vieux Daniel Halévy. « *Vos amis m'ont parlé de vous*, dit le patriarche au jeune homme. *Il paraît que vous avez eu des débuts difficiles. Qu'est-ce que c'est que la faim ? Je n'ai jamais eu faim...* » La question, disait Guilloux, était posée d'un ton affable, même affectueux. Elle le laissa perplexe et gêné, comme sans doute serait perplexe et pantois l'aborigène australien auquel un ethnologue naïf demanderait quelle impression ça fait de vivre nu. « *Avoir faim ? Mais moi non plus...* », répondit-il. Le vieux sage socratique, Bernard Groethuysen, fit un jour à Guilloux, au sujet de la pauvreté, une remarque tout à fait différente. « Groeth » venait de lire *La Maison du peuple*. « *C'est très bien, n'est-ce pas*, dit-il ; *quand on a lu ça, on a envie d'être pauvre.* » (C'était [bien sûr] beaucoup plus compliqué que ça.) Guilloux faisait alors tournoyer sa main. Elle semait l'air de points de suspension et de ce qu'en musique, on appelle des silences. Je provoquai ses protestations indignées en lui disant que ses livres donnaient envie d'être Louis Guilloux et, à défaut, de l'aimer beaucoup. Ce qui déclenchait chez lui le contre-feu habituel de rires à demi, de phrases inachevées et d'ironie évasive. (Dans les dernières années de sa vie, sa pipe en proue, Guilloux ressemblait beaucoup à Popeye, les épinards en moins et la lucidité en plus.)

En écoutant Guilloux, on rencontrait à chaque pas l'enfant Guilloux qui venait rendre visite au vieil homme. Il se souvenait avec remords avoir chipé deux sous dans le tronc de la Maison du Peuple avec une baguette enduite de colle de cordonnier, pour s'acheter des soldats à découper. Ou bien M. Beaufort, le voisin des Guilloux, resurgissait, et le remords encore vif qu'il suscitait. M. Beaufort trouve le petit Louis diablement doué. Il décide de le faire travailler. Il fait travailler si bien le petit Louis qu'il en vient à lui dicter purement et simplement ses devoirs de français. Le professeur de Louis, le bon M. Lefèvre, est ébloui par la tenue des copies de son élève. L'une d'elles est même transcrite au « Livre d'Honneur », pour la plus grande confusion de l'enfant. Il se sent imposteur, mais il n'a pas la force de résister à l'impérieux M. Beaufort. Un jour, pourtant, M. Lefèvre a dû flairer la supercherie. « *Vous me carottez, Guilloux* », murmure-t-il au petit garçon qui ne saura jamais s'il a été percé à jour ou si le propos elliptique de M. Lefèvre a un autre sens.

Les années passent. Louis Guilloux reçoit le prix Renaudot. Il devient, malgré sa modestie et son retrait perpétuel, un citoyen éminent de Saint-Brieuc. Un jour qu'il revisite son vieux lycée, M. le surveillant général lui propose de lui prêter le Livre d'Honneur pour qu'il puisse relire un de ses premiers écrits. Hélas, la prose de M. Beaufort est médiocre et le faussaire de jadis a doublement honte : d'avoir triché et d'avoir signé « ces fadaises ». Il voudrait se soulager d'un remords, pouvoir avouer, soixante ans plus tard, son « crime ». Mais M. Lefèvre, qui est devenu un très vieux monsieur, en deuil d'un fils tué au front en 1917, s'arrête dans la rue pour complimenter Guilloux de son dernier livre : « *N'ai-je pas été le premier à deviner vos dons ?* », lui dit le vieux maître. Et Louis ne trouve pas le courage de lui avouer la vérité, que M. Lefèvre ignorera jusqu'à sa mort. Mais où est la vérité ? Certes, c'est M. Beaufort qui est le véritable auteur de la narration de l'élève Louis Guilloux, *Une soirée d'hiver en famille*, que le surveillant général l'invite à aller lire à haute voix aux élèves de la classe de cinquième (ce que le « coupable » Guilloux refuse en inventant une raison). Mais c'est bien Guilloux qui a écrit *Le Sang noir*, et M. Lefèvre avait bien raison d'avoir deviné ses dons — même s'il avait deviné aussi que Louis le « carottait »...

Le plus beau jour de sa vie, racontait-il, c'est celui du vin d'honneur que lui offrit en 1949 la mairie de Saint-Brieuc, à l'occasion de son prix Fémina. « On invitera M. Lefèvre », avait-il dit en acceptant l'invitation. Avant de répondre au petit discours du maire, Guilloux demanda la permission de saluer d'abord M. Lefèvre, qui sortit de la foule, choqua sa coupe à celle de son ancien élève et dit : « Mon petit Louis, tu as cinq bons points ! »

Printemps-été 1985

PLUIES *Paris, 22 mars 1985*

Le printemps traîne son hiver, spongieux, pluvial, frissonnable et grisouille.

Il n'y avait rien d'autre à faire que de susciter un été. Ce que j'ai entrepris en commençant un roman dont le début au moins se passe en août. Je ne sais pas où il me conduira. Mais la première étape c'est d'avoir un peu chaud.

ASILE *Paris, 24 mars 1985*

A. m'écrit de Sainte-Anne une lettre de grande détresse et de grande tenue intellectuelle, me suppliant de venir la voir. J'y vais. Après trois portes qu'on verrouille derrière moi, je suis reçu par le « comité d'accueil » des psychiatres. Soupçonneux, mystérieux, assez policiers, cherchant à savoir pourquoi à l'appel d'une amie assez lointaine, c'est vrai, j'ai eu le caprice de répondre.

La prison-hôpital, les portes fermées à clef, la serrure qui tourne devant vous, son déclic derrière... La doctoresse d'une « extrême douceur » qui me reçoit en présence d'une psychologue muette et placée de côté (observer sans être vue). Atmosphère K.G.B. doucereux. « Il faut qu'elle puisse retrouver son autonomie. Elle a toujours attendu tout des autres. » Quelle autonomie reconquérir dans un cachot ?

L'asile est la consigne de la gare sociale où l'on dépose les colis encombrants. Les sociétés dites primitives ou patriarcales *assumaient* l'idiot du village, le vieillard un peu déraillant, l'épileptique, le pochard, l'original, cette dingue de Cassandre, ce fou de Job. Ils vivaient avec les autres. On les utilisait même au mieux de tous, le leur, celui de la communauté : de l'halluciné on faisait un shaman, de l'hystérique une pythie, et du prince Muichkine une question posée à la société.

Je suis à peu près sûr que l'antipsychiatrie est une forme médicale de délire gauchiste, mais à Sainte-Anne l'évidence est aussi que la psychiatrie « classique » est souvent terrifiante. N'y a-t-il pas une tierce voie entre la négation de la maladie mentale, la liberté de souffrir accordée au « fou », et l'enfermement autoritaire ? Je ne verrai pas A. « On me tiendra au courant. » (Ce ne fut pas. J'ai appris sa mort — par raccroc, sans l'avoir revue.)

CRÉTINOLOGIE *Paris, 28 mars 1985*

« *Certaines personnes sont peu sensibles à la poésie : elles se consacrent en général à l'enseigner.* » Cette remarque de Jorge Luis Borges définit assez bien un des traits dominants des universités modernes, où *tout* est devenu matière à « enseignement », du latin à la filmologie, des mathématiques à la mise en scène de théâtre, de l'histoire à la poterie. Cet enseignement en général dispensé par des personnes radicalement incompétentes, universitaires qui se mêlent de tout parce qu'ils ne doutent de rien et ne se doutent de rien, pontifes de vent et professeurs de rien. Le pédantisme, l'emploi vaniteux et bêta d'un jargon pesant, le charabia grotesque et l'outrecuidance d'outres vaines caractérisent, notamment en France, trop de « professeurs ». Ils ont fait croire aux jobards, pendant des années, qu'ils étaient *la* littérature, et que la critique universitaire était supérieure à toutes les autres formes de création. Il serait tout à fait injuste, à partir de là, de crier haro sur tous les enseignants, sous prétexte que la plupart d'entre eux parlent de la poésie sans être Char ou Bonnefoy, parlent du roman sans être Nabokov ou Kundera, et enseignent la philosophie sans être Wittgenstein.

Je garde une longue reconnaissance à d'obscurs et modestes profs de lettres ou d'histoire qui m'ont fait découvrir, par la contagion du plaisir et l'honnêteté de l'attention, la poésie de Baudelaire et de Nerval, ou la Révolution revécue par Michelet. Ces maîtres-là n'étaient pas des sorbonnâtres barbouillés de sémiotique qui, hélas, sévissent encore en chaire, et séviront jusqu'à l'âge de la retraite, contaminant des générations d'étudiants.

On frémit en effet en pensant aux milliers d'étudiants français qui ont été, sont et seront formés par des « maîtres » comme nos universitaires en ont formé depuis des décades. Ainsi, avec l'art de narrer enseigné par les pontifes de la narratologie, les contes de Perrault, les aventures de Tintin, la « potion magique » d'Astérix et les épinards de Popeye passent

indistinctement à la prétentieuse moulinette de la
« sémiologie générale ». À grand renfort de grands
mots qui, traduits en français, ne sont que des
truismes, avançant d'ahan à coups de « *schémas
actanciels* », « *énoncés modaux* », « *problématique de
relations intersubjectives* », le « discours » du narrato-
logue noie son objet sous un déluge verbal insipide.
Le Chat botté soumis à ce traitement donne des pages
et des pages de cette encre : « *La théorie des modalités
a privé l'Adjuvant de son statut d'actant, en montrant
que loin d'être un élément nécessaire à la circulation du
sens, il n'est qu'une extériorisation des attributs
modaux du héros : les petites souris incarnent le pou-
voir-faire de Cendrillon. En revanche, le Chat botté, qui
est le seul sujet-de-faire du conte, œuvrant pour un
sujet d'état, son maître, le futur marquis de Carabas,
n'est pas l'Adjuvant, mais bien le Sujet. La défroque,
humaine ou animale, n'est pas pertinente pour les calculs de la syntaxe narrative.* »

On peut préférer à ce charabia inutile et creux les
six lignes qui suffisent à Nabokov pour résumer la
naissance de la littérature : « *La littérature n'est pas
née le jour où un jeune garçon criant " Au loup ! Au
loup ! " a jailli d'une vallée néanderthalienne, un grand
loup gris sur les talons : la littérature est née le jour où
un jeune garçon a crié " Au loup ! Au loup ! " alors qu'il
n'y avait aucun loup derrière lui.* »

PLUIE DE PÂQUES

Dimanche, 7 avril 1985
(Pâques)

Pâques sous une pluie tenace et vaste.
Excellent axiome de Lao Tseu pour celui qui
commence un livre : « <u>Une tour de neuf étages s'élève</u>

à partir d'une hutte de terre ; un voyage de mille lieues commence à vos pieds. » (Lao Tseu, ch. 64.)

ROBERT A. *Lundi, 8 avril 1985*

Visite à Robert Antelme aux Invalides. Il me semble que les progrès (lents) continuent. Dans le corps foudroyé du côté droit, devenu pierre, la pensée a repris — et avec elle la douleur : plus conscient, Robert souffre davantage d'être le captif de son hémiplégie. La parole est revenue, très embarrassée quand la fatigue l'emporte. Avec la souffrance de réflexion est revenu le rire d'ironie noire. Le nom de Marchais, les souvenirs du « Parti », « déclenchent » chez Robert le même rire de défense. Et dans la reconquête de son moi, Robert retrouve son caractère profond, son côté prince Muichkine. Il me parle pendant un moment de la lassitude qui s'empare de ses amis, de son entourage (sauf Monique, Dionys, Frédéric). On le néglige. « Ils en ont marre », murmure-t-il. Puis il se reprend, s'excuse d'être injuste, pense qu'il ignore leurs coups de téléphone, leurs visites quand il n'est pas là, qu'il a été conduit aux soins ou à des examens.

Au moment de le quitter, je l'embrasse. Il dit : « Si tu m'embrasses, c'est que tout ce que j'ai dit (sur les amis qui " en ont marre ") est faux. »

(Mais cela ne l'est pas, hélas.) Car nous nous relâchons. Nous oublions Robert. Celui qui fut le prisonnier du *lager* est aujourd'hui prisonnier de son corps emmuré.

SHOAH *Jeudi, 11 avril 1985*

Shoah. Le film de Claude Lanzmann. Bouleversant. Claude nous raconte que, pris à partie par des camarades de travail de l'Obersturmführer Oberhausen, à Munich (qu'il a filmé à son insu), il leur dit : « Mais il a tué des dizaines de milliers de Juifs. » Une femme lui a répondu : « Chacun a droit à sa vie privée. »

Claude m'apparaissait depuis des années comme un charmant garçon, intelligent, un peu flemmard, généreux et aimable. Quelle erreur ! Il est entré il y a dix ans en Holocauste comme on entre en religion, et contre vents et marées, courant après l'argent pour continuer son film et après les S.S. pour filmer, par ruse et astuce, leurs monstrueuses confidences, il a réussi, idée fixe, caractère têtu, à monter le film le plus extraordinaire de cette fin de siècle, *Shoah*. Grâce au courage, à la patience et au talent de Claude, nous voilà, les yeux dans les yeux, avec l'Untersturmführer Franz Suchomel, du camp de Treblinka. Pondéré, précis, technique, « factuel ». Il montre sur l'emplacement du camp l'emplacement du gazage, des crématoires. Il explique minutieusement la méthode appliquée, entre l'arrivée du convoi et l'éparpillement des cendres, pour organiser une journée de « *solution finale* » rentable, avec le moins de soubresauts possible. Question : « *On a dit que vous pouviez " traiter " 18 000 Juifs par jour.* » Réponse : « *Non. De 12 000 à 15 000 seulement.* »

Dans la rigueur, la pudeur et la force de son écriture, sans une seule image d'actualités, sans un charnier, sans un cadavre, sans une « *image choc* », sans une complaisance ni une facilité, *Shoah* est une cantate filmée de la vérité nue, un choral de visages humains et de voix qui ont inscrit sur le voile de Véronique de l'écran la face des victimes, le masque des bourreaux et l'empreinte ineffaçable d'une entreprise absolument sans équivalent dans l'Histoire.

Alternant la fraternité et la ruse, le tournage clandestin et les face-à-face bouleversants, Claude Lanzmann, sur un réseau d'événements sans précédent, a fait un film sans précédent. Il y a eu déjà de beaux films de témoignages, d'interviews, d'Histoire racontée par ceux qui l'ont vécue. Il en est peu qui aient cette intensité intérieure. *Shoah*, c'est plus qu'un document. Ce que *Shoah* nous donne à rencontrer, ce sont des hommes : les pires hommes du monde et les meilleurs, les fonctionnaires de la mort et les ouvriers tenaces de la vie. Si le titre n'était déjà celui d'un des plus beaux livres sur la déportation, celui de l'ancien déporté Robert Antelme, *Shoah* pourrait s'appeler « L'espèce humaine ».

PASSAGES *Paris, 17 avril 1985*

Leszek Kolakowski (dans un entretien que publie *Vuelta* d'avril 1985) rappelle que, bien avant Lénine et Staline et Pol Pot, l'évolution du socialisme autoritaire vers la tyrannie totalitaire avait été dix fois prévue. Proudhon voyait venir l'État propriétaire des vies humaines. Bakounine prédisait le pouvoir absolu des « représentants de la classe ouvrière », remplaçant l'ancienne classe dirigeante par une tyrannie bien plus rigide. Benjamin Tucker, l'anarchiste américain, disait que le marxisme recommande un seul remède contre les monopoles : le monopole unique. L'anarchiste polonais Édouard Abramowski annonçait que le communisme réaliserait une société profondément divisée en classes hostiles, oppresseurs privilégiés contre masses exploitées.

On peut ajouter à cela Mikhaïlovski, Rosa Luxemburg et Herzen.

LA FORÊT *Le Haut-Bout, 19 avril 1985*

En arrivant dans la forêt, au carrefour des six routes forestières, nous allons nous promener avec Una. Au retour, alors que nous allons vers le déjeuner à Haut-Bout, elle s'écarte dans les broussailles et refuse placidement d'en sortir. Nous décidons de la laisser, revenons vers 19 heures — où elle consentira à venir manger des Friskies et se laisser capturer. Quel soulagement !

Depuis trois jours, belles journées de printemps. Trouvé dans la forêt un ancien nid de grives musiciennes, sa poterie rustique lisse de l'intérieur entourée d'une épaisse couche de brindilles, mousses et feuilles.

PARIS
LIBÉRÉ *Paris, 31 juillet 1985*

Rencontré Armand sur le pont Notre-Dame, que nous traversions ensemble il y a quarante et un ans. Nous avions conduit un blessé à l'Hôtel-Dieu. Je raconte à Armand qu'en repassant chez moi, rue Saint-Jacques, ce jour-là, me découvrant couvert de sang dans le miroir de la salle de bains, je m'évanouis. Je ris de moi, et du jeune homme qui croyait n'avoir peur de rien, mais qu'un peu de sang sur lui faisait tourner de l'œil.

Nous avons été prendre un verre d'anciens combattants. En quittant Armand, je ruminais des pensées pas très originales, mais bonnes à retrouver.

Le printemps est presque toujours moins beau au printemps qu'en hiver. La liberté est presque toujours moins séduisante quand on est libéré que sous la tyrannie.

Malraux a baptisé « illusion lyrique » la fièvre heureuse des premiers jours de ces profonds bouleversements enfants de la souffrance, de l'impatience et de la lutte, insurrections, libérations, révolutions. Les acteurs et les spectateurs croient que le monde va changer de base et que le bonheur absolu est au coin de la barricade. Il faut souvent, toujours peut-être, déchanter. Déchanter au point de ne pas s'apercevoir parfois que, si le monde n'a pas changé de base, quelques injustices capitales ont pourtant disparu, et que si le bonheur absolu n'est pas arrivé, le malheur général a cependant été allégé ici et là. Si « l'illusion lyrique » est un trouble de la vue au moment des aurores, comment nommer les rêves de la nuit noire ? Ils ont la violence du coup de talon que donne le plongeur parvenu au fond. Ils ont les tons purs des couleurs entrechoquées, bleu roi et vert émeraude, rouge feu et jaune safran. Je crois d'expérience que, pendant l'occupation, le plus calculateur et le plus « politique » des résistants se formait de la vie après la défaite des Allemands une image si belle, si éclatante qu'elle n'aurait jamais pu se réaliser : l'absence de la Gestapo n'est pas le début de la transparence, la fin des réquisitions ennemies n'est pas celle du rationnement, le départ de Pétain n'est pas l'arrivée de l'Archange Harmonie. Et pourtant (oui) : ça en valait la peine — largement, même si nous avons nourri des espoirs plus grands que le ventre, connu des désillusions grosses comme un cœur gros, même si les petits progrès pas à pas n'ont pas toujours amené de grands changements. Bien sûr, « *rien ne s'est passé comme on l'avait rêvé* ». Bien sûr. Mais ce qui s'est passé aurait mérité qu'on le rêvât. Même si ça s'est passé, puis a passé comme passent les rêves. La France rêve deux ans d'une presse libre de l'argent. Le rêve passe. La Russie, pour les Français, c'était le peuple de Stalingrad. Le rêve passe, et on découvre que la Russie c'est aussi le Goulag et la Nomenklatura. La France rêve aux accents de *La Marseillaise* et du *Chant des partisans*. Le rêve passe, sur le rythme de « *Ploum ploum tralala* ». Les rêves passent, mais il y a des réformes qui restent : les femmes votent, la Sécurité Sociale adoucit la vie de millions de Français. Une des ruses de l'Histoire, c'est qu'en ne tenant pas ses promesses, elle fait cadeau parfois de ce qu'elle n'avait pas promis. Le plus cocardier des résistants s'attendait-il à franchir le Rhin avec l'armée française ? Peut-être pas. (Mais sûrement personne ne pouvait s'attendre à cette manifestation de 1945 sur les Champs-Élysées qu'évoquait l'autre jour Fred Kupferman : les administrateurs provisoires des biens juifs protestant parce qu'on leur demandait de rendre des comptes à leurs « clients ».)

Carnet Belle-Île

ÉTÉ 1985

MINIMES   *Le Haut-Bout, juillet 1985*

Polythéiste, bien sûr. Je prie le dieu de l'étonnement de ne pas me déserter. Le dieu des oiseaux de ne pas me priver d'ailes. Les dieux des eaux de me garder leur fraîcheur. La déesse de la pitié de me garder le pouvoir d'imaginer autrui et de me détourner de la sentimentalité. Le dieu de la sécheresse de me garder par jour une heure de coriacité.

Il n'y a pas de « beau fixe ». La beauté est changeante. Elle est beauté *parce que* changeante. Même les classiques bougent.

Concerts rock, montage télé « moderne » (salmigondis très secoué — rapide), vidéo clips, pub — c'est le régime perpétuel du rêve artificiel. Enchaînement saccadé et sans lien des images, apesanteur, en même temps que le bercement, l'ivresse légère, la vague nausée douce. L'image, opium du peuple.

L'œil du maître, Rembrandt dans ses autoportraits, maître scrutant le maître. Jean Vilar dans ses notes au tableau de service, poète, capitaine, acteur, comptable, confesseur.

Le dindon mâle, veillant sur sa marmaille de dindonneaux et de jeunes pintades, déployant la parade de défense contre le passant, comme Tsao Tsao, le général chinois dans l'Opéra de Pékin. La roue se déploie comme les drapeaux dans le dos du général. Le dandinement menaçant est le même, et le « masque » du dindon, ses couleurs — bleu vif, rouge, noir — font penser irrésistiblement au maquillage chinois.

MORTELLE
MÉMOIRE *Belle-Île, août 1985*

1

J'ai oublié son nom de famille   Il s'appelait André
Il occupait une chambre de bonne au même étage que
*   la mienne*
Il est venu un jour m'emprunter des allumettes
et nous avons fait connaissance

*   Le couloir devant sa porte*
sentait la peinture à l'huile et la térébenthine
J'ai été voir ses tableaux   plutôt intéressants
Ce qu'il faisait ressemblait un peu à du Nicolas de Staël
dont je ne suis pas sûr qu'il ait connu les toiles
Il parlait très vite et bégayait parfois
Je ne me souviens plus de son nom de famille
mais je me souviens qu'il avait au sommet du crâne
un épi de cheveux très noirs en tige ébouriffée

*André est parti pour la guerre en 39   J'ai su à mon
   retour
de captivité qu'il avait été tué   J'ai quitté Paris
Trois ans plus tard j'ai appris que sa chambre avait été
   relouée
Comme personne n'avait réclamé ses affaires ni ses
   tableaux
la concierge   sur l'ordre du propriétaire   les descendit
   dans la cave
La cave a été inondée   La concierge m'a dit
« Il n'est resté que de la bouillie et du pourri
J'ai dû tout mettre aux ordures »*

*Que reste-t-il d'André dont il ne reste rien
seulement un prénom   et le souvenir vague
de tableaux peut-être* intéressants
*prénom sans nom   images floues
l'épi de cheveux d'un jeune homme qui est mort
et dont je me souviens si mal
qu'il a déjà disparu   avant que je disparaisse*

2

*Elle m'a écrit deux fois dans sa vie
La première fois c'était en septembre 1944
Elle avait épousé à dix-sept ans
un garçon que j'avais connu dans mon bataillon de
   char
Il était en prison pour collaboration
Elle me jurait qu'il avait défendu la politique du
   Maréchal
mais n'avait jamais dénoncé personne
Elle me suppliait de faire quelque chose* pour lui
*J'allai voir Pierre Villon qui accepta d'intervenir
Il se renseigna   Il me dit quelques jours après
que le prisonnier n'avait en effet pas commis de crime*

*et qu'il allait probablement s'en tirer avec l'indignité
   nationale*

*Quelques jours plus tard un groupe de FFI
s'empara de la prison locale
et fusilla sur-le-champ tous les prisonniers*

*Quarante ans plus tard j'ai reçu une autre lettre
La veuve du fusillé avait élevé un enfant
qui maintenant était un homme
Pendant quarante ans dans leur famille
personne n'avait jamais parlé du mort
ni même prononcé son nom
Elle n'avait vécu avec lui que onze mois
Elle l'avait somme toute si peu connu
Elle se demandait si j'avais gardé des souvenirs
de nos mois en commun au 343ᵉ Bataillon de Chars de
   Combat
et si   pour elle et pour son fils
je pouvais lui donner des détails sur celui qu'était le
   mort
sur ce qu'il pensait   aimait   croyait*

*J'ai dû lui répondre que je ne me souvenais de rien
et je n'ai pas ajouté   Même pas de son visage
de sa voix   de ses yeux*

Si Dieu existait aurait-il bonne mémoire ?

PASSAGES *Belle-Île, août 1985*

La dure vie des oiseaux (et des bêtes), certes : se
nourrir par temps de disette, nidifier, couver, élever

les petits, migrer, etc. Mais ils ont aussi ces moments de la vie où ils volent comme en état d'ivresse. Cette mésange posée sur une branche de buisson agitée doucement par le vent, qui semble grisée par le balancement, ne bouge plus, se laisse osciller. Et, à la pointe du Skeull, les goélands immobiles dans un courant ascendant, portés sans avoir même un coup d'aile à donner — le pur bonheur de *planer*.

C'est sans doute l'accroissement de l'entropie en moi qui me fait chercher surtout la paix, le calme, aspirer à un équilibre intérieur, à être l'eau lisse, l'immobilité de la clarté au zénith. Mais je crois aussi, relisant Nietzsche, à la vertu des « esprits forts », ceux qui « *ont rallumé constamment les passions qui allaient s'endormir* [...] *ont réveillé constamment l'esprit de compassion, de contradiction, le goût du neuf, du risqué, de l'inessayé, ont obligé l'homme à opposer sans cesse les opinions aux opinions, les idéaux aux idéaux* [...] *Le neuf, de toute façon, c'est le* mal, *puisque c'est ce qui veut conquérir, renverser les bornes-frontières, abattre les anciennes piétés* » (*Gai Savoir*, I, 4).

J.B. : l'intelligence patiente, une grande bonté, la malice de l'ironie, et la vertu de naïveté. On fait difficilement mieux.

Il nous reste quelques minutes d'antenne. Une dernière question : « Qu'est-ce que c'est la vie, pour vous, Claude Roy ? »

On se dit : il faudrait pouvoir vivre à l'essai, et recommencer en profitant de l'expérience. Mais je me dis que s'il fallait recommencer, je ferais tout pareil, même en sachant ce que je sais.

Les oligarques russes s'enorgueillissent qu'il n'y ait plus de mécontents chez eux, ou si peu que cela ne vaut pas la peine d'en parler. Le pire serait qu'ils aient raison.

5 août 1985

Toute la nuit la bourrasque vocifère dans les arbres, froisse de grandes oriflammes de vent. Le vent s'acharne à déchirer le vent. Il ne pleut pourtant pas. Ce n'est pas une représentation de la tempête, seulement une *lecture*.

6 août 1985

Coursée dur par l'épagneul breton du voisin, la chatte Una grimpe au plus haut d'un mince très haut orme à demi mort. Le chien monte la garde au pied de l'arbre. Ses maîtres gentiment acceptent de l'attacher. Mais la stylite mettra deux heures, étape par étape, et tous risques médités, à regagner le sol, où elle connaîtra un accueil de reine.

8 août 1985

Comme l'horloge intérieure ou le sens de l'orientation, il semble y avoir, mais souvent brouillé comme l'est une émission de radio, un « sens moral » très universel (aimer son prochain, ne pas infliger souffrance, ne pas tuer). Mais il y a aussi ces « morales asociales » et variables, qui parviennent à s'intérioriser, et qui font des innocents se croire, se reconnaître, s'avouer coupables. Le tribunal qui condamne

Socrate, le Sanhédrin, la Sainte Inquisition et tant d'autres (souvent moins solennels et moins institutionnalisés) créent des impies, des hérétiques, des sorcières — les créent de toutes pièces. Ils ne sont pas « coupables » de ce dont ils sont accusés et s'accusent, mais ils le deviennent.

MINIMES *août 1985*

Il vaut mieux éviter d'être content *de* soi. Mais être content *avec* soi ne serait pas mal. Je veux dire se regarder clair, se voir avec ses défauts et ses manques, mais *amicalement*.

14 août 1985

Il n'y a pas de fumée sans fées, pensais-je hier soir, dans la vallée où montait la brume légère, vraiment *celte*.

Le vrai pardon c'est l'oubli parce que l'oubli suppose le plus profond pardon. Celui qui vous tient à la merci de sa mémoire a-t-il vraiment pardonné ?

NIETZSCHE ET
LA MALADIE *août 1985*

La gesticulation de Nietzsche, la gymnastique lassante d'autopersuasion, le « *Nous autres les aventu-*

riers de la pensée », le « Nous les Bons Européens », la rhétorique pseudo-archaïque de Zarathoustra, les approches angoissantes de la démence, tout cela est peu supportable dans Nietzsche. Et totalement insupportable la misogynie et l'antiféminité du pauvre pitoyable amant toujours éconduit ou frustré, qui met la Femme aux pieds de l'Homme Viril, parce que Lou a évité de se coucher aux siens. Mais, en revanche, la finesse, la subtilité et l'audace du psychologue sont souvent admirables. Je trouve par exemple, dans *Aurore*, le fragment 114 *De la connaissance propre à l'être souffrant* et il me semble lire la description et l'analyse, d'une précision et d'une pénétration prodigieuses, de ce que j'ai vécu au moment de mon cancer, de ce surplomb et de cette distance quasi souveraine auxquels s'élève le malade. Texte magnifique. J'en recopie l'essentiel :

« *La condition des gens malades, longtemps et terriblement torturés par leurs souffrances, mais dont l'intelligence n'en est cependant pas troublée, ne manque pas de valeur pour la connaissance, — sans même parler des bienfaits intellectuels qu'apporte avec soi toute solitude profonde, toute libération soudaine et licite de tous les devoirs et les habitudes. L'être profondément souffrant jette sur les choses, du fond de son mal, un regard d'une épouvantable froideur : tous ces petits enchantements trompeurs au milieu desquels les choses baignent habituellement lorsqu'elles sont contemplées par l'œil d'un bien-portant ont disparu pour lui : il gît lui-même sous son propre regard, sans charme et sans couleur. À supposer qu'il ait vécu jusque-là dans quelque dangereuse rêverie, le suprême rappel à la réalité de la douleur constitue le moyen de l'arracher à cette rêverie ; et peut-être le seul moyen. [Et] voici que pointe la première lueur d'apaisement, de guérison — avec presque pour premier effet de nous pousser à nous défendre contre la toute-puissance de notre orgueil : nous nous traitons alors de niais et de vaniteux — comme si nous avions vécu quelque chose d'unique ! Nous humilions avec ingratitude la fierté toute-puissante qui nous permit justement de supporter la douleur et nous réclamons avec violence un antidote contre la fierté : nous voulons devenir étrangers à nous-mêmes et nous dépersonnaliser, après que la douleur nous a rendus trop violemment et trop longtemps personnels.*

« *Nous considérons à nouveau les hommes et la nature — avec des yeux plus avides — nous nous rappelons avec un sourire mélancolique que nous savons désormais sur eux un certain nombre de choses nouvelles et différentes de nos anciennes croyances et qu'un voile est tombé, — mais combien cela nous réconforte de revoir les lumières tamisées de la vie et de sortir de l'effroyable crudité du grand jour. Quand nous souffrions, nous voyions les choses et à travers les choses. Nous ne nous mettons point en colère lorsque les enchantements de la santé recommencent à jouer, — nous y assistons comme métamorphosés, doux et encore très las. Dans cet état, on ne peut entendre de musique sans pleurer.* »

Nietzsche parle ici d'une expérience que j'ai vécue. Il en parle mieux que je n'étais parvenu à le faire. Ce sentiment de surplomb, de vue panoramique, comme si on s'élevait de très haut au-dessus du paysage, et devenait vraiment, enfin, clairvoyant. Et l'espèce de joie qu'il y a à résister, à se défendre avec acharnement contre tout pessimisme.

Y compris le recours un peu lâche aux « lumières tamisées ».

Et l'envie de pleurer...

MINIMES *août 1985*

Tout peut s'apprendre, sauf les sentiments, qu'on peut seulement parvenir à mimer, étant entendu que mimer un sentiment conduit parfois à le ressentir — l'abêtissez-vous de Pascal.

À défaut de concevoir l'infiniment petit, s'attendrir sur une coccinelle.

Un bon écrivain d'un pessimisme noir est un déprimé que l'expression de sa dépression empêche d'être déprimé.

Réduits ta voile, dit le sage, et la tempête ne te fera pas chavirer. Ni le vent avancer à la découverte, dit le fou.

Étrange besoin, très répandu, de donner des raisons très déraisonnables à des actes très raisonnables. Ne pas manger de porc dans les pays très chauds, non parce que sa viande est plus putrescible que les autres, mais parce que c'est la volonté de Dieu. Prendre un bain non pour être propre, mais pour se purifier devant les dieux, etc. Mais si on donnait les vraies raisons, agiraient-elles autant que les raisons imaginaires ?

Le Guide les persuada qu'il connaissait un raccourci vers le Bonheur Général. Ils le suivirent. Après quelques mois de marche, il apparut que le raccourci était plus long que le Guide ne l'avait dit. Le Guide ordonna donc qu'on hâte le pas et la marche devint une marche forcée. Mais comme on ne voyait toujours pas le bout du chemin, le Guide soupçonna les traînards de saboter. Il en fit fusiller deux ou trois. La colonne n'avançait pas plus vite. Il fallut encore exécuter une bonne dizaine de traîne-pieds. Puis, un beau jour, le Guide mourut et son successeur décida qu'il fallait rebrousser chemin. Voilà la Chine de 1950 à aujourd'hui.

Loleh parle affectueusement à sa sœur, à sa mère, au chat, aux hirondelles, à la coccinelle, et à elle-même. À moi aussi.

L'honnêteté : la plus rare aujourd'hui, c'est celle qui consiste à écouter et comprendre ce que dit *vraiment* l'autre ou l'adversaire, au lieu de réfuter une caricature.

LES MOTS
LES SENTIMENTS *Belle-Île, 20 août 1985*

À travers les années je t'ai dit ces choses
dans toutes les langues que je connais un peu
Chacune m'a donné à son tour les mots
pour exprimer une nuance précise de la rose de feu
la rose ardente qui n'a pas cessé de brûler avec le temps
Je t'ai dit en français   Je t'aime   mot-vertige
en espagnol   Yo te quiero   mot flèche et vif
en anglais   I'm in love with you   formule très civile
et maintenant   pendant que je redescends la colline
je chuchote seulement les mots d'eau claire
clairs et limpides comme les vers mystérieux de
  Leopardi

mots italiens qui disent avec plus de douceur que les
  autres langues
ce que pourrait être l'amour si nous savions vraiment
  aimer
Ti voglio bene *Vouloir du bien à quelqu'un*
    la magie blanche familière

PASSAGES *22 août 1985*

« Charité bien ordonnée commence par soi-même » n'est pas un axiome égoïste, mais au contraire « altruiste ». C'est à partir de l'expérience de soi, de la connaissance de soi qu'on peut aider les autres. Sinon, on fait le bonheur des gens malgré eux, c'est-à-dire leur malheur.

La charité « bien ordonnée », c'est aussi l'imagination des cent différentes façons d'être heureux.

L'égoïste veut donner, imposer, à chacun ce qui le rend heureux, *lui*.

24 août 1985

Parmi les vertus d'Oblonski (dans *Anna Karénine*), Tolstoï place son extrême indulgence « *fondée sur le sentiment de ses propres défauts* », son vrai libéralisme envers chacun, traité toujours comme un égal, et enfin « *une parfaite indifférence pour les affaires dont il s'occupait, ce qui lui permettait de ne point se passionner et par conséquent de ne point commettre d'erreurs* ».

28 août 1985

C'est donc « chose faite » : *j'ai* soixante-dix ans. J'y comptais peu il y a trois ans. Je demeure incrédule maintenant que m'y voilà. Surtout ce matin, un beau matin de soleil vif, d'été frais et radieux. Ce n'est que le soir, la fatigue aidant, l'usure de la carcasse, et le souffle coupé à moitié comme on coupe une pomme en deux, que je découvre ma voix de vieillard, soudain, mon âge dans mon corps vaguement douloureux et que je suis vraiment *septuagénaire*.

J'ai soixante-dix ans et je ne me permettrai que deux ou trois fois par jour de dire que c'est le plus bel âge de la vie.

29 août 1985

Nous avions rendez-vous avant d'aller déjeuner à la plage de Donnant. J'ai voulu éviter la droite de la plage, si périlleuse, qui entraîne au large, et les vagues brutales du milieu, qui secouent dur. Hector, Jean-François et Vierny se baignaient à gauche, dans la « piscine », qui m'apparut toujours inoffensive. C'est pourtant là qu'au bout d'un moment, luttant en vain contre un courant sournois qui m'immobilisait, m'aspirait, m'épuisait, j'ai dû dire à Hector « venez à mon aide ». Un inconnu, très bon nageur, m'a sorti de là, avec H. et J.-F., épuisé, sans souffle, plus de peur que de mal, mais une vraie peur qui fait mal. Le soir j'avais des frissons et claquais des dents, avec 39°5 de fièvre. Somme toute, il s'agissait de me rappeler, juste au lendemain de mon « anniversaire », qu'il suffit de peu, qu'il suffit de rien, pour être ramené au peu et rendu au rien.

30 août 1985

Toutes les « expériences » de danger mortel, bombardements à la guerre, batailles de chars, accidents d'auto, opérations, toujours accompagnées d'un hourvari assourdissant, comme l'intérieur d'une cloche. Je suis tenté de croire qu'il se fait un grand bruit avant d'entrer dans le grand silence...

3 septembre 1985

Belle-Île déserte. Camp de César. Réserve des Oiseaux. Mer furieuse, ciel pur, vent fou. Il neige de la mer, des flocons dans le vent, à une hauteur inimaginable. Une mouette blessée qui boite sur la lande. Le cadavre d'un goéland. C'est tout. À la réserve, les oiseaux aujourd'hui se tiennent sur la réserve. Sauf un cormoran qui pêche dans les vagues, que je découvre à la jumelle.

29 septembre 1985

Depuis des jours cet été d'automne, plus beau que l'été d'été. La grande chaleur pas accablante, le grand soleil qui n'écrase pas (sauf si on le regarde trop en face...).

À midi, dans le ciel vide, planant avec lenteur, une buse ou un busard, veilleur du jour.

Dans un livre sur les oiseaux de proie que je consulte au sujet de ce visiteur, cette phrase qui me fait rêver : « *Les damans sont des mammifères de la taille d'un lapin mais apparentés aux éléphants. Ils sont la proie quasi exclusive de l'aigle de Verreaux dont l'aire de distribution coïncide avec la leur* » (Leslie Brown, *Les Oiseaux de proie*).

SIMONE *Le Haut-Bout, 30 septembre 1985*

Le téléphone à dix heures. La voix d'Odette. Simone Signoret est morte.

Une seconde, j'espère avoir mal entendu. « Simone Signoret est morte. » Non. J'ai bien entendu.

Simone morte. Je ne sais plus dans quel mess de quel *press camp* ça se passait. Je cherche le nom de cet Américain qui m'a dit un matin, en buvant notre café sur fond de bombardement pas si éloigné que ça : « *L'ennui, à la guerre, quand on s'y fait des amis, c'est qu'ensuite il faut aller à leur enterrement.* » La vie en ceci (et sur d'autres points d'ailleurs) ressemble à la guerre.

Simone à Nice, en 1942, arrivée de Paris pour figurer dans un film de Carné à la Victorine, ce n'est pas déjà une copine, pas encore une amie. Nice était une drôle de ville. On y crevait de faim au soleil. La promenade des Anglais était pleine de juifs qui étaient venus avec confiance se mettre en zone libre sous la protection du bon Maréchal. Jusqu'au jour de la grande rafle. Paul-Émile et Ginette Seidmann étaient venus se planquer chez moi la veille, prévenus par un flic « patriote ». Le vieux monsieur juif que je connaissais très vaguement, que j'allai prévenir à son tour, n'en crut pas un mot. « Moi, Monsieur, j'ai fait Verdun, j'ai quatre citations, que voulez-vous qu'on me fasse ? » On lui fit le lendemain matin de le mettre dans un camion et de l'enlever si loin en Allemagne qu'il ne revint sans doute jamais. Devant l'*Acropolis*

Hôtel, un policier français tenait par la main un petit garçon juif de huit ou neuf ans, pendant que ses collègues faisaient monter les parents dans un vieil autobus.

Et Simone dans tout ça ? Elle était troisième page ou demoiselle du château dans *Les Visiteurs du soir*. Très brune, très mince, les yeux clairs comme un matin d'été et le charme de l'insolence ou l'insolence du charme, comme on voudra. La petite Simone avait déjà acquis cet accent parisien, sûrement pas naturel à Neuilly, dans les bonnes familles de bourgeoisie demi-juive, cet accent qui lui servait à distancer ce qu'elle disait avec l'humour défensif ou offensif, la gouaille, l'ironie, le sarcasme.

Mon Dieu, que la petite Simone était belle ! Elle avait déjà une solide expérience de la vie, pas beaucoup d'idées générales, un père juif qui était à Londres. Tombée par hasard pendant huit mois, à dix-neuf ans, dans le bureau du papa d'une amie, Jean Luchaire, comme dactylo du patron, elle regarde ébahie grouiller le monde de la collaboration. Elle s'en va vite. Les copains du Café de Flore lui passent les vraies consignes de cet espèce de club informel où il faisait chaud dans le froid de l'Occupation. Sartre et Beauvoir écrivaient sur une banquette. Roger Blin et Prévert discutaient sur une autre. C'était plein de gens sympathiques ou bizarres qui entraient et sortaient, esthètes, poètes, trotskistes, anars, communistes. Simone tirait le diable des cachets par la queue, plutôt panthère rieuse que chat caressant (mais elle savait l'être aussi), ayant appris à être sur ses gardes, à poser les questions la première.

Elle était de gauche, désormais, et le resterait jusqu'au dernier souffle. Elle était de toutes les gauches, un pied chez les libertaires, l'autre chez les communistes, une main dans la main de l'ami puis du jeune mari trotskiste, l'autre main dans la main des anciens du groupe Octobre. Le jour où je voulus briller à ses yeux avec la naïveté d'un garçon qui a trop lu, et mal lu, *L'Espoir* et Malraux, et lui fis comprendre que dans la clandestinité j'étais au « Parti », ça ne l'épata pas du tout, Simone. Il en fallait plus pour l'étonner, et peut-être moins ou davantage pour la séduire. « *Et toi, qu'est-ce que tu fais ? — Je fais du cinéma.* » C'était encore manière de parler : Simone faisait des cachets. Puis le cinéma la fit, d'un seul coup. La dame de pique, brune : *Dédée d'Anvers*. La dame de cœur, blonde : *Casque d'or*. On connaît la suite.

Qu'avions-nous appris en 1945 ? Qu'il fallait rester froid et maître de soi quoi qu'il advienne, comme les héros des romans de Hemingway ou des westerns. Qu'on peut brûler des milliers de corps dans un crématoire. Qu'à un mal total, le nazisme, les fascismes, une solution *totale* serait nécessaire. Les Soviétiques n'étaient pas très réjouissants dans le domaine de la culture, des arts, enfin de tout ce que nous connaissions bien. Mais les ouvriers, les paysans, les ingénieurs, les constructeurs, ah ! pour ceux-là, c'était l'idéal ! Il y avait certes des tas de points noirs, les procès, les famines, la dékoulakisation, la connerie jdanovienne, le pacte germano-soviétique, etc. Mais nous, dans la France de 89, de la démocratie, des Droits de l'Homme, on serait plus malin et plus humain que ces Soviétiques un peu sauvages habitués au knout, constamment encerclés depuis 1917, citadelle assiégée. Et Stalingrad, tout de même...

Simone n'était pas entrée au Parti malgré tous les amis qu'elle y avait. Elle voulait pouvoir servir en toute liberté, et râler s'il le fallait en toute véhémence. Gérard Philipe, c'était à peu près la même chose. Je retenais de toutes mes forces Anne Philipe d'adhérer. Je savais déjà qu'on commence à être communiste *parce que*, qu'on le reste *quoique*, et puis qu'on finit par savoir ce qu'en réalité on ne voulait pas savoir, par découvrir que les accommodements avec la vérité rendent la vie malcommode et que si l'on veut rester de gauche (ce qui garde un sens quoi qu'en disent les bons apôtres), il vaut mieux ne pas se raconter d'histoires, ne pas prétendre que le P.C.F., c'est la gauche elle-même, saine et forte et intelligente et efficace. À la question que posait Althusser : « *Qu'est-ce qui ne peut plus durer dans le parti communiste ?* », la bonne réponse est peut-être celle de Jorge Semprun : « *C'est le Parti lui-même.* »

Nous n'en étions pas là. Simone, la jeune panthère auréolée de beauté, armée d'humour, hérissée de piquants, d'une autorité hautaine, capable d'une méchanceté de cobra, était aussi une espèce de sœur d'une tendresse bourrue, avec une méfiance de vieux Sioux. Dans les longues conversations, elle lançait les tentacules du pour et du contre, les digressions de la précaution, les incidentes de l'interrogation. Je n'ai jamais vu personne mieux armée pour ne pas se « faire avoir », ou se faire avoir somme toute, avec plus de générosité. Talleyrand, soudain Lamartine.

Ses discussions avec Montand étaient mouvementées. Avant la fameuse tournée dans les pays de l'Est, signée depuis des mois et qui tombait juste au moment de la révolution hongroise de 1956, le comité familial de crise Simone-Montand et les amis siégeaient en permanence nuit et jour place Dauphine. Y va-t-on ? Y va-t-on pas ? Je ne donnais pas de conseils. Je n'étais pas payeur. Ce qui décida tout, j'en suis témoin, c'est le chantage d'un producteur à Montand : « *Si vous allez en U.R.S.S., je ne fais pas le film que je devais faire avec vous.* » Il y alla donc.

Ces années-là, « ça allait très fort » pour Simone. Ça s'appelle faire une carrière éblouissante ? Oui. On se réveille un matin, la copine du *Flore* est devenue star. Elle a maintenant, on ne peut le nier, des côtés insupportables. Un style « grand de la terre ». C'est fatal. Mais non. Elle reste aussi celle qui a assez de ressources pour « faire l'actrice » comme personne et vivre la vie comme tout le monde, élever Catherine, discuter le coup, lire beaucoup et s'interroger tout le temps derrière un masque d'impératrice fière, sûre d'elle-même et dominatrice. C'est vrai que si elle a des questions à poser au parti communiste — dans la même situation le militant essaie péniblement de faire passer une motion de la cellule à la section, mais le centralisme démocratique verrouille tout —, Simone, elle, en toute simplicité, c'est à Khrouchtchev en personne et à Moscou même qu'elle pose les questions. Et elle en a posé des questions, des questions !

L'Histoire est comme les mauvaises pièces et les mauvais films : c'est plein de fausses fins, de dénouements qui ne dénouent rien. Je me souviens de cette année où le rapport Khrouchtchev nous parvenait de Moscou. Simone arrivait du Mexique, tournait avec Buñuel. Roger Vailland avait rapporté de Pologne le texte du fameux rapport. Montand arrivait d'Italie. On se disait : « *Ouf, c'est la fin, tout est clair, tout est dit, tout se sait, il n'y a plus qu'à en tirer les conséquences.* » Les bons apôtres veillaient au grain. La vérité est un explosif trop dangereux pour qu'on laisse les masses jouer avec. Le rapport n'était qu'attribué à...

Quand je suis tombé malade, j'ai cherché une citation grecque, je ne savais plus que c'était d'Épicure : « *L'amitié fait la ronde autour de la terre.* » C'est une constatation ambiguë ; l'amitié fait la ronde du bonheur, du bien que l'un fait à l'autre, du vrai que l'autre enseigne à l'un, et comme tout se tient, que nous sommes *responsables*, l'amitié fait aussi passer d'ami en ami l'erreur, le mensonge, la légèreté, la lâcheté. Tout ce qui se fait de bien dans la ronde des amis, j'en suis responsable. Tout ce qui se fait de mal, j'en suis coupable, même si le chaînon de la ronde est loin, très loin de moi.

Simone n'était jamais loin. Je l'ai vue travailler et réaliser de très grands rôles, mériter dix fois son Oscar de *Room at the Top*. La liste de ses films, de la petite Simone fraîche comme un rire de printemps à la tigresse qui boit trop, n'arrête pas d'agiter les questions, les grandes questions, soupçonneuse, aux aguets, agressive, âpre, teigneuse, amicale, la liste de ses films, c'est mieux qu'un catalogue de carrière, c'est la trajectoire d'une vie.

Mais dans la vie, le plus beau rôle de Simone, c'est peut-être le jour où elle a accepté avec une humilité totale d'avoir eu le mauvais rôle. C'est son récit, sans presque que la voix tremble, de l'histoire de la cousine de Bratislava. Je n'ai jamais eu personnellement aucun rapport avec cette cousine Jo Langer, mais je disais toujours à Simone que je m'étais, moi aussi, que nous nous étions tous mal conduits avec les Langer, sans savoir même leur nom à l'époque, oui, pas seulement Simone, qui raconte de façon si nue, si chirurgicale, comment, elle qui savait avoir du cœur, a pu manquer de cœur, éviter à Prague une femme dont le mari innocent était en prison en Tchécoslovaquie.

À la fin de sa vie, ni militante ni suffragette, sachant qu'il y a peu d'espoir de réussir mais qu'il faut espérer quand même, sachant que ce qu'elle faisait était dérisoire, mais que c'était la seule chose à faire, têtue, obstinée, rageuse, passionnée, rabâcheuse et intrépide, elle était Doña Quichotte, qui se bat contre les guerres coloniales, contre les bagnes, contre les prisons, contre les mensonges, contre les injustices, pour les droits des peuples, pour les droits de l'homme, pour le droit tout court. Jamais ridicule, même si elle exaspérait les gens assis et rassis. Jamais rassise. La maladie la contraindra à faire halte mais sa halte sera encore une avancée. Elle arrêtera l'alcool, qui la rendait agressive, la détruisait. Un autre mal, intérieur, va prendre le relais.

Sortant à peine d'une opération redoutable, cloîtrée dans sa maison d'Autheuil, perdant la vue de jour en jour davantage, elle écrit en dix-huit mois les six cents pages d'*Adieu Volodia*, comme quelqu'un qui règle ses derniers comptes avec soi-même, avec la moitié juive de la petite Kaminker, avec les camarades juifs deux fois sacrifiés, parce que juifs et parce que communistes résistants. Et la reine parfois trop royale, Sa Majesté Simone, écrit sans reprendre haleine un vrai roman populaire avec des héros populaires, et qui sonne juste. Et elle continue à faire son métier d'actrice, presque toujours en relation directe avec son bureau des réclamations intérieures. *Thérèse Humbert*, par exemple, sur un texte de Jean-Claude Grumberg, feuilleton qui fait rire des fourberies d'un escroc de haut vol, mais réfléchir aussi à ce que sont l'antisémitisme et le racisme. Demi-aveugle, avec une obstination de fourmi réfléchie, opiniâtre, Simone tournera jusqu'à la veille de sa dernière opération.

Elle me disait : « *C'est merveilleux, je suis arrivée à faire mon travail sur le plateau, Marcel Bluwal a été formidable avec moi, j'ai tenu.* » Les gens du spectacle sont souvent prodigues de mots d'amour qui ne signifient rien. « Mon chéri... Ma chérie... » En quarante ans, Simone ne m'a jamais appelé *mon chéri* que ça n'ait eu un sens précis, correspondu à un sentiment vrai, dans les moments de découragement, de maladie ou de joie. C'était un mot d'affection très exact, précis et défini.

Un des amis qui l'ont le mieux aimée me disait l'autre jour : « *Je suis inquiet, Simone est trop sereine, ça me semble mauvais signe.* » C'est vrai que depuis quelques années cette Simone qui, comme les Anglais, avait toujours décidé de tirer la première et à qui la gloire avait donné l'habitude de siéger dans l'appartement royal, *Room at the Top*, celle qui disait en se moquant d'elle-même : « *Je fais ma grandiose* », était devenue, son métier, sa vie « politique » et sa vie personnelle se confondant et se fondant, de plus en plus attentive et proche des gens. Elle n'était pas de ces amis de l'humanité qui n'ont pas un regard pour les hommes de chair, pour le voisin, pour le type d'à côté. Simone n'avait jamais été une tiède, une indifférente, un poisson froid. Mais dans la chaleur de ces dernières années, il y avait encore, certes, le feu de celle qui prend feu et flamme, et cette autre chaleur douce sans mièvrerie dont elle enveloppe les juifs de la rue de la Mare dans *Adieu Volodia*, dont elle enveloppait les siens et ses amis tous les jours, et les causes qu'elle décidait de défendre et qui avaient toujours pour elle le visage des gens vivants.

Je ne suis pas sûr que ce soient exactement ces mots-là dans l'Évangile mais n'est-ce pas le sens que Jésus donne ici au mot *sauver* ? : « *Qui économise sa vie la perdra.* » Simone n'a jamais fait d'économies sur son temps, ses colères, sa vie.

MINIMES *Le Haut-Bout, 7 octobre 1985*

La vie, comme le train vers Dourdan : il est plein au départ. Dès Saint-Chéron, il n'y a plus guère que nous, qui descendons au terminus...

Octobre cette année, c'est un été de surcroît, plus beau qu'un vrai été parce qu'il est plus doux et que, chaque matin avant d'ouvrir les yeux, on a peur du temps gris, de découvrir un ciel très bas. Une lumière jaune, le soleil rappelé à l'ordre des saisons, aux bourrasques chargées de balayer l'été et de faire entrer la saison pluvieuse, le temps du matin noir et des portes fermées.

Automne-hiver 1985

**DISTRIBUTION
DE PRIX
ARLES**   *13 septembre 1985*

Je n'ai jamais couru après prix, honneurs, récompenses et bons points. Plutôt le contraire. Mais quand Françoise Mallet-Joris et François Nourissier m'ont demandé si j'accepterais un Goncourt-Poésie qui serait décerné en Arles, j'ai dit *oui* sans hésiter. Cet après-midi, en répondant à l'allocution de Robert Sabatier, avant qu'on me remette le prix, j'ai essayé d'expliquer ce qu'est pour moi le travail des poèmes, surtout depuis que le sol est de moins en moins sûr sous mes pas. Ce que j'ai découvert en effet c'est que la poésie peut être un instrument de gouvernement des passions et de possession (ou de reprise de possession) de soi-même. Les premiers poèmes que je consens à nommer de ce nom, je les ai écrits après mon évasion en novembre 40, dans le désarroi et le deuil, apprenant brusquement la mort au front d'un cousin qui était mon ami, mon frère d'enfance. Le chagrin et le trouble de l'âme se sont alors organisés en vers, qui m'ont aidé à accomplir le « travail du deuil ». Je crois que ce que peut transmettre un poème, sa magie communicante, c'est le travail qui s'est accompli dans le poète, la contagion, bénéfique ou labourante, apaisante ou déchirante, d'un sentiment vrai et de sa domination, de son « apprivoisement » dans et par l'expression. Tout récemment encore, les poèmes d'*À la lisière du temps*, écrits aux marges d'un temps qui menaçait de m'expulser de ses territoires, je m'aperçois que je les ai écrits pour tenter de régler un souffle qui se déréglait, pour essayer d'ordonner un flux intérieur qui se délitait, pour parvenir à reprendre l'avantage dans le combat douteux où j'étais engagé. C'est que la poésie, cette activité gratuite par excellence, ajoute aux charmes essentiels de l'inutilité la force inattendue de l'extrême utilité. Aussi vaine que les nuages, aussi nécessaire que le pain, la poésie n'est pas forcément une maîtresse d'illusions. Elle peut être aussi, elle doit être surtout la réalité profonde *prise aux mots*, une vérité qui se fait chant. Pour paraphraser Clausewitz, la vraie poésie est la continuation de la bonne prose par d'autres moyens.

MAKHNO *Paris, 20 septembre 1985*

Alexandre Skirda aura consacré sa vie à faire connaître un des grands bâillonnés de l'Histoire, l'anarchiste Nestor Makhno. Entre 1917 et 1921, les makhnovistes, alliés parfois avec les bolcheviks contre les Blancs, auront la plupart du temps combattu à la fois les armées de Wrangel et celles de Boudienny. La véritable « troisième force » est sans doute là : celle que les politiciens cherchent à tâtons comme on cherche la solution du mouvement perpétuel, et à laquelle les peuples aspirent, comme ils aspirent tour à tour en 1921 dans Kronstadt à des Soviets libres, en 1944 à aller « de la Résistance à la Révolution », en 1958 au « socialisme à visage humain », en Pologne, en 80, au pouvoir de Solidarité, etc. La démocratie libertaire pour laquelle se battaient Makhno et les paysans qui avaient pris les armes avec lui, c'est cette « utopie » sans cesse renaissant de ses défaites, qui change de forme mais pas de fond, cette utopie dont on ne peut toujours pas savoir si elle est utopique ou pas, parce qu'elle a été au cours de l'histoire si rapidement et si constamment écrasée par la conjonction de deux autres « forces », qui ne tenaient (ni l'une ni l'autre) à voir si une république vraiment démocratique et libre pourrait être viable. Et quand ces tentatives ont été noyées dans le sang, comme ce fut le cas de Kronstadt, de Makhno, de l'Espagne de la C.N.T., on les ensevelit dans l'oubli, le non-dit, la censure absolue.

Un tract du 7 janvier 1920 de l'« Armée Révolutionnaire insurrectionnelle » de Makhno est conservé à l'Institut International de l'Histoire Sociale à Amsterdam. Il est frappant de constater que ses onze points, depuis le pouvoir des assemblées de travailleurs jusqu'à la liberté de parole et à la suppression des polices politiques, c'est le programme qui revient constamment quand le couvercle de la chaudière saute, de Kronstadt à Solidarnosc.

PASSAGES *Paris, 24 décembre 1985*

« Rassasiés de jours », dit la Bible. Mais aussi, comme la superposition de couches en géologie, l'entassement des épaisseurs de jours, des couches de temps, chaque couche successive étouffant, effaçant, annulant les couches qu'elle submerge.

Et le sentiment croissant qu'on finira sans avoir fini, qu'on sera parvenu à l'achèvement sans avoir achevé. Tout ce qui restait à faire, à exprimer, à dire, à donner, à découvrir.
Les papiers qui s'entassent, le feuilleté des lettres « à classer » et que je ne classerai jamais, et le « désordre » des livres qui est le signe du désordre de pensées, et le débordement des souvenirs posés sur des souvenirs comme des draps pliés dans une armoire, posés les uns sur les autres (leur odeur, parfum de savon et de propre).

Loleh écrit une pièce. Puis pendant des semaines, des mois l'*accorde*. Oui, son travail ressemble à celui de l'accordeur de piano. Comme si elle était à la fois le facteur de piano, qui construit l'instrument, et ensuite l'accordeur, qui note par note tend ou détend une corde, essaie les sons jusqu'à la parfaite justesse des accords. Elle a l'extraordinaire patience, l'oreille tendue, l'exigence d'oreille de l'accordeur.

Dans ces villes de l'Est à casernes, ou le quartier des casernes dans une ville de province, le soir, la sonnerie de l'extinction des feux. Et c'est cette sonnerie qu'on entend parfois, sans clairon, sans casernes, sans vie militaire, dans la vie tout court, la sonnerie silencieuse qui dit qu'il serait plus sage d'éteindre, parce que la nuit est là, que le froid monte, et qu'il vaut mieux dormir, mourir peut-être.

L'AMI
REVENU   *Paris, 25 décembre 1985*

Le plus beau cadeau de Noël qu'on ait pu nous faire : Octavio Paz et Marie-Jo à Paris. Après ces journées du tremblement de terre, les communications coupées à Mexico, les dépêches d'agence décrivant le quartier où vivent nos amis comme particulièrement frappé. Puis un matin, au réveil, sur le répondeur automatique, une voix annonce : « Octavio Paz est vivant. » (C'était un journaliste de *Libération* auquel Octavio avait confié des numéros de téléphone à appeler, pour rassurer les amis.)

Il est entré l'autre jour dans la pièce, et nous n'avons pas *commencé* à parler : la conversation a *continué*. La prodigieuse conversation d'Octavio n'est pas du tout celle du « brillant causeur » mais celle d'un incessant explorateur de l'espace des cultures et des époques du savoir. J'ai lié amitié avec Octavio sans savoir qui il était, d'une table de café à l'autre, et en dix secondes nous étions déjà, abruptement, dans les « grands problèmes », le « sens de la vie » et la comparaison de la poésie de Keats avec celle de Li Po. Notre conversation a été souvent interrompue par l'absence, elle ne s'est pourtant jamais arrêtée, de Paris à Tepotzotlán, de Londres au Massachusetts, de Mexico à Cambridge. J'admire le subtil réseau qu'Octavio tresse entre le protestantisme hollandais et le tantrisme indien, la mystique juive et le zen, Marx et Confucius, la peinture de Max Ernst et celle de Shitao. Le Kamasutra lui évoque curieusement le jésuite Baltazar Castiglione, et la pluralité des causes dans le bouddhisme du Grand Véhicule est rattaché par lui, soudain, à la logique mathématique de Gödel. Si je le rencontre à l'improviste sous un porche où nous avons cherché tous deux sans nous voir refuge contre la pluie, son entrée en matière en me découvrant sera : « *Que penses-tu de Sextus Empiricus ?* » (Je ne sais pas très bien ce que j'en pense. Je sais en revanche ce que je pense d'Octavio Paz : que ses contemporains ont bien de la chance — même s'ils ne la méritent pas toujours — de vivre sur la planète en même temps que cet homme.)

Le savoir d'Octavio, sa recherche méthodique, son ouverture de compas culturelle sont vraiment prodigieux. Il faut, comme il m'est arrivé, l'avoir vu vivre à Cambridge (Massachusetts) et à Cambridge (Angleterre), à Mexico ou à Paris, dans les communautés scientifiques comme Harvard ou Cambridge, pour mesurer l'étendue de ses intérêts, son art d'aller droit aux sources, d'interroger sur chaque discipline qu'il étudie les meilleurs spécialistes, de dépouiller les trésors les plus précieux des grandes bibliothèques. Le « mystique » visité, le lyrique d'une superbe violence est aussi un contemporain combatif. Il n'a manqué aucun de ses rendez-vous avec l'histoire contemporaine, de la guerre d'Espagne à la lutte pour démasquer le stalinisme, de sa critique pénétrante de la société mexicaine à son éclatante démission du poste d'ambassadeur en Inde après le massacre des étudiants perpétré en 1968 sur la Place des Trois-Cultures de Mexico. Ce qu'il a appris sur place en Espagne pendant la guerre civile ne s'effacera jamais de son esprit. Il sait que le peuple est spontanément capable, comme il le fit en 1936, d'« *assumer un rôle directeur* », mais qu'« *il suffit d'un simple tournant de l'histoire pour que l'ancien conspirateur se convertisse en policier, ainsi que l'enseigne l'expérience soviétique. La nouvelle caste des chefs est aussi funeste que celle des princes* ». Paz n'a jamais oublié la grande leçon de la guerre d'Espagne, où les « états-majors » de la révolution bureaucratique et policière auront en même temps brimé et écrasé la révolte populaire et cédé le terrain à Franco. Le gauchisme mondain, le castrisme naïf d'Amérique latine ne le pardonnent pas à Octavio.

J'écoute toujours Octavio avec émerveillement. Sa conversation, comme ses poèmes et ses essais, est semblable à ces ouragans tropicaux dont le déchaînement, la turbulence et la course laissent toujours en leur centre cette éclaircie de calme et de silence qu'on nomme *l'œil du cyclone*.

Au feu de l'amitié et de l'intelligence, je me réchauffe avec d'autant plus de bonheur que sont encore vivantes en nous les journées d'incertitude et d'angoisse. L'ami revenu, on l'aime un peu plus d'avoir eu si peur qu'il ne revienne pas.

Carnet hiver 1986

MINIMES *Le Haut-Bout, janvier 1986*

La terre est trop lourde pour qu'on puisse continuer à labourer. Les vanneaux huppés ont mangé tous les vers que les socs du tracteur avaient fait affleurer. Puis ils sont repartis. Où ça ? Et comment seront-ils prévenus quand le labour recommencera ? Mais ils le seront, fidèles au rendez-vous.

Un bon sol, c'est comme la peinture chinoise : le vide y est aussi important que les pleins, pour que circulent l'air, l'eau et les vers, les champignons, les protozoaires, les algues unicellulaires — la vie, enfin.

Une raison qui saute trop vite aux yeux rend aveugle.

Les vraies raisons se cachent, demandent qu'on les devine et pour passer inaperçues se déguisent en hasard ou folie.

Spectacles désolants :
Un enfant humilié, rouge de honte, et qui se retient pour ne pas pleurer.

Une petite rivière asséchée, son eau jaunâtre et fétide, son cours immobilisé, et que les oiseaux fuient.

Un chat qui rate un bond et dérape le long d'un mur en y raclant ses griffes.

Une nuit si noire qu'elle rend l'obscurité visible.

J'imaginais les espèces d'insectes comme de grandes nations, parlant la même langue. Pas du tout. Les entomologistes m'apprennent que le rythme des messages émis par les abeilles ukrainiennes est très lent, et qu'il n'est pas compris par les abeilles italiennes, bien plus rapides — et réciproquement.

L'égalité commence le jour où un Blanc peut dire à un Noir tout ce qu'il pense sans s'autocensurer parce qu'il parle à un Noir. Et vice versa.

On appelle « homme de la rue » celui qui est comme tout le monde mais un peu plus comme tout le monde que tout le monde.

HIVERNALES *Le Haut-Bout, février 1986*

La grande plaine est si plane l'hiver, et si horizontal l'horizon, et quand il fait ce beau temps de la mauvaise saison, un grand froid sec et pur, l'air est si clair et traversable loin par la vue, que c'est comme si la plaine n'existait pas, comme si l'horizon n'était qu'un mirage et le ciel si vide que c'est le vide lui-même. Tout est une grande absence, qui ne laisse que froid aux pieds, les oreilles glacées et les pas qui résonnent dur. Mais pour que tout existe cependant, et avec une force d'encre de Chine noire, les dieux de la terre ont lâché dans le paysage, prince des guérets, aigle des labours, le corbeau.

Les Eskimos, disent les eskimologues, possèdent un grand nombre de noms pour la neige. Il y a le mot qui désigne la neige-de-printemps-juste-tombée, la neige-tassée-par-le-blizzard, la neige-de-grand-hiver-gelée-avant-de-toucher-le-sol, etc. Mais nous, quand nous disons *herbe*, c'est vraiment peu, c'est sec, c'est générique, abstrait. Couché dans l'herbe, je sais bien que chaque brin d'herbe est différent. La fétuque des prés, ses fines feuilles en arêtes de poisson, ne ressemble pas à la flouve parfumée, avec ses petits épis, ni le dactyle bleuté à la houlque laineuse, ni la jaunâtre crételle à l'agrostis commun, sans parler du vulpin des prés, du lotier, de la minette et des semences de pâturages égarées dans la prairie sauvage, luzernes, trèfles, sainfoin.

L'odeur de la terre noire tranchée par le soc
comme on coupe le pain avec le couteau
L'odeur humide du matin de brume
qui contient cent odeurs écrasées par le froid
L'odeur de l'herbe d'hiver un peu pauvre
l'odeur fétide d'engrais chimiques avalés par la terre
et l'odeur sans odeur de l'air plein de gouttelettes
  glacées
qu'on aime respirer pourtant
comme l'été par grand chaud le verre d'eau bien fraîche.

MINIMES *Paris, février 1986*

La preuve de l'existence de Dieu par les résultats des sondages.

Nous remportons d'importantes victoires. L'ennemi perpètre d'atroces massacres.

Absolument conforme au modèle à la mode de non-conformisme.

Il n'avait qu'une idée. « C'est Mon idée », répétait-il, avec l'amour obstiné d'un père pour son enfant unique, ni beau ni brillant, mais le seul, mais le *sien*.

Courages parfaitement inutiles, et qu'on sait absurdes, mais utiles à l'idée qu'on veut avoir de soi, au regard de *soi* sur *je*.

Le grand âge est là, quand on se dit, en février : ah, tenir jusqu'aux premières jacinthes sauvages, jusqu'au premier chant du coucou, jusqu'au premier bain de mer...

J'aime les barrières des clôtures de pâturages dans la campagne. Elles grincent plutôt amicalement quand on les délivre du loquet ou de l'anneau de fil de fer. Elles ont l'air de dire : ce n'est pas pour vous qu'on est là, mais pour empêcher les vaches d'aller batifoler, les taureaux de faire pire et les chevaux, ceux qui restent, de cavalcader. Les barrières des champs sont transparentes et rustaudes, débonnaires et cordiales. Il ne leur vient pas à l'idée qu'on puisse

avoir envie de les *forcer* : il suffit de leur demander.
Elles s'ouvrent. Si elles grincent, ce n'est pas leur
humeur, c'est le bois humide.

« Oui aux espadrilles ! Non aux livres » : slogan
lancé par les péronistes dans les manifestations du
second mandat de Peròn, pour répondre aux étudiants antipéronistes.

L'idée du péché originel est une façon désespérée
de préférer se reconnaître responsable d'un destin
dont on n'est pas responsable, plutôt que de le subir
passivement.

Je rêve que je me réveille et me souviens du rêve
que je faisais. Alors je me réveille, et j'ai tout oublié.

HIVERNALES *Le Haut-Bout, février 1986*

Nous irons marcher dans la campagne   il fait gris
Il y a dans l'air des millions de gouttelettes froides
invisibles   La boue colle à nos bottes et alourdit
nos pas   On entend quelque part crisser un vol de
*   freux*
*   (Croasser est un nom péjoratif   comme l'est devenu*
*   nègre*
Les freux ne croassent pas   Ils crient ou crissent
comme on veut)   Ni le bétail ni les chevaux ni
les hommes ne sont aux champs   Il n'y a que nous
et les cultivateurs se demandent ce qu'on peut trouver
à la campagne par ce temps   Peu de choses en effet
Marcher   sentir l'air humide et froid   la terre pesante
Être vivant.

MOUETTES *Paris, février 1986*

Les mouettes, par ce grand froid, remontent la Seine jusqu'à Paris. Sur une pelouse du Luxembourg, une troupe de mouettes est mélangée à une troupe de pigeons. Une vieille dame leur jette des bouts de pain. Les pigeons dévorent. Mais les mouettes rurales, ces immigrées, ne savent pas qu'elles aussi ont le droit de manger.

Carnet printemps 1986

PRINTEMPS *Le Haut-Bout, 23 mars 1986*

Le printemps c'est la grande confusion des langues, heureuse et volubile, la verdure de mille verts, du chêne au frêne, de l'orme aux églantiers, et la voix de mille voix, de la fauvette au merle, de la mésange aux hirondelles, et la fraîcheur de mille fraîcheurs, de l'eau qui source à l'averse d'avril, des flaques restant du long hiver à la source qui se ressource. Le printemps c'est quoi ? C'est aussi ce qui fait dire aux gens qu'il n'y a plus de saisons, vraiment, que si l'été qui va venir est aussi pourri que ce printemps qui n'est pas, on ne sait plus où on va. Mais a-t-on jamais su où on allait ? On y va, et c'est tout.

PRISONS *Paris, mars 1986*

Même dans les sociétés très civilisées et policées, l'envers du décor vaut rarement l'endroit. J'ai retenu pourtant le conseil d'un vieux routier du grand reportage : « *Si tu veux connaître la vérité vraie d'un pays, regarde l'état des toilettes et, si c'est possible, l'état des prisons.* » Il n'est pas de bonnes prisons, et les plus « humaines » ne sont certes pas délicieuses.

À en juger par les témoignages des innombrables compagnons de la Sierra dans la lutte contre Battista qui finirent dans les cachots de leur frère d'armes Fidel, les prisons de Castro sont à peu près au niveau de celles de Sékou Touré. Des hommes comme le commandant Hubert Matos, héros de la guérilla contre la dictature qui précéda la dictature actuelle, ou comme Valladares, opposant du régime, ont passé l'un vingt ans, l'autre vingt-deux ans dans des prisons, des îles et des camps qui semblent particulièrement abjects. Pendant des années, derrière le décor ensoleillé, « humaniste » et jovial du socialisme cha-cha-cha, on a fusillé et martyrisé les innocents et les irréductibles, et organisé une répression sauvage dans les deux sens du mot, c'est-à-dire féroce et désordonnée, cruelle, hirsute et brouillonne jusque dans la cruauté.

Bien entendu, Cuba étant un État marxiste-léniniste, on sent un effort appliqué pour prendre exemple sur le Grand Frère soviétique, pour tirer les hautes leçons de soixante-dix années de Bourtiki, de Loubianka et de Goulag. Il y a une différence évidente entre les prisons des dictatures de droite, par exemple les geôles du Guomindang, telles que les décrit Constantin Rissov, ou les prisons turques actuelles, les prisons du Guatemala ou d'Indonésie, et les prisons des États « progressistes ». Dans les prisons de droite, on cogne, affame, humilie, torture et tue sans aucune superstructure philosophique. Dans les prisons dites « de gauche », les matons, à la lumière du marxisme-léninisme (dans ses variantes afghane, cubaine, yéménite, éthiopienne, etc.), font souffrir leurs victimes selon des principes longuement réfléchis. Ici l'objet de la détention et des mauvais traitements n'est pas simplement de punir, de faire mal ou de faire taire. Il est aussi de faire surgir l'Homme Nouveau. Les bastonnades, tortures, outrages, famines, supplice de la soif, appartiennent à un type de férocité qui n'a pas de parti et pas de patrie. Ce qui est typiquement marxiste-léniniste, c'est le système de la *réhabilitation* politique. Il fait partie d'une vision globale de l'homme. Partout un homme, c'est ce qu'on peut battre, enchaîner, fusiller. Mais ça, c'est hélas à la portée du premier État musclé venu. Ce qui est plus intéressant, c'est de faire plier un homme : par l'autocritique dans la vie civile, par l'aveu dans une « instruction » et un « procès », par le consentement public à sa « réhabilitation » dans le système répressif cubain. Revêtir l'uniforme bleu des « réhabilités », c'est travailler moins durement, manger un peu mieux, espérer une révision de son procès et répéter avec une sincérité, jouée le mieux qu'on peut, le catéchisme de l'État tout-puissant.

Quand on parle avec Valladares, on se dit que cette tactique a pourtant échoué avec lui. Il n'a ni plié ni rompu. Il est resté catholique et plutôt « réactionnaire ». Il est vraiment décourageant de penser que même avec une aussi haute philosophie de la réhabilitation par la trique et le marxisme-léninisme, on ne parvient pas facilement à faire d'un homme ce que voudrait en faire l'État : un « Homme Nouveau ». L'Inquisition obtenait tout de même de meilleurs résultats.

MINIMES   *Paris, mars 1986*

Dans *La Mise au tombeau* de Titien ou les photographies de guerre de Capa, la beauté du « tableau » est plus forte que l'horreur du sujet. L'art en parlant de la mort nie la mort.

À en juger par ce qu'ils font de la vie mortelle, la plupart des vivants ne semblent pas encore mûrs pour une vie éternelle.

On peut comprendre que les révolutionnaires et les saints se défient de l'art : il rend supportable l'insupportable. *La Charogne* de Baudelaire ne pue pas.

Ayant intériorisé un maton, il habitait un cachot, sa vie.

La seule façon d'être cru c'est de dire du mal de soi, et on est alors furieux d'être cru.

Parole de marteau, toujours affirmative.

Un Institut de sondage des reins et des cœurs.

Le commencement du bonheur, c'est de renoncer aux plaisirs qui ne font pas plaisir.

Chacun se croit le centre du monde, parce qu'il l'est.

Il disait qu'il rangerait la pièce, les affaires, les papiers, dès qu'il aurait le temps. Il ne l'a pas eu et après sa mort on a tout livré à une entreprise de *débarras*.

OISEAUX ET
JARDINS *Paris, 23 mars 1986*

Merles au Luxembourg. Ils vont et viennent à dix pas de vous, sautillant sur l'herbe, et leurs pas rebondissants font monter à la surface les vers, dont la curiosité est punie, d'un coup de bec précis. Il y a somme toute peu de temps, les merles étaient méfiants. Bewick les décrit en 1804, « *oiseau solitaire fréquentant les forêts et les broussailles* » et Yeatman cite Degland en 1854 : « *Cet oiseau vit solitaire, il est défiant et farouche.* » Il y a donc aussi une Histoire de l'Histoire Naturelle. Au moment où les hommes créaient Auschwitz et la Kolyma, ils épargnaient davantage les merles qu'auparavant.

Le merle a aujourd'hui avec nous des relations analogues à celles que le chat a depuis des siècles : on voisine, on partage la nourriture, mais on garde son quant-à-soi.

Le beau noir *décidé* du merle mâle.

MINIMES *Paris, 1ᵉʳ avril 1986*

Sur la Seine très haute, qui roule vite, dans le vent froid, bourrasques de soleil et bourrasques de frais, deux canards, le mâle et sa plus mince femelle, voguent. Ils viennent à tout hasard voir si je n'ai rien à leur donner. Mais je n'ai rien. Ils sont déçus. Moi aussi.

Aux « admirateurs », disciples et *fans*, il est toujours difficile de répondre, d'autant plus quand ils s'identifient trop fortement au « maître et modèle », deviennent des dévôts et imitateurs. Un des plus beaux exemples de sage (et dure) réponse à ce don excessif de soi à l'autre, c'est Beckett qui le donne, quand il dit à Charles Juliet, qui le cite : « *Éloignez-vous et de vous et de moi.* » Admirable conseil.

SIMONE DE
BEAUVOIR *Paris, 15 avril 1986*

« Le Castor » est morte. Elle sera restée jusqu'au bout, longtemps après avoir quitté l'Université, le prof Beauvoir. Le Cours Beauvoir, plus efficace que le Cours Désir ou le Couvent des Oiseaux, prenait ses pupilles au berceau et les conduisait jusqu'au tombeau. À toutes les étapes, Beauvoir martelait avec passion l'axiome fondamental de sa vie et de son œuvre : qu'il n'est pas *naturel* d'être une femme ou un homme, un riche ou un pauvre, un bien-portant ou un malade, et que la mort elle-même... « *Il n'y a pas de mort naturelle : rien de ce qui arrive à l'homme n'est naturel.* »

Les élèves du Cours Beauvoir ont étudié les techniques de la guérilla familiale, les moyens de faire la nique aux parents terribles, l'art de dire zut aux préjugés de classe et de dire non aux idées toutes faites et mal faites. Elles ont bachoté le concept de *Miteinandersein* et porté des chandails noirs à col roulé, ont discuté ferme pour savoir s'il fallait ou non adhérer au Parti, étant donné qu'il est le dépositaire sacré du sens de l'Histoire et en même temps la propriété privée d'un ramassis de fruits secs, de bureaucrates obtus et de fonctionnaires racornis. Elles ont conclu qu'il valait mieux ne pas adhérer à l'organisation tout en adhérant à ses principes, ou aux discours qui en tiennent lieu. Mais elles ont milité pour l'égalité des sexes en martelant un slogan, par définition plus simpliste que la pensée du *Deuxième Sexe* : « *On ne naît pas femme : on le devient.* »

Soupçonneuse devant tout ce qui se déclarait trop naturellement *naturel*, Beauvoir (comme Sartre) l'était moins devant tout ce qui se prétendait socialiste. Le Castor, voyageur vertigineux, avait une merveilleuse gourmandise du monde, et l'intrépidité souvent crédule mais toujours joyeuse d'Artémise et Cunégonde dans *La Famille Fenouillard*. Comme il ne suffit pas d'être contemporain pour être à la même heure, j'ai souvent croisé Beauvoir et Sartre, au sens propre et au sens figuré, au moment où je sortais d'une illusion pendant qu'ils y entraient. Si (pas plus fier que ça) je leur conseillais prudemment d'en prendre et en laisser en écoutant Chen Té, Fidel ou Khrouchtchev, je sentais dans leur regard, pourtant amical, mais sévère et désolé, que toute conscience veut la mort de l'autre, surtout quand l'autre est sur la pente savonneuse qui conduit à devenir Koestler ou Scriassine.

Quand j'étais avec eux, une Érinye nasillarde voltigeait au-dessus de moi, martelant avec la voix de Sartre : « *Un anticommuniste est un chien, je ne m'en dédirai pas.* » J'enviais le don merveilleux de Sartre, que partageait Beauvoir, de pouvoir toujours trancher avec impavidité, et parfois dans le vif. Beauvoir à la mort de Camus : « *Je ne vais pas me mettre à pleurer, me dis-je. Il n'était plus rien pour moi.* » (Deux minutes plus tard, on découvre heureusement qu'il n'en est rien.) J'admirais aussi la grâce qui avait été donnée à Sartre et à elle de pratiquer l'autocritique non critique, celle où l'on démontre qu'on a peut-être eu tort, mais raison d'avoir eu tort, parce qu'à l'époque où on avait tort on avait en face de soi des sales gens qui avaient tellement tort de prétendre avoir raison, parce que le mouvement communiste « *est le juge absolu* » de tout, et que « *pour apprécier une entreprise politique, le socialisme est la référence absolue* ».

La force et la faiblesse de Beauvoir, c'était d'être absolument absolue. Elle avait par bonheur de brillants intervalles de relativisme. « *Ma condition objective me coupe du prolétariat*, écrivait-elle ironiquement, *et la manière dont je vis subjectivement m'oppose à la bourgeoisie.* » Elle savait vivre avec l'âme entre deux chaises.

Devant le destin anatomique, la nature meurtrière, l'*inévitable*, Simone de Beauvoir explosait de rage, d'une rébellion superbe. L'idée centrale de Beauvoir, c'était qu'être un homme vivant, c'est refuser d'accepter que le malheur puisse être *naturel*. *Naturel* de vieillir ? *Naturel*, de mourir ? Cela semble évident. Mais quand on m'a téléphoné la nouvelle de la mort du « Castor », j'étais justement en train de dépouiller des statistiques, qui apportent des chiffres et des faits en faveur de l'hypothèse obstinée de Beauvoir. Entre 1955 et 1960, un instituteur ou un cadre supérieur de trente-cinq ans pouvait escompter vivre sept à huit ans de plus qu'un manœuvre du même âge. Vingt-cinq ans plus tard, la mortalité générale a reculé, mais pas l'inégalité devant la mort. Si les instituteurs ont cédé aux cadres supérieurs et aux professions libérales le privilège de la longévité maximale, on trouve encore parmi ceux qui ont la plus courte espérance de vie les manœuvres, les salariés agricoles, les personnels de service, les ouvriers non qualifiés puis les ouvriers qualifiés. Actuellement un manœuvre sur quatre et environ un ouvrier sur cinq meurt entre trente-cinq et soixante ans. Ce taux est inférieur à un sur dix parmi les cadres supérieurs et les professions libérales. La mort a de plus mauvaises manières avec les gens qui font de sales et ennuyeux travaux qu'avec les gens qui font des travaux intéressants.

Le dernier grand œuvre de Beauvoir, vieille, a été d'écrire un livre sur *La Vieillesse*. J'ai eu envie parfois de moquer le prof Simone de Beauvoir, son intrépidité, souvent simpliste. J'aime qu'à la fin de *La Vieillesse*, la vieille enseignante obstinée ait écrit : « *Que devrait être une société pour que dans la vieillesse un homme demeure un homme ? La réponse est simple : il faudrait qu'il ait toujours été traité en homme.* »

MINIMES *Paris, avril 1986*

Il s'efforça longtemps d'atteindre la contemplation du vide, la méditation zen, ce que son chat pratiquait sans effort, les pupilles sagement vacantes dévisageant le rien.

Ils écrivent une langue avec laquelle on n'oserait même pas s'adresser soi-même la parole dans un aérodrome ou un bowling.

Toujours tellement dans le vent, qu'il est devenu vent. Son rêve maintenant serait d'être girouette.

Je croise rue de l'Abbaye un homme avec un chapeau gris qui sort du rêve que j'ai rêvé la nuit dernière. L'insolence des gens est incroyable.

CONSTANTIN
RISSOV *Paris, 28 avril 1986*

   Constantin Rissov a pris sa retraite de professeur de l'Université française. Drôle de mot, *retraite*, pour une vie qui ne fut pas celle d'un *fonctionnaire*. Emmené à quinze ans en Chine par sa famille fuyant la Russie, le jeune Rissov a le coup de foudre pour la Chine, sa langue, sa culture, ses mœurs (et ses jeunes filles). Il devient si chinois de cœur et de tête qu'après l'invasion japonaise le voilà engagé dans la VIIIe armée de route communiste, élève de l'École de Cadres, harangué et enseigné par Zhou Enlaï, Zhu De et Lin Biao. L'amour de la Chine se paie cher. Rissov passera sept ans dans les prisons nationalistes. Il en sera libéré après la prise du pouvoir par Mao en 1949, engagé comme traducteur par le nouveau régime, travaillant avec zèle à « aider le peuple » en traduisant le biologiste charlatan Lyssenko. Ce zèle semble bizarre, ce Russe trop chinois est toujours suspect aux Chinois. Rissov va passer onze ans dans les prisons maoïstes, fort occupé à avouer matin et soir des crimes imaginaires. Aucune formation universitaire ne peut apprendre autant de choses que la double université des prisons de Chiang et des prisons de Mao. Rissov a connu *les* Chine de l'intérieur, et de cet intérieur de l'intérieur que sont les prisons.

   Deux anecdotes que raconte Rissov peuvent définir l'essence commune de ces deux pouvoirs antagonistes, la dictature de Chiang et celle de Mao. Dans une prison nationaliste, les prisonniers construisent un bâtiment qui sera coiffé d'un toit de chaume. Il pleut et le chaume est mouillé. Les charpentiers bagnards décident d'attendre que le chaume soit sec pour le poser. Leur gardien sort son revolver et leur ordonne sous peine d'être abattus sur place de poser le chaume. Ce qu'ils font. Peu de temps après, alourdie par le chaume trempé, la charpente s'écroule. Le Parti et le Président Mao décident un jour que tous les moineaux et passereaux de Chine seront exterminés. Un « savant » a pesé les grains prélevés dans le jabot d'un moineau à la fin de la moisson, multiplié le poids trouvé par 365, et conclu que les moineaux dévorent donc la moitié de la récolte de céréales de la Chine. Personne n'ose murmurer que ce calcul « rationnel » est stupide, que les moineaux ne mangent des grains qu'à la fin de la moisson, que le reste du temps ils dévorent surtout les vers et les insectes qui dévastent les légumes. Le grand massacre des oiseaux est un triomphe. Et l'année suivante, la Chine manque de légumes. « *Le pouvoir rend fou. Le pouvoir absolu rend absolument fou.* »

MINIMES   *Le Haut-Bout, mai 1986*

Ce que tu possédas sans l'aimer, tu ne le possédas pas. Le souvenir refuse de s'en souvenir.

La taupe dans sa galerie et le martinet dans le ciel voient également clair.

Remplir son verre à l'eau de lune dans un seau, la nuit.

Quand le son de la cloche commença à s'éteindre, un papillon se posa sur l'écho de l'écho.

Une pensée calme, qui sentait la lavande.

Le premier coucou du printemps qui me dit : « Tu as vécu une année de plus pour m'entendre. N'en demande pas plus. »

S'il y avait un Jugement Dernier, avoir menti à son chien et méprisé un moineau serait désapprouvé.

La joie contenue du speaker qui annonce que le nuage radioactif semble s'éloigner plutôt vers la Yougoslavie et vers le sud de l'Europe que vers nous.

Il y a deux hommes en moi, l'aveugle, et celui qui aide l'aveugle à traverser la route.

Préférer toujours l'ombre à la proie, les lèvres à la coupe, l'ours à la peau de l'ours et les moyens aux fins.

Carnet de Londres

MAI 1986

Carnet de Londres

MAI 1986

LONDRES *Mai 1986*

Depuis des années, chaque fois que j'arrive à Londres, je m'y lance, j'y plonge, comme on se jette à l'eau, l'eau sauvage et amicale, l'eau folle et joueuse, la mer faite cité. Je ne connais pas Londres mieux. Je ne la comprends pas davantage. Je l'aime simplement de plus en plus, même dans ce qu'elle a de moins *aimable* : on passe à qui on aime ce qu'on n'aime pas en lui, et qu'on finit parfois par aimer, parce que c'est lui. Insaisissable, énorme Londres, qu'une fois de plus je quitte sans avoir pu la capturer. Vouloir l'emprisonner, c'est comme prétendre attraper un carillon de cloches avec un piège à souris, c'est rêver de pêcher la Baleine blanche de *Moby Dick* avec un filet à papillon, c'est prétendre saisir l'écume de la mer un jour de gros temps à Brighton avec une écumoire à marmelade d'oranges.

Je ne retrouve pas un seul Londres mais, comme dans une coupe géologique du souvenir, tous ceux que j'ai traversés d'années en années. Le Londres des années 45, les pans de murs demeurés debout, peints de couleurs vives pour faire moins ruines, le *fog* et le *smog* encore fréquents, les Houses of Parliament aux trois quarts détruites, et le lugubre dimanche anglais, tous rideaux de fer baissés et spectacles en relâche, ne permettant qu'un achat, celui des journaux du dimanche, et qu'une sortie, l'église voisine (construite en général en style gothique victorien, une des plus curieuses anomalies architecturales de l'Occident). Le *fog* et le *smog* ont disparu, effet d'une loi intelligente. Le dimanche puritain fait eau de toutes parts, avec les épiceries pakistanaises ouvertes à gogo, les magasins européens qui de plus en plus suivent le mouvement, et les spectacles qui se rebellent contre l'autorité de l'Église anglicane. Quant aux blessures béantes, elles ont été pansées, effacées, oubliables sinon oubliées. Londres a gardé ses parcs (et en a créé à la ceinture de la ville), a dépollué sa Tamise, rebâti ses lieux historiques, et « profité » du désastre pour inventer des quartiers nouveaux. Les Victoriens raffolaient du gothique-toc. Aussi bizarrement, les Néo-Élisabéthains des années 50-60-70 sont férus du genre bunker. Les grands chantiers culturels, le Barbican, ou le complexe de théâtres (le National), de salles, de concerts et d'expositions du South Bank, ont adopté le style Mur de l'Atlantique. Comme à Beaubourg, extérieur repoussant, intérieurs parfois intelligents (pas toujours). Moins heureux que son homonyme de Varsovie (la *Barbacane* désigne dans l'art des fortifications un ouvrage avancé percé de meurtrière), le Barbican est aussi aveugle et glacial que l'écorce de béton du Festival Hall et du National Theatre de la Rive Sud.

Pourquoi les villes que nous voyons construire sous nos yeux ont-elles de plus en plus l'aspect de Quartiers de Haute Sécurité de prison ?

Dans les rues autour de Picadilly je rencontre aux lisières des temps que j'ai vécus des gens plutôt variés. Par exemple le GI du bas de Regent Street dont j'essayai vainement en 1945 d'arbitrer le conflit avec deux prostituées furieuses. Il ne voulait en payer qu'une seule, parce qu'il n'avait *consommé* qu'avec elle, trop saoul, après les avoir « invitées » toutes deux. La boutique de Haymarket où un ami dandy me chargeait d'acheter un des dix-sept tabacs à priser qu'on y vend depuis 1723, dont le mélange favori de Beau Brummel, et celui que le magasin fournissait à Napoléon en exil à Sainte-Hélène. Dans Pall Mall, le *Reform Club* où Raymond Mortimer, qui connaissait mieux que moi la littérature française, me révéla (découverte bizarrement *inoubliable*) que *Elephant and Castle* ne désigne pas un quartier où un château abriterait un éléphant, mais n'est que la déformation séculaire des mots *À l'infante de Castille*, de même que *marmelade* a pour origine la visite des suivantes de Marie Stuart aux cuisines du château où elle était captive, pour demander la compote de fruits que la pauvre reine aimait quand elle était souffrante, *Marie malade*, devenu (avec l'accent anglais) marmelade. Dans Halfmoon Street, la pension de famille où je fis la connaissance de Mary Ann, qui avait les cheveux d'Ophélie et l'accent de Liverpool, le soir de novembre où elle vint me demander la monnaie d'un shilling pour mettre des *pennies* dans le radiateur à gaz à péage qui s'était éteint, faute de monnaie. Je n'avais pas trente ans. Un jeune homme à Londres est toujours tenté de se prendre pour Thomas de Quincey, « *à la pauvre Anne allant rêvant* ». Entre Kensington et Knightsbridge, je revois l'appartement de Jacques Brunius, l'homme qui savait *tout* sur Lewis Carroll. Dans son bureau trônaient, sur un lutrin victorien, l'édition monumentale du *Annotated Alice in Wonderland* et un extraordinaire paravent décoré d'images découpées du XIXe siècle. Brunius donnait constamment, dans sa vie et son œuvre, la main à Alice du Pays des Merveilles. Ce Français qui avait choisi l'Angleterre était plus anglais que les Anglais dans son Londres de rêve éveillé. Il avait vécu le surréalisme, la guerre à Londres, Français « parlant aux Français » dans les émissions de la B.B.C., et il avait choisi de rester à Londres, ville des merveilles, où il mourut.

Notre amie S. nous a fait rencontrer hier soir à dîner M.J., un jeune membre du Parlement qui nous invite aujourd'hui à assister à la séance des Communes. J'avoue n'être pas retourné depuis un quart de siècle visiter « la Mère des Parlements ».

Londres, c'est la ville où on se tient le plus raide et le plus mal, le plus mou. On y croise encore les messieurs à l'âme High Church et au corps empesé, coiffés d'un melon solennel, innocents plésiosaures, ornements de la Banque, de la *decency* et des Affaires. Mais à la Chambre des Communes, pendant que le porte-parole de la majorité, le Leader of the House, répond aux « *business questions* » des M.P., celui qui est le plus près de lui l'écoute, affalé, *informal*, les pieds posés sur la table sacrée de la démocratie parlementaire, la table où la masse d'arme déposée par le Sergeant at Arms devant le speaker signifie depuis des siècles que le Parlement est en session. Oui, sous l'œil indulgent de Mister Speaker en perruque, les pieds sur la table Sainte, comme un journaliste américain a les pieds sur son bureau. « *Le sans-gêne est grand*, écrivait déjà Taine en 1861. *Plusieurs sont renversés demi-couchés sur leur banc, l'un d'eux tout à fait vautré sur le sien. Cette simplicité indique des gens d'affaires qui suppriment le cérémonial pour expédier la besogne.* » C'est toujours vrai. Et les M.P. « *vautrés* » sur leurs banquettes de cuir vert pâle, dans ce Parlement qui a 650 membres et n'a prévu de sièges que pour 437 personnes, leur dédain du cérémonial dans une nation qui lui accorde tant d'importance, c'est l'image du Londres *étendu*, dont les banlieusards font des heures de transport pour avoir le bonheur de vivre dans une petite maison d'un ou deux étages.

Les adresses des amis londoniens racontent déjà les replis d'une ville, ses survivances rurales, ses caprices, ses charmes. Nous avons nos rues, avenues, boulevards, passages, impasses. Londres dispose d'un vocabulaire encore plus riche. *Street*, bien sûr, la rue qui court ; *avenue* ; *place* ; *road* ; *gardens* ou *square*, l'herbe verte (parfois disparue depuis un siècle) ; *lane*, l'allée ; *grove*, le bosquet (bosquet d'arbres fantômes, en général) ; *mews*, l'ancienne écurie transformée en petites résidences des deux côtés de l'allée centrale ; *hill*, la colline ; *walk*, la promenade. Je dois en oublier. *Crescent*, par exemple, ces demi-lunes charmantes où la rue fait le gros dos et ronronne d'aise. Et *path, rise, drive, mounts, terrace*... Je dois en oublier encore...

Il y a les parcs, bien sûr. Leurs pelouses, vertes comme l'humidité souveraine, leurs pièces d'eau dont l'artifice est devenu la nature même, leurs fauteuils de toile vert pomme, d'un vert insolent comme les couleurs des robes anglaises. Les oiseaux de Londres sont fiers que la *Royal Society of Ornithology* soit la meilleure société ornithologique du monde (que notre *Ligue de protection des oiseaux* me pardonne, je suis membre des deux, bigame et fidèle à chacune). Fiers aussi, ces oiseaux, d'être les citoyens d'un pays où l'on apprend en classe les vers de deux très grands poètes, l'*Ode à l'alouette* de Shelley et l'*Ode au rossignol* de Keats. Il y a dans les parcs de Londres une variété de canards merveilleuse, du colvert au chipeau, du mandarin au souchet, du siffleur au morillon. Et les cygnes noirs royaux, princes de l'arabesque. Paul Morand nous rappelle que, de même que l'or et l'argent sont en Angleterre confiés depuis 1327 au poinçon en forme de léopard de la vénérable Guilde des orfèvres, de même les cygnes des parcs de Londres sont poinçonnés à l'âge de deux mois par le Gardien des Cygnes et le Maréchal des Cygnes de la Maison du Roi, délégués eux-mêmes par la Guilde des Négociants en Vin, qui a le privilège royal d'élever les cygnes de la capitale. On les marque au fer rouge, comme le fut Moll Flanders, mais eux sur le bec supérieur. La Société Protectrice des Animaux a obtenu il y a quelques années que le fer soit extrêmement simplifié et réduit, mais pas que cette cérémonie, qui date d'Édouard VI, soit abolie. Le Prince Charles était un enfant très populaire, l'Angleterre fut cependant agitée de mouvements divers quand on le vit suivre à douze ans une chasse au renard, « *relique d'une époque barbare* ». Je me souviens du tumulte que déclencha la *Ligue contre les Sports cruels* en faisant campagne en 1947 contre la chasse à courre au lièvre, et en soutenant le projet de loi déposé alors aux Communes par Marcus Lipton, M.P. — projet de loi que des arguties de procédure empêchèrent (bien entendu) d'être voté. C'est ici qu'il faut introduire le couplet classique sur l'indifférence assez générale des Anglais aux durs ou mauvais traitements infligés aux enfants, et sur leurs protestations indignées quand on fait du mal aux bêtes. Un sondage de la Communauté européenne en 1974 m'avait particulièrement frappé (c'est le mot). Il y avait alors 88 % d'Italiens pour désapprouver les châtiments corporels aux enfants, contre 21 % d'Anglais. Mais je me souviens de la levée de boucliers contre une décision du ministère de l'Agriculture, devant les dégâts provoqués aux récoltes par les écureuils, d'offrir une prime d'un shilling par queue d'écureuil. Et du *Sun* relatant la bonté d'un voyageur sur la ligne Nairobi-Londres. Au moment d'embarquer à bord de son avion il avait sauvé la vie d'un escargot collé sur la carlingue, et l'avait amené dans sa chambre du *Ritz*. Les Anglais sont si férus d'animaux que mon maître et voisin de Charente, Jacques Delamain, l'auteur de *Pourquoi les oiseaux chantent* (un merveilleux livre), fut pendant vingt ans le correspondant ornithologique en France du *Times* : quand il détectait dans le ciel un vol de migrateurs mettant le cap sur l'Angleterre, il appelait le *Times* qui annonçait le lendemain matin, sur deux colonnes, l'arrivée de mésanges à tête noire qui avaient hiverné en Afrique ou d'un vol de sternes hansel en provenance de l'Europe centrale.

On connaît en tous lieux la force des chats, qui est leur sage silence et, comme dit James Thurber, « *de savoir quelque chose que nous ne savons pas* ». Les chats londoniens, en particulier, et les chats anglais en général, sont encore un peu plus chats que les autres chats, sauf les chats de Venise. Les chats de Londres descendent tous du chat de Dick Wittington, qui devint Lord Maire de Londres grâce à l'astuce de son chat, de Dinah, la chatte d'Alice, ou du célèbre chat du comté de Cheshire. J'ai vu un beau tabby tigré, sur Cheyne Walk, à Chelsea, près de la Tamise, renouveler l'exploit du chat de Cheshire, et s'effacer puis se reconstituer à ma vue. « *Dès qu'il eut assez de bouche pour parler* », comme dit Lewis Carroll, il m'informa que la maison de Henry James, que je cherchais, était derrière moi. Il la connaissait bien : son aïeul avait été le chat de James à l'époque où le

Maître vivait à Carlyle Mansions, où il mourut. James parle dans un de ses romans des « *great serious English trees* », des « grands sérieux arbres anglais ». Le chat de Cheyne Walk me confia que, d'après son ancêtre tigré qui avait été secrétaire de l'écrivain, c'était le portrait tout craché de James lui-même : un bel arbre, américain et cependant tellement anglais, un arbre tellement sérieux.

J'ai beau me promettre, à chaque voyage à Londres, d'aller au moins explorer les vieilles facultés de Droit médiévales et Renaissance, le *Temple*, les *Inns*, dissimulées derrière des façades mercantiles, je remets toujours au lendemain cette expédition. Impénitent badaud, je me suis seulement arrêté deux ou trois fois pour regarder la relève des Gardes de la Banque d'Angleterre, le *Bank Piquet*, baïonnette au canon. La Reine et l'Or, la relève de la Garde de Buckingham et la relève de la Garde à la Bank, est-ce un symbole ? J'en doute un peu. À la bibliothèque du British Museum, vénérable sanctuaire de la vraie Bibliothèque de Babel, je repère chaque fois avec un peu de sardonisme (création linguistique d'un substantif assez utile, à partir de l'adjectif *sardonique*) la place où, à vingt minutes de marche de la Cité du Capital, un studieux exilé, Karl Marx, écrivit *Le Capital*. La garde qui veille aux portes de la Banque, le *Bank Piquet*, n'a pu l'empêcher de faire des ravages sur la planète et de donner bien du souci aux banquiers.

Je revois avec nostalgie les premiers grands matches à Wembley, juste après la guerre. Nous sortions à peine de la violence universelle, de la guerre. C'était bon d'aller à Wembley voir le onze d'Angleterre jouer contre le onze français. Le lendemain matin, les journaux saluaient la correction parfaite d'un jeu sans trace de coups tordus, de béton ou de brutalités. À l'époque, pas si vieille, une conduite dont on pouvait dire « *It's damned unsporting!* » était condamnée sans appel. On apprenait encore dans les premières classes le poème moral d'un Sully Prudhomme victorien, Grantland Rice : « *For when the one Grand Scorer comes / To write against your name / He marks not what you won or lost / But how you played the game* » (Mais quand viendra l'unique Grand Arbitre-Marqueur / Pour noter les points contre toi / Il n'inscrira pas ta victoire ou ta défaite / Mais comment tu as joué la partie). Quand on disait d'un joueur sur le terrain ou d'un homme dans la vie : « *He's just not playing the game* », on avait tout dit : le pire. Mais la guerre est finie. Il faut bien s'inventer une guerre imaginaire, comme le font les misérables autour d'un ballon rond, à Rio ou au Caire, à Dakar ou Londres. Le football aujourd'hui, c'est le blitz à la portée des sous-développés qui ne pratiquent pas le terrorisme direct. Quand Arsenal joue contre Chelsea aujourd'hui, dès le métro il vaut mieux se garer des supporters déjà imbibés de bière, des *skin heads*, tondus néo-nazis, de ces jeunes barbares qui sont d'habitude parqués dans les cantonnements du chômage, de la pauvreté, de la délinquance, dans les banlieues de Londres, de Liverpool ou de Manchester, troupes de choc de la fureur footballière, qui ont ensanglanté dix fois les stades anglais avant l'inoubliable massacre de Bruxelles, lors du match Italie-Angleterre.

C'est le même peuple qui à Londres fait des économies de feux rouges parce que, sans feux, les automobilistes laissent (en général) scrupuleusement passer les piétons sur les bandes blanches qui strient la chaussée. Ce qui rend si dangereux le retour à Paris ou à Rome après huit jours de Londres : on croit que les automobilistes sont tous civilisés comme des Anglais. (Un de mes amis britanniques m'accuse ici d'optimisme. « Les rapports entre automobilistes et piétons chez nous, dit-il, ressemblent assez à ceux des cavaliers et de la meute avec le renard. »)

Carnet été 1986

JACQUES
ROUBAUD   *Le Haut-Bout, juin 1986*

Depuis la mort d'Alix, il y a deux ans, Jacques Roubaud était comme foudroyé de mutisme, frappé dans la parole même, *médusé*, accomplissant dans un silence de mort le tissage du regret, de la stupeur, des remords d'être vivant, qu'on appelle le *travail du deuil*.

Il me donne à lire aujourd'hui le livre à son retour à la parole, du retour (lent) de la parole à lui.

Quand, en 1983, la mort de l'être aimé frappe Jacques à bout portant, il avait beau *savoir*, qui alors *sait* quoi que ce soit ? *Quelque chose noir* est l'histoire d'une parole qui revient du silence — et en restera habitée. « Poèmes » ? Lentes, difficiles, exemplaires avancées vers des sortes de poèmes. Méditation de l'inméditable. Exercices de dévisagement de ce qui ne peut être ni dévisagé ni envisagé. Patient, impossible « entraînement » à regarder en face ce qui ne peut être regardé en face : ni le soleil ni son envers. S'astreindre à examiner l'insoutenable. Avec le plus de rigueur possible, dans la *forme* la plus exacte, avec une précision blême et une voix blanche, mais nettement articulée, s'appliquer à nommer l'innommable. Extraordinaire journal de ce parcours, depuis l'aphasie de l'âme jusqu'à la parole peut-être retrouvée, parole rendue qui n'est pas un *dénouement*, mais le courage de se regarder *à jamais noué*.

LES
TRISSOTINS   *Paris, 4 juin 1986*

De toutes les billevesées et balivernes qui ont fleuri pendant les dernières décades, les théories de la critique littéraire ont été parmi les plus amusantes et les plus saugrenues.

À la grande époque structuralo-sémiologique, il y avait pourtant quelque chose de touchant dans la ferveur des étudiants accourus écouter la bonne parole. Ils avaient le sentiment qu'on allait leur donner un meccano ou un lego avec lesquels, après avoir démonté et déconstruit *L'Éducation sentimentale*, ou *Ulysse*, ils pourraient à leur tour monter leur chef-d'œuvre, un *texte*. Le Livre dont rêvait Mallarmé, le livre accomplissement de la Poésie, était désormais à la portée de tous : une bonne grosse thèse de troisième cycle sur la « Théorie du champ unifié des théories de la littérature ». Le Humpty Dumpty d'*Alice au pays des merveilles* régnait sur ce champ unifié-là. Humpty Dumpty est le héros archétype de l'intelligentsia critique « dans le vent ». Quand Alice lui demande, effrayée : « Comment arrivez-vous à donner aux mots tant de sens différents ? », Humpty Dumpty répond brutalement : « *La question est simplement de savoir qui est le maître* », et il quitte Alice, évidemment, pour aller donner son cours magistral du haut de la chaire de Narratologie de l'Université de Paris XXVIII.

Le livre conçu selon les principes structuralo-sémiologico-post-modernistes assurait la notoriété de son auteur dans les colloques, lui ouvrait la porte d'une forteresse, sa chaire, avec retraite à soixante-cinq ans, et résolvait élégamment le problème de Humpty Dumpty : « *La question est de savoir qui est le maître.* »

Pourtant, dans la critique elle-même, les vrais maîtres restent les maîtres. Proust et James parlaient mieux de l'art du roman que Faguet et Lanson, comme Milan Kundera ou Italo Calvino en parlent de façon plus intéressante que les percherons de la « déconstruction ». Le principe énoncé par Borges, selon lequel les gens qui détestent la poésie se consacrent en général à l'enseigner, donne de moins bons résultats que la critique des vrais poètes, de Valéry à Pound, d'Octavio Paz à Yves Bonnefoy, pour ne pas remonter à Dante et à Keats. Mais, à l'intérieur même de l'œuvre d'un créateur critique, nous voyons bien qu'il y a une prééminence, une échelle des valeurs, que la *Recherche* est plus importante que *Contre Sainte-Beuve*, que les essais critiques de James sont les appendices de son œuvre de fiction, et que la bonne vieille hiérarchie des genres selon leurs difficultés n'est pas devenue obsolète, parce que faire de la bonne littérature générale, poésie, roman, etc., est moins aisé que de parler généralement de la littérature déjà faite. Les critiques intelligents le savent d'ailleurs si bien que, quand ils veulent se hausser un peu le col, ils se présentent non comme des critiques mais comme des romanciers. « *Pour ma part*, disait Roland Barthes, *je ne me considère pas comme un critique, mais plutôt comme un romancier, scripteur non du roman, il est vrai, mais du "romanesque".* » En préfaçant sa *Critique de la critique*, Todorov nous met en garde : n'allez pas croire que ces textes de critique sont simplement de la critique ! « *Ce qui suit n'est qu'un roman — inachevé — d'apprentissage.* »

Le « roman critique », c'est l'hommage que le vice de la stérilité rend à la vertu imaginative. Todorov lève en même temps l'étendard de la révolte contre les patauds pédants du patagon et enfonce les armes de l'autocritique dans ses propres flancs. Il déclare la guerre aux calembredaines longtemps dominantes, refusant désormais catégoriquement de croire que les commentaires sur les romans sont plus intéressants qu'un beau roman, que le vrai « créateur » d'un poème, d'un récit ou d'une tragédie ce serait le lecteur qui leur donnerait un sens ou l'interprète qui les « décoderait ». Todorov s'insurge contre la dictature du critique, et contre une conception de la littérature dominée par le mépris hautain de la notion de vérité.

LA DÉCHARGE DES DANAÏDES *Saint-Rémy-de-Provence, 1ᵉʳ juillet 1986*

Il existe à quelques kilomètres de la maison de Pierre une « décharge » abritée derrière le talus, espace désolé d'ordures et cendres où fument en quasi-permanence des restes d'incendies de détritus. Chaque matin, poussant une carriole composée des roues d'une voiture d'enfant et de vieilles caisses, une petite vieille, ratatinée comme deux pommes d'un ancien hiver et basanée de crasse autant que de soleil, arrive. Elle passe la journée à explorer les ordures, à remplir sa carriole de « trésors », puis le soir venu refait à pied la route jusque chez son gendre et sa fille, et entrepose chez eux dans une grange le butin de sa journée.

Tous les deux ou trois mois, pendant que la vieille est à son « travail », le gendre et la fille remplissent leur camionnette des épaves accumulées par la mère, vident la grange, et vont jeter le tout dans une autre décharge, un peu plus lointaine.

LES CHATS DE *Saint-Rémy-de-Provence,*
SAINT-RÉMY *8 juillet 1986*

Les hirondelles volent très haut
Une zone de hautes pressions
fait régner sur la France un temps chaud et sec
Le ciel est presque blanc
Une abeille va se baigner
dans le jet d'eau d'arrosage rotatif
Il y a un moment dans le mouvement des jets
où la rencontre de l'eau et de la lumière
fait surgir   fugitif   un arc-en-ciel
Il passe dans l'air un avion
sans délicatesse aucune
si on le compare aux hirondelles
à l'abeille mouillée
à l'arc-en-ciel apprivoisé

C'est l'heure où à la porte de la cuisine
les chats attendent la pâtée
J'ai une préférence apitoyée
pour celle que nous appelons Zibeline
Elle est très petite

couleur écaille de tortue
hirsute   maladive   dépeignée
la queue comme un vieux plumeau tordu
et des yeux jaunes d'une patience inusable
Elle tousse à fendre l'âme
Madame Rey dit qu'elle a deux petits
cachés quelque part dans une grange

L'océan du malheur du monde
respire rauque dans le lointain
mais chaque soir à l'heure du dîner
la toux de Zibeline
est le malheur   perceptible   immédiat

dérisoire   évidemment

CLOCHES ET
SONNETTES   *Le Haut-Bout, 10 juillet 1986*

Je voudrais oublier les cloches de Sainte-Ausone qui sonnaient les vêpres du soir à l'heure où les demi-pensionnaires se levaient pour rentrer chez eux. Les pensionnaires restaient à l'étude jusqu'à l'heure du dîner, et pour toute la nuit. C'était l'heure, pour moi, dont parle la prière quand elle dit : « Et à l'heure de notre mort. »

Je voudrais me souvenir seulement des deux notes-grelots de la sonnette de la porte verte au fond du jardin. Quand on tirait la chaîne, les mésanges qui avaient fait leur nid dans la vieille boîte aux lettres s'envolaient. J'aurais voulu les rassurer et les persuader que personne ne leur voulait de mal.

L'ÂGE DES MOTS   *Le Haut-Bout, 12 juillet 1986*

Il y a des mots devenus pauvres peu à peu. Ils se tiennent à la porte du souvenir comme ceux-là qui n'osent plus entrer dans la maison de peur qu'on ne les reconnaisse pas, ils ont tellement changé. *Chaume*, ce n'était pas pareil du temps où on moissonnait avec la moissonneuse-lieuse tirée par un cheval, et c'était plus haut, plus dru, moins passé au rasoir. Et *Glaneuse*, où êtes-vous, *glaneuses* qui vous courbiez de pas en pas, *glaneuses* disparues. Que glaneriez-vous dans les champs ratissés par machines ? (Mais Loleh, ironico-critique, me fait remarquer que je prends un peu à la légère, dans ma vision poétique, le mal aux reins des glaneuses. Elle a raison.)

HIRONDELLES   *Le Haut-Bout, 13 juillet 1986*

Les hirondelles ont si bien apprivoisé notre vieille voisine-amie, qu'elle a scié un petit carré dans le haut de sa porte afin qu'elles puissent entrer et sortir nuit et jour pour s'occuper de leurs nids. Et elle veille amoureusement sur un chef-d'œuvre d'architecture : un nid d'hirondelles bâti en équilibre au sommet de la tige qui commandait le soufflet de l'ancienne forge.

AU RAS DE
L'HERBE   *Le Haut-Bout, 13 juillet 1986*

Si on replie les têtes de fleurs du plantain lancéolé ou herbes à cinq côtes, ça fait ressort et la fleur jaune et sa tige s'en vont voltiger dans l'air. Avec les tiges de l'angélique vraie confites dans le sucre, on fait ces petits carrés verts dans les gâteaux et les cakes qui ont en effet un arôme d'angélique. La fumeterre officinale guérit (en infusion) la jaunisse et les ennuis du foie. La discrète benoîte des rives se cache benoîtement. On ne voit presque pas cette bizarre plante parasite qui pousse sur les racines des noisetiers et qui se cache si bien, si modeste, qu'on l'a nommée la clandestine *(Lathréa squamaria)*.

DÉMOCRATIE   *Le Haut-Bout, 15 juillet 1986*

L'esprit démocratique ne consiste pas à dire que tous les hommes sont identiques et égaux, mais à constater qu'ils ont en commun un corps content d'être et condamné à mourir, c'est-à-dire le rire et le tragique, et qu'il est intéressant d'essayer de donner à tous des chances équivalentes et de réussir à donner à tous un égal respect et une égale sympathie. L'esprit démocratique ne consiste pas non plus à dire que n'importe quelle cuisinière peut diriger l'État, mais qu'il est utile à l'État que la moindre cuisinière ait la certitude que la cité est aussi son affaire.

MINIMES   *Paris, 16 juillet 1986*

Femme entre deux âges, grise, les yeux ailleurs, qui marche dans la rue en donnant la main à sa solitude.

L'idée sans précédent du christianisme : un Dieu à l'extrémité de la souffrance. Tous les autres dieux, puissants et heureux.

Je rêve que je marche derrière moi dans une rue : agacé, parce qu'*il* (celui que je suis) ne se tient pas droit.

UNE PIÈCE   *Le Haut-Bout, 18 juillet 1986*

Loleh me donne à lire le premier jet de sa nouvelle pièce. Toujours la mémoire et le temps, mais Loleh ne se répète pas. Elle creuse plus profond, et cette fois-ci, de nouveau, une merveille de tendresse, de délicatesse, de juste dessin, de tristesse musicale. Dans sa chimie du cœur, elle a subtilement tout fondu : le beau visage de Suzanne et celui de plusieurs vieilles dames, Mlle Merleaux et l'hôpital, les infirmières de mes séjours hospitaliers et Maman Schtemm, l'institutrice de Suzanne, qui l'a aimée et respectée jusqu'à la fin de sa vie comme une seconde mère.

C'est par des chemins différents que Loleh et moi en sommes venus à traiter des thèmes analogues, les jeux de saute-mouton du temps, les résurgences du passé dans les *Dames du jeudi* ou *De si tendres liens*, les remontées du temps dans *La Traversée du Pont des Arts* ou *À la lisière du temps*. Depuis que Loleh écrit, nous nous parlons très peu, ou plutôt pas du tout, du travail en cours, des projets. Ce qui a amené Loleh à son intérêt pour les caprices du temps, c'est l'observation, cet œil si attentif qu'elle porte sur les êtres (sans en avoir l'air). Elle a été frappée de voir réapparaître souvent, chez une dame mûre, la petite fille qu'elle fut jadis, ou dans une très vieille dame, des gestes, des réflexes et des réflexions de l'enfant effacé. Elle a construit *De si tendres liens* comme si elle croisait les « échelles des âges » des gravures anciennes : la petite fille et sa vieille mère se retrouvant au carrefour invisible où les paniques de sept ans et les angoisses de quatre-vingts sont identiques. Il me semble en revanche que si le temps m'a obsédé, c'est d'abord à partir d'une expérience un peu différente, qui m'apparaît parfois un peu morbide, celle de ces courts-circuits du temps qui se produisent en moi, et dont je ne prétends certes pas être le premier à les avoir ressentis : je n'ai pas le privilège de la « mémoire involontaire » !

Mais je n'ose guère parler du travail d'écrivain de Loleh, crainte de ressembler à ces couples un peu monstrueux, où chacun tend à l'autre un miroir si complaisant que ses images laissent incrédules. Quand Aragon louait Elsa, on était parfois un peu gêné...

Pendant longtemps, Loleh a haussé les épaules quand on lui disait que de comédienne elle était devenue écrivain. « Écrivain, moi ? C'est Roger (Grenier), c'est Pascal (Quignard), c'est toi, c'est vous les écrivains ! Moi, je ne sais écrire que des répliques ! » Précisément. J'envie leur justesse, leur vérité, cette simplicité de l'écriture qui ne fait pas de mines ni de chichis, mais a du style sans jamais prendre la pose et de la grâce comme sans y penser. Et avec ce sens comme inné du rythme exact, de la musique qui ne chante qu'en sourdine.

« Moi, écrivain ? » protestait Loleh. C'est vrai, dans un sens, elle avait raison de protester. Elle n'*écrit* pas : elle dit juste, si juste et vrai que ça n'a pas l'air *écrit*.

Carnet automne 1986

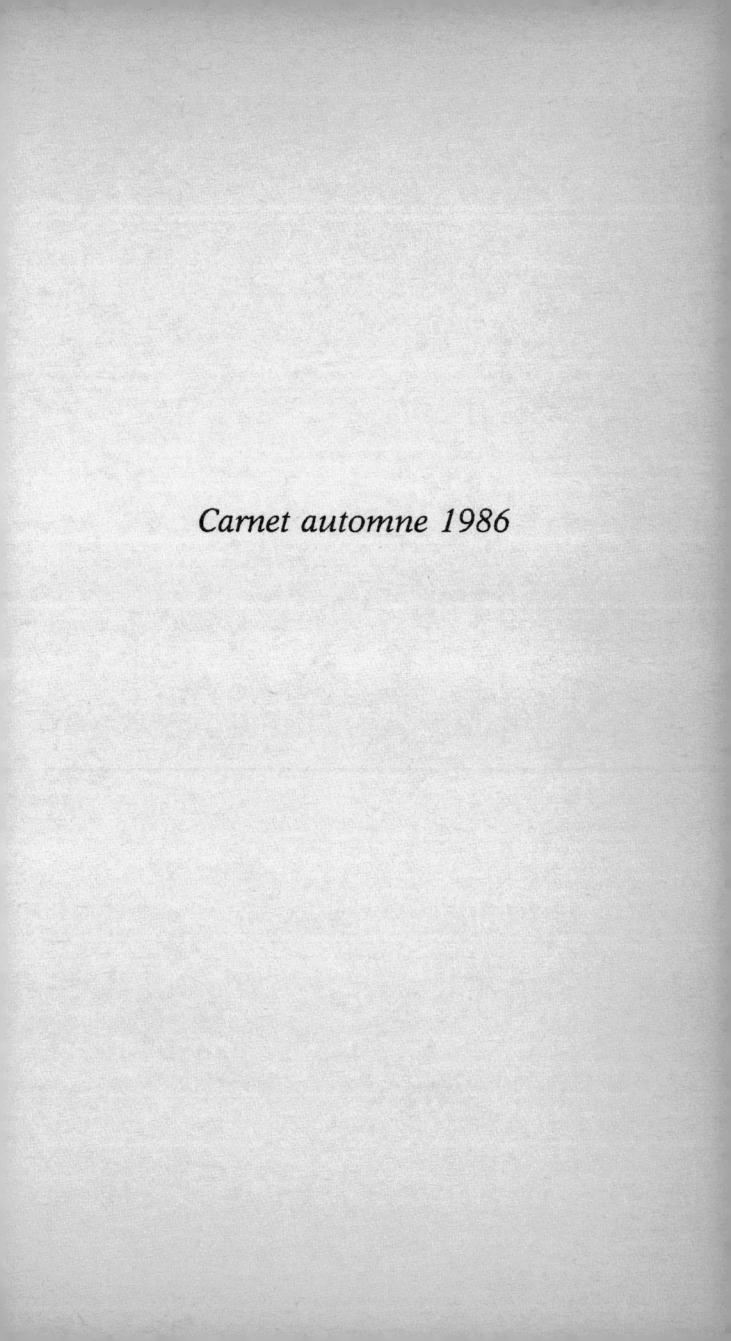

qui me fait penser à une longue fille d'une élégance
   maigre et pâle
J'ai découvert dans le Bonnier qu'on la nomme cosmos
C'est un beau nom   un peu au-dessus de ses moyens
En y réfléchissant je me suis dit qu'après tout
la fleur un peu fragile et douce à droit comme tout le
   monde à ce nom

Nous sommes tous de cette famille-là la famille
   Cosmos
du physicien Prix Nobel à l'ivrogne dans son vomi
de l'amibe si peu amicale au paradisier des îles Sous-le-
   Vent
et nous devrions tous porter ce nom en plus de tous les
   autres
On dirait Jean-Bertrand Pontalis Cosmos Roger
   Grenier Cosmos
et j'aurais comme les Japonais des cartes de visite
   toujours prêtes
pour me présenter sous mon vrai nom   Claude Roy
   Cosmos

Il n'y a d'ailleurs pas de quoi faire le fier-à-bras
Quand je serai retourné   poussière à la poussière
si un milliardième de milliardième de ce qui me
   composa
flotte vers Aldébaran ou la supernova 13246 N
qui donc sera là pour dire   c'est moi   c'est moi
dans le grand terrain vague qu'on nomme aussi
   cosmos ?

MINIMES *Belle-Île, août 1986*

L'inventeur des menottes pour idées subversives et le fabricant de préservatifs pour rencontres avec la vérité nue.

J'ai découvert l'autre nuit dans le Setchouan des grottes sculptées plus belles encore que Tung Huan. Le guide était en train de me dessiner la carte du chemin que nous avions pris pour y arriver, quand le téléphone m'a réveillé. Je crains de ne jamais retrouver le chemin.

Quand il est ivre, il dit des choses qu'il ne pense pas. Mais qui donc pense en lui ce qu'il dit ?

COSMOS *Belle-Île, 28 août 1986*

J'ai cherché le nom de cette fleur mauve à grands
  pétales

JOYCE   *Belle-Île, 29 août 1986*

J'avais été voir Joyce Mansour avant de quitter Paris. Me demandant : la dernière fois ? Elle souffrait beaucoup, avec une grande douceur de courage. J'essayai de lui donner un peu d'espoir. Ma guérison réconforte ceux qui sont atteints du mal auquel j'ai, jusqu'à présent, réchappé. Je distinguais mal dans son acquiescement à mes faibles *bonnes paroles* ce qui était en elle le besoin de croire au salut possible, ou la gentillesse de me laisser croire que je lui étais, sinon utile, du moins passagèrement bienfaisant.

J. M. (1928-1986)   *Belle-Île, 30 août 1986*

> *Malgré la marée descendante*
> *l'enfance remontait en elle*
> *« Dieux obscurs de l'inexorable*
> *pourquoi frapper cette petite fille ? »*
>
> *Elle savait que je savais*
> *qu'elle savait que je tentais*
> *d'empêcher les pensées en moi*
> *lorsque j'étais auprès d'elle*
>
> *« Dieux obscurs de l'injustice*
> *pourquoi pas moi ? Et pourquoi elle*
> *Pourquoi la faute de survivre*
> *et l'injuste joie d'exister ? »*

« *Dieux obscurs de la morphine*
pitié des hommes et de la chimie
faites qu'elle n'ait pas souffert
Elle avait eu mal si longtemps »

Elle s'est tournée contre le mur
On aura éteint la lumière
« *Dieux obscurs des lois inconnues*
pourquoi ce silence de mort ? »

GORKI ET
LA VÉRITÉ *Paris, 1ᵉʳ septembre 1986*

L'excellente biographie de Gorki par Henri Troyat dresse la statue tragique d'un suicidé intellectuel. En 1928, à soixante et un ans, Gorki décide rageusement de tuer en lui cette passion tenace qui l'a habité toute sa vie : dire la vérité. Il décide que la vérité est nocive : « *Je hais de la haine la plus sincère, la plus irréductible, la vérité* », dit-il dans une lettre à une expulsée d'U.R.S.S. : « *Vous avez l'habitude de ne pas passer sous silence les faits qui vous révoltent*, écrit-il à Catherine Koustova. *Pour moi, non seulement j'estime avoir le droit de les passer sous silence, mais même je classe cet art parmi mes meilleures qualités* [...] *Je sais que cette vérité* [celle de l'autocritique que Gorki condamne] *est nuisible pour cent cinquante millions d'hommes.* » Dans ses *Souvenirs de Gorki*, Vladimir Pozner constate, en vivant près de lui, que Gorki « *croit l'homme influençable pour le mieux et il en dit du bien par système* ». Mais, quelques jours plus tard, il entend Gorki répondre au peintre Konine qui soupire : « *Que voulez-vous, les hommes sont toujours les hommes »*, « *Non, quelquefois ils sont pires* ».

Ce qu'il y a d'émouvant et d'insupportable dans ce moment de la vie de Gorki où il fait l'éloge éloquent du mensonge par omission dans une Russie qui commence déjà à pratiquer le mensonge total, par action et par répression, un mensonge à l'échelle nationale, c'est que Gorki ne décide pas de tordre le cou aux vérités qui ne sont pas bonnes à dire et pas bonnes à savoir afin de maintenir simplement le moral du peuple russe. C'est aussi pour maintenir le sien. Le Gorki des chefs-d'œuvre *(Enfance, En gagnant mon pain, Mes universités)* écrivait la vérité de sa vie et la vérité de la vie. Malgré les tentations du prêchi-prêcha, de l'opposition simpliste et fausse entre les Bons et les Méchants dans beaucoup de ses livres, Gorki reste le quêteur de vérité qui dans les *Pensées intempestives* de son journal des années 1917-1918 va dire à ses camarades bolcheviks, lui le sans-parti, leurs quatre vérités. Vérités dont l'histoire, hélas, prouvera le bien-fondé et la salubrité (si on l'avait écouté). Mais, en 1928, il « craque », comme on dit aujourd'hui. La vérité vraie est un trop lourd fardeau : il le jette à terre. Quand Romain Rolland (qui pratiquera lui-même parfois l'usage « politique » et circonspect de la vérité, par exemple vis-à-vis de Panaït Istrati), quand Rolland le rencontre à Moscou en 1935, comblé d'honneurs, de conforts, de surveillants flics et de courtisans, Rolland n'est pas dupe : « *Il a fait acte de foi*, dit-il de Gorki, *il ne discute pas. Il est contremaître au chantier, il le surveille et il enflamme ou rabroue les ouvriers. Mais il ne me trompe pas : son sourire las me dit que le vieil anarchiste n'est pas mort [...]. Il est bon, affectueux, il est livré.* » Ce n'est pas par goût du pouvoir ou par goût du confort que Gorki fait le procès de la vérité : c'est par goût de la vérité, pas la vérité visible des jours, mais la vérité à venir, la vérité à inventer, la vérité que pourtant le mensonge quotidien d'État déracine pour de longues années.

« *Je hais la vérité* », dit l'homme vieillissant et « rallié ». Tuberculeux depuis des années, il meurt à soixante-huit ans, d'une congestion pulmonaire. Staline fait arrêter et fusiller ses médecins, Boukharine, Iagoda, le professeur Levine, Rykov, tous accusés d'avoir empoisonné le vieillard. Un des survivants, le professeur Pletnev, confiera en 1948, au Goulag, à une autre détenue, que Gorki a été en fait assassiné par Iagoda sur l'ordre de Staline. Staline semblait considérer que Gorki ne haïssait pas suffisamment la vérité, et que celle-ci risquait d'échapper de sa bouche.

UN ARBRE   *Le Haut-Bout, 15 septembre 1986*

L'arbre respirait loin, il ramassait dans son élan les forces du site. La sève en lui se laissait descendre au profond, puis fermentait de vie, gonflait, montait. L'arbre s'étirait, bâillait de chaque pore, il sentait au plus tendre de son écorce pousser des bourgeons, il était chatouillé par leur éclosion, il éclatait de petites feuilles, il faisait le gros dos frissonnant de feuillage, il était traversé par la pluie, le soleil, les brumes du matin. Il sentait s'annoncer l'automne, il semait son humus de feuilles, il se dépouillait pour l'hiver, il se faisait serré et luisant pour tenir dans le froid.

Un jour on l'abattit, il devint poteau. Il est mort, mais debout.

CAMPS *Le Haut-Bout, 16 septembre 1986*

On va publier enfin en France l'intégrale des *Récits de Kolyma*, le chef-d'œuvre de Varlam Chalamov, un des plus beaux (et atroces) livres de la littérature concentrationnaire, avec *L'Espèce humaine* de Robert Antelme et *Si c'est un homme* de Primo Levi. Et je n'oublie pas les deux livres de Jorge Semprun sur la déportation. Les récits de Chalamov sont nus, dépouillés, d'une tranquillité implacable. Je lis ces tranches de vie qui sont souvent des tranches de mort avec une admiration croissante.

Je me souviens du chagrin indigné que j'avais causé à Vitia Hessel, qui était née russe et avait été déportée dans les camps allemands, en écrivant que les camps soviétiques, moins bien *organisés* que les camps allemands, moins bien équipés, ne le cédaient aux camps nazis que quant à la technique.

À quoi on peut objecter que la spécificité des camps hitlériens, c'est la *shoa*, l'extermination sur le critère de la « race », de la naissance. Né juif, né tzigane, cela suffit : la mort, la « solution finale ». Certes, neuf sur dix des déportés russes sont innocents de tout crime, mais les fausses accusations dont on les charge, les aveux qu'on extorque d'eux, c'est l'hommage que la barbarie rend au droit, la reconnaissance implicite qu'il n'y a de châtiment justifiable que s'il y a une faute prouvée ou confessée. Le S.S. n'a besoin d'aucun délit, faute ou crime pour tuer. Il tue non un coupable mais une « engeance ». Les chefs du Goulag, eux, ont des dossiers bien en ordre, avec des chefs d'accusation soigneusement portés sur la fiche du *zek*. Les accusations sont fausses, mais les formes sont sauves.

Le système soviétique pourrit pourtant la société en profondeur. Ce qui est advenu à Chalamov après son retour du camp, dont le « dégel », khrouchtchévien le fera enfin sortir, me semble significatif.

En 1981, Chalamov est en train de mourir, pensionnaire d'un asile de vieillards à Moscou. Il a passé dix-sept ans de sa vie dans les camps de la Kolyma. À l'asile, il se croit encore au camp. Quand on lui apporte de la nourriture, il essaye de la manger tout entière aussitôt. Il cache sous son oreiller ce qu'il ne peut avaler. Il ne reprend conscience de lui-même que si on lui parle des *Récits de Kolyma* — qui ne sont toujours pas publiés à Moscou. (Pas encore ?)

Chalamov est couvert de crasse, de nourriture renversée. Il empeste. Le 14 janvier 1982, deux infirmiers viennent l'emmener dans un asile psychiatrique où on l'enferme dans une salle commune. Il croit qu'une fois de plus on est venu l'arrêter. Il meurt, sourd, aveugle et fou parmi les fous, six jours plus tard.

Il a vécu près du tiers de sa vie au camp. Son crime ? Il souhaitait seulement, selon ses propres termes, « *tenter d'arrêter le déluge sanglant entré dans l'histoire sous le nom de culte de Staline* ». Chalamov est arrêté la première fois le 19 février 1929 et passe trois ans au camp des îles Solovski. Libéré, il commence en 1932 sa vie d'écrivain à Moscou. Arrêté de nouveau en 1937, le système soviétique des peines « reconduites » par décision administrative le jour de leur expiration permettra au N.K.V.D., devenu K.G.B., de garder Chalamov encore dix-sept années. Il *tient* parce que, dit-il, les hommes ont plus de résistance que les chevaux, car ils parviennent à mettre leur esprit au service de leur corps épuisé. Mais il sait qu'à la longue son corps demandera grâce. C'est cette volonté farouche de survivre pour pouvoir *dire* qui fait que, justement, les *Récits de Kolyma* sont un grand livre. Chaque phrase ici est vraie, ineffaçable : l'écriture d'un regard implacable. Mais dans les photographies successives de Chalamov, on voit ses yeux peu à peu s'égarer et s'éteindre. Au retour du camp, il est ce regard inoubliable qui nous fixe et défie, dans un visage durement sculpté par la volonté, le désespoir, un espoir au-delà de l'espérance. Un visage beau comme la dure et froide parole des récits. Dans les cent ou cent vingt épisodes de ces mille pages, ce regard vit à chaque ligne, à chaque mot.

Libéré en 1954, après dix-sept ans de camp, Chalamov a peut-être cru retrouver la « vraie vie ». Le premier soir, le revenant raconte à sa femme et à sa fille un peu de sa vie à la Kolyma. La jeune fille l'interrompt : « *Je ne vivrai pas sous le même toit qu'un ennemi du pouvoir soviétique*, dit-elle à sa mère. *Choisis, lui ou moi.* » La mère choisit la fille. Chalamov va vivre seul, et écrire les *Récits de Kolyma*.

Son meilleur compagnon est alors un chat noir qui dort sur ses genoux tandis qu'il écrit. Le voisin de l'écrivain bagnard, un général en retraite, tue la bête d'un coup de fusil. Chalamov ne se résigne pas à se séparer de son chat. Il garde longtemps le cadavre dans un sac en plastique, en haut du réfrigérateur. À la Kolyma, on n'avait pas besoin de fours crématoires. Près du cercle polaire, le *permafrost* conserve les cadavres pour l'éternité.

Après dix-sept années avec quatorze heures de travail par jour dans un froid arctique, des « normes » irréalisables, les coups, une mutilation volontaire presque chaque jour, un suicide souvent, Chalamov sur son lit de mort est un vieillard édenté et hagard qui se croit toujours *zek* à la Kolyma. Il ne sait même plus, pendant les dernières semaines, qu'il est l'auteur d'un livre inoubliable, insupportable — ineffaçable.

MINIMES *Le Haut-Bout, septembre 1986*

Un bourreau qui sait vivre. Il orne d'un bouquet de fleurs la chaise électrique.

Il a tout lu, mais ne sait pas ce qu'il aime à force de croire qu'il aime ce qu'on lui a dit d'aimer.

L'Histoire : ce qui se passa entre le Bang et la Bombe.

On n'est pas encore parvenu à faire penser un ordinateur comme un homme, mais on a parfaitement réussi à faire penser un homme comme un ordinateur.

Garder ses vieilles cravates et ses vieilles vérités. Elles reviendront à la mode.

J'ai aperçu au second rang de la défense gauloise pendant la bataille d'Alésia un Gaulois qui était mon portrait tout craché, avec les mêmes yeux un peu bridés à l'envers et exactement le même grain de beauté sur la joue droite. J'ai su plus tard qu'il est sorti indemne du combat. Il est mort plus tard, d'un cancer du poumon, maladie qui n'avait pas de nom à l'époque, laissant une veuve et deux enfants.

Une source toute petite parlait au grand silence.

Le rossignol, qui chante bien, s'habille mal.

Les noix dans l'herbe craquent sous les pas. Avec une patte de chat, le vent léger joue avec les feuilles mortes, pendant que la vraie chatte, immobile sur l'angle du muret, observe la plaine et l'arrivée dans le lointain des armées ennemies du T.G.V.

Je rêve à Paris que je suis réveillé par le froissement dans les feuilles mortes d'un hérisson le long de la haie du Haut-Bout et je me réveille au bruit, absolument certain que ce n'est pas un rêve, que le hérisson est là.

Quand il vit qu'il fallait choisir entre le passage *Voyageur n'ayant rien à déclarer* et *Voyageur ayant quelque chose à déclarer*, il prit sans hésiter le second. C'était un écrivain.

Sur une tombe, la prière de la sauterelle vaut celle de l'évêque.

Je trouve dans *La Traversée des apparences* de V. Woolf, que je rouvre par hasard, cette phrase : « *Ce qu'on attend de l'être avec qui on vit, c'est qu'il vous maintienne au niveau le plus élevé de vous-même.* » C'est en effet ce que je ressens grâce à la présence de L.

Cimetière Montparnasse à la tombée du jour. Le plus calme jardin de Paris. Pas une âme, sinon un accenteur mouchet, si discret qu'on le prendrait pour un moineau, silencieux et timide. Traîne-buisson est bien le nom qu'il mérite.
La tombe du couple dont le mari vit encore. Il a fait graver dates de naissance et mort de sa femme, toutes les décorations qu'elle a reçues (en couleurs) et sa date de naissance. L'autre date, celle de sa mort, reste en blanc. Il a fait graver, également en couleurs, ses décorations. Il peut mourir tranquille.

DANILO KIS *Paris, 13 décembre 1986*

Danilo Kis dans « ma » chambre à Marie-Lannelongue. On l'opère mardi. Je ne le connais pas seulement par ses livres, très beaux, mais une amie commune m'a prié de lui téléphoner pour le réconforter. Je le sens si anxieux que j'appelle un taxi et vais au Plessis-Robinson. Où je le trouve dans la chambre même où j'étais à la veille de ma propre opération.

Rêve, cette nuit. Angoisse. Je cherche à savoir quel jour on est. Je prends *Le Monde*. De page en page, il est daté mercredi 16, jeudi 17, vendredi 18. L'angoisse s'accroît.

En racontant à J.B. l'histoire de Danilo Kis que je trouve dans la chambre où j'attendais, il y a quatre ans, comme lui, d'être opéré du poumon, et le rêve du *Monde* pour savoir quel jour nous sommes, je vois soudain clairement le lien entre le trouble de « lisière du temps » et le rêve. L'« écoute » de J.B. m'a éclairé, sans qu'il ait eu besoin de parler.

Comme un navire a une voie d'eau, j'ai une voie de tristesse. Je fais détresse de toute part. Je fais larmes de partout.

Avoir survécu quatre ans me donne le sentiment d'être débiteur envers ceux qui sont attaqués par la maladie.

DANS LE
COURRIER *Paris, 23 décembre 1986*

Oui, je sais : en art, en « littérature », toute recherche de l'utilité immédiate tourne vite au plus grossier et stupide *utilitarisme*. Mais pourtant, dans ces réponses que sont les lettres de lecteurs, le sentiment d'avoir été, et souvent à son insu, *utile*, réchauffe. Ainsi ce matin (veille de Noël), la lettre d'un inconnu, un *ami inconnu* comme disait Supervielle, mon vieil ami connu. Lettre d'une délicatesse dans le courage et d'une *gentillesse* dans la sympathie qui me touche aux larmes :

« Cher Monsieur Claude Roy,

Si vous vous souvenez, je vous ai écrit à propos du *Permis de séjour* et vous m'avez très fraternellement répondu, juste avant la première opération de mon cancer de la langue.

Votre courte lettre m'a donné du courage.

On vient de me renvoyer-dans-mes-foyers avec un tiers de ma langue, après deux opérations et tout ce qui va avec.

Votre courte lettre continue à me donner du courage... Avec un tiers de langue, on devrait logiquement dire ou ne dire qu'une bêtise sur trois ? Platon pensait qu'on ne devrait dire que trois mots par jour. Henri Matisse disait à ses élèves que " pour faire de la peinture, il faut commencer par se couper-la-langue ". On voit très bien où il voulait en venir. (Je le sais, je suis peintre depuis plus de quarante ans.)

Enfin, tout ça pour dire que le permis de séjour, validé ou pas, est-ce que c'est bien important ? Je ne sais pas. Ce que je sais, c'est que parfois une courte lettre à un inconnu peut donner le courage nécessaire.

Très chaleureusement à vous. »

24 décembre 1986

Tout cet après-midi à l'hôpital avec Robert Antelme. Il a eu une crise de convulsions avant-hier (à l'hémiplégie qui le paralyse depuis quatre ans s'ajoute l'épilepsie !) et on l'a assommé avec une piqûre de valium (probablement trop forte. À l'hôpital, on aime avoir la paix...). Le résultat est qu'aujourd'hui il est embrumé. De sa voix sourde, par phrases brèves, il cherche ses mots — et trouve un mot pour un autre. J'ai passé trois heures à chercher avec lui le mot qui se dérobait, quête pas facile. (Son soulagement quand je le trouve.) Je me disais en quittant Robert que les grands poètes nous soulagent en trouvant pour nous, impuissants parfois comme Robert, les mots que nous ne trouvons pas.

Aurélien raconte que, le jour où H. fut nommé directeur adjoint de Renault, il se mit à dire vous à Aurélien qu'il tutoyait depuis dix ans.

Deux silences se parlaient en silence et firent fleurir un iris au bord de l'eau du silence.

Pour tenir tête, il suffit d'un seul ver de terre qui va en sens inverse de la rotation de la terre.

On ne vit qu'une fois, mais plus ou moins.

Carnet du Japon

NOVEMBRE 1986

**DANSER SUR
UN VOLCAN**　　　　　　　　　*Tôkyô, novembre 1986*

Dans les vitrines et le hall du building Sony, trente fois sur trente écrans, le volcan encoléré de feu crache sa bave furieuse à cent cinquante kilomètres de Ginza. Il n'y a pas même besoin ici d'avoir été imprégné du sentiment bouddhique (et humain, banal, donc) de la fragilité de tout, de l'éphémère des êtres, du chemin régulier de tous vers le néant. Au mur du bureau, dans la chambre d'hôtel, dans les magasins, partout les « *instructions en cas d'incendie et de tremblement de terre* ». Des quartiers de Tôkyô, Ginza a brûlé en 1872, Kanda en 1881, le quartier réservé de Yoshiwara la même année. Le tremblement de terre de 1923 a détruit Tôkyô aux sept dixièmes, 100 000 Tôkyôïtes brûlés vifs. Le bombardement américain géant de mars 44 ne laisse pas grand-chose de Tôkyô, déjà cent fois bombardé, 192 000 morts dans une seule nuit.

Sans parler d'Hiroshima, et de Nagasaki.

Quel autre choix ont les Japonais, ces survivants, que d'être *résolument modernes* ?

En 1933, Henri Michaux détestait le Japon militariste, fasciste, se préparant à dévorer ou ayant déjà à demi dévoré la Corée, la Mandchourie, la Chine, le Pacifique, à faire aux Américains à Pearl Harbor la même bonne surprise qu'aux Russes en 1905 : les attaquer et déclarer la guerre ensuite. Michaux voyait clair : « *Y aura-t-il encore une guerre ?*, écrivait-il en 1933. *Regardez-vous Européens, regardez-vous. Rien n'est paisible dans votre figure. Tout est lutte, désir, avidité. Même la paix vous la voulez violemment.* » Mais la « modernité » japonaise ? Michaux encore : « *On pourrait critiquer le Français d'être moderne, non pas le Japonais. Le Japonais est moderne depuis dix siècles* [...]. *Évidemment, la géométrie moderne est un peu froide. Celle du Japon le fut toujours. Mais ils l'ont toujours aimée.* »

MAISONS

Oui, dit Yôko (22 ans), nos vieilles maisons exquises, le si beau matériau, bois, papier, *tatamis*, le si juste rapport entre la surface des *tatamis* et les portes et fenêtres coulissantes, Le Corbusier, Gropius et Mallet-Stevens s'en inspiraient, oui, Tanizaki fait un si bel éloge de l'ombre, des teintes étouffées et du crépuscule qui fait briller plus belles les choses simples et belles. Oui, la maison japonaise où la femme prépare au charbon le *furo*, le bain du mari, qui rentrera sans doute ivre, oui la maison glaciale où il fallait tout le temps colmater avec du scotch les coulis d'air glacé, oui que c'est beau, que c'est *moderne*, que c'est déjà *d'avant-garde* la maison japonaise. Mais savez-vous, hommes, que c'était une maison qui ne fermait pas à clef, qu'on pouvait y pénétrer comme un chien traverse un cerceau de papier, et il fallait bien que quelqu'un s'y colle pour garder la maison, et déjà que d'être une femme au Japon ça n'a pas toujours été une partie de plaisir, mais gardienne du foyer, c'était ça notre lot sinistre, dans la maison si dépouillée, si élégante, si modernement moderniste — invivable, quoi !

ÊTRE
FEMME
AU JAPON

Vieille antienne : Jéhovah était un homme. Platon était un homme. Shakespeare était un homme. Le jour où une femme aura écrit l'équivalent de la Bible, de l'*Apologie de Socrate*, de *Hamlet*, le jour où une femme aura découvert la théorie de la Relativité généralisée, nous reparlerons de l'*esprit* des femmes. En attendant, aux fourneaux, aux langes et au lit ! La sociologue marxiste bien connue Virginia Woolf avait répondu qu'il suffirait pour tout changer de donner aux femmes « *une chambre à soi* » et ce que cela implique d'indépendance, de sécurité et de loisir. Mais l'illusion serait de croire que l'existence d'un Shakespeare femme, d'un Balzac femme, d'un Einstein femme ferait taire le Chrysale qui sommeille en tout mâle. Il y a au moins une civilisation dont le plus grand monarque fut une femme, Jingû, dont le plus grand réformateur religieux fut une femme, Kômyô, dont le plus grand romancier est une femme, Murasaki Shikibu (l'auteur de l'admirable *Roman de Genji*), dont le Montaigne est une femme, Sei Shônagon. C'est le Japon. Comment le Japon a-t-il *théorisé* cette pratique ? En faisant un classique au XVIIe siècle de l'*Onna Daigaku* ou Grand Savoir des Dames, œuvre du philosophe Kaibara Ekiken. Ce traité décrit la femme comme « *un être de passion, de mensonge, de concupiscence charnelle* » dont on « *ne saurait trop veiller à réprimer, dès le plus jeune âge, les tendances néfastes, sans quoi elles entraîneront la ruine des familles, le malheur des hommes et partant celui des femmes elles-mêmes* ».

Un des peuples les plus riches en femmes de génie, le peuple japonais, aboutit ainsi à l'antiféminisme bougon de l'*Onna Daigaku*. La tradition des « fortes-femmes » de l'Ancien et du Nouveau Testament, depuis Déborah, Jaël, Tamar, Abigaïl, Ruth, Judith jusqu'à Marie, aboutit à un saint Paul : « *Le chef de la femme, c'est l'homme... Ce n'est pas l'homme qui a été créé pour la femme, mais la femme pour l'homme. Aussi doit-elle avoir sur la tête un signe de sujétion.* »

LES MOTS, L'IDENTITÉ, LA PLACE

Y. me fait entrevoir la complexité des rapports hiérarchiques et leurs reflets linguistiques. Il y a plusieurs mots pour dire « Je » selon le sexe, le rang. Il y en a autant pour dire *nous* et *tu*. *Je* ne suis pas le même *je* au Japon en m'adressant à mon chef de service, à mon collègue de bureau ou à ma femme. Il y a des gens auxquels je dois m'adresser à la troisième personne, sans oublier leur titre. Une femme ne parle pas de la même façon qu'un homme, ne parle pas exactement le même japonais. Sa situation dans les rapports sociaux est déterminée par son sexe, par la fonction de son mari. Pour l'étranger, ces glissades d'un ton à l'autre, d'une identité à l'autre, donnent le vertige.

INARI

Je retrouve au Japon une vieille connaissance de Chine : le renard. Dans le folklore d'ici il a le même caractère qu'en Chine : malin magicien capable en un clin d'œil de se métamorphoser en jeune fille ou en cadavre de vieille femme, d'ensorceler un malheureux lettré, de rendre fou d'amour un samouraï enivré, de terroriser un voyageur au crépuscule. Mais Inari, le dieu renard, un des milliers de *Kami* du polythéisme shinto, n'est pas un génie redoutable, lui. Il veille sur le commerce, les affaires, l'industrie. Chris Marker m'avait conseillé d'aller rendre visite à l'autel qu'on lui a érigé sur la terrasse, au dernier étage du grand magasin Mitsukoshi de Nihombashi. La statue d'Inari-le-Renard a un bon air rusé et insidieux d'homme d'affaires efficace. (Il y a aussi un autel au *kami* renard sur le toit-terrasse de l'hôtel *New Miyako* et même, me dit-on, à la centrale électrique nucléaire de Tôkyô...)

La « vie religieuse » du Japonais d'aujourd'hui ressemble à ce que dut être la religion des Romains à la fin de l'Empire, où les dieux de partout faisaient bon ménage sur les autels (sauf Jésus...). Le bouddhisme, le polythéisme shinto, les sectes, les superstitions, la bénédiction bouddhiste des automobiles neuves, la cérémonie shintô de pose de la première pierre, c'est une salade japonaise où seul un Nippon peut se retrouver, et d'ailleurs ne se retrouve pas. La religion au Japon me semble la façon la plus traditionnelle de ne croire à rien en prenant ses précautions avec tout.

JAPON INQUIET

Dans les pays totalitaires ou en voie (lente) de détotalitération, les officiels exposent à leur hôte les certitudes du dogme en cours, ou les réticences calculées et les critiques savamment dosées qui donnent à l'interlocuteur le sentiment que, tout de même, on peut parler librement. Mais ce soir, au dîner avec Nishiyama Takehito, directeur des Affaires d'Europe et du Pacifique au ministère des Affaires étrangères, et sa très belle et fine épouse, rien de tel. Nishiyama donnait les indices de production, les indicateurs de prospérité de son pays. Il est bien placé pour connaître aussi les progrès accomplis par le Japon depuis 1945, dans les relations internationales, le passage d'un pays défait et humilié au statut de « Troisième Grand ». Mais il voit, derrière cette ascension triomphale, le grand vide causé en 1945 par l'effondrement du système traditionnel, la fin du culte de l'Empereur, le discrédit jeté sur le patriotisme aveugle et le respect figé de la hiérarchie, qui ont conduit au désastre. Nishiyama qui a séjourné longtemps en France a connu les années de l'après-guerre, la philosophie de l'absurde, le vacillement des valeurs. « La différence entre la France et le Japon, dit-il, c'est celle qui existe entre Camus et Oé Kenzaburô. Camus décrit l'absurdité des gestes auxquels est condamné Sisyphe, mais à la fin il dit : "Supposons Sisyphe heureux." Oé, lui, décrit des héros désespérés, impuissants dans la vie et au lit, des personnages, dit-il quelque part, qui vivent dans *" un état flasque, humide et puant "*, des épaves auxquelles Oé ne voit à conseiller que le suicide. Mais Oé ne les "suppose" pas heureux. Il descend la pente que Camus a remontée. »

Mon expérience des hauts fonctionnaires m'en a rarement fait rencontrer qui expriment des inquiétudes métaphysiques. Nishiyama est un homme rare, qui ne demande pas à son pays d'être seulement puissant et riche, mais voudrait aussi qu'il ne perde pas son âme.

MADE IN JAPAN

Au carrefour 4-Chôme de Ginza, je regarde passer, dans la danse de Saint-Guy des néons, quatre *salarymen* déjà en goguette et imbibés de saké mais qui gardent encore leur dignité et l'attaché-case à la main ; un couple où le garçon porte un énorme blouson qui proclame Make Acquaintance with Lautréamont, deux dames qui portent des *bags* du grand magasin d'à côté, Mitsukoshi ; un groupe de rockers portant leurs *shamisen* électriques ; une jeune fille qui s'est fait le *look* hawaii et la coiffure Matsuda Seiko, idole pop ; un livreur à vélo qui tient son guidon d'une main, slalome sur les trottoirs, tenant haut un plateau chargé de tasses et de théières ; l'éventaire d'un marchand d'araignées mécaniques qu'on jette contre un mur et qui redescendent en tricotant des jambes (immondes) ; l'échoppe d'un marchand de pâte de haricots ; un demi-clochard agité de tics bizarres et quelques centaines de passants qui ont déclaré à

90 %, comme un seul homme au dernier sondage, appartenir tous à la classe moyenne. Pourtant l'ancien administrateur de la *Long Term Credit Bank of Japan*, Kusada Kimindo, qui connaît la question, estime qu'ils se montent simplement du col. « *Travailler dur pour une maigre rétribution est actuellement le triste lot du plus grand nombre* », dit Kusada dans son bureau du *Softnomic Center*.

Mais Christian Sautter est tout de même optimiste à son énième voyage au Japon. Il dit judicieusement qu'il ne suffit plus d'expliquer le miracle japonais par « *la copie permanente et la sueur mal payée* ». Il annonce une nouvelle vague de Japonais qui commenceraient à éclipser ceux qui disaient toujours « oui ». Ces nouveaux Japonais ne croient pas, dit-il, au « *sirupeux consensus dont est badigeonnée la pièce montée nippone* ».

Quand on parle avec des Japonais employés dans l'industrie, de la base au sommet, la technique du consensus nippon laisse ouverts bien des problèmes. On m'explique, d'une part, qu'aucune décision importante n'est prise sans une large discussion, que l'objectif est de parvenir (lentement) à un accord complet de tous. Mais on me dit aussi que, dans la discussion, la franchise des avis et la liberté d'expression vont croissant quand on remonte de la base au sommet. Somme toute, dans le consensus japonais, tous les avis sont d'égale valeur mais il y en a qui ont plus de valeur que les autres.

Il faut dire qu'ici la politique du *wa*, de l'harmonie (apparente ou réelle) remonte assez loin dans l'histoire. Les chroniques chinoises relatent, avant notre ère, l'arrivée périodique d'ambassades des habitants du pays de Wa, dans l'archipel japonais actuel. On a même trouvé en 1784 dans la baie de Hakata un sceau impérial attestant que le peuple de Wa était admis à l'honneur de payer tribut au Fils du Ciel. Plus près de nous, quand l'idéogramme *wa* est précédé de l'idéogramme qui signifie Grand, on prononce le mot composé *Yamato*, Grande Harmonie : le vieux nom du Japon, qui fut celui du plus puissant navire de la flotte japonaise pendant la Seconde Guerre mondiale.

Il est vrai que l'accord parfait, l'harmonie totale et le sacro-saint *consensus* dans l'industrie et les affaires sont obtenus souvent au prix de fines tricheries, un peu friponnes. Il y a ce qu'on appelle le consensus couleur *tamamushi*. C'est un insecte, une sorte de hanneton, dont la carapace nacrée a des reflets mordorés, et fait apparaître, selon l'angle, la lumière, l'heure et l'humeur, du rose ou du rouge, du bleu ou du vert, de l'or ou de l'argent. Un accord *tamamushi*, c'est le compromis parfait, où chacun trouve ce qu'il cherche, et voit ce qu'il veut voir.

LA VIE,
UNE LUTTE SANS FIN

Des parents aux enfants, la plupart de nos amis japonais nous donnent l'impression de vivre un perpétuel « parcours du combattant », de six à cent six ans. L'objectif des parents ayant émergé de la pauvreté absolue, c'est que à la fin du secondaire leurs enfants soient admis dans des grandes universités à la sortie desquelles on entre normalement dans une des grandes firmes qui assurent un emploi à vie et une montée régulière dans la hiérarchie des cadres. Les gosses sont soumis dès le début à un *forcing* sans relâche, où les cours privés, les *juku*, industrie florissante, complètent (à grands frais) l'enseignement de l'école et du lycée. Les enfants font ainsi une journée de huit à dix heures, dans l'obsession de *gagner*, de réussir. Ce sera la même chose toute leur vie, avec à la fin la perspective de la retraite à cinquante-cinq ans et de la pension de retraite (plus ou moins maigre) seulement à soixante-cinq ans. Chaque Japonais a les yeux fixés à six ans sur l'Université de Tôkyô, à trente ans sur les dix ans qu'il faudra franchir vaille que vaille, passé les cinquante-cinq ans, avec un poste rétrogradé dans la même firme, ou un « petit boulot » ailleurs.

La vie d'un Japonais, c'est une course de haies permanente, dont on prend le départ dès la petite enfance. On n'est pas étonné de découvrir qu'un ingénieux fabricant de poupées a déjà vendu 200 000 exemplaires d'un héros de l'époque Meiji. Sa bande magnétique dit au lycéen fatigué : « Encore un effort, et comme moi tu triompheras de l'adversité. » Quand on tire le sabre de samouraï de la poupée, la bande exulte : « En avant, jeune conquérant du savoir ! Le Japon sera fier de toi. »

BARS

Quand ils seront grands, les petits lutteurs pour la vie, s'ils ont *réussi*, se défouleront le soir dans les dizaines de milliers de bars de Tôkyô, où les hôtesses de bar (en japonais on les nomme *mama*, oui) les materneront pendant qu'ils s'enivreront. Ils dévoreront les *manga*, ces BD souvent sado-masochistes. Ils tituberont, ivres, hommes avec les hommes, dans cette société, malgré tant de changements, et si rapides, encore coupée en deux : les hommes aux affaires sérieuses, le bureau ou le bar — et « leurs » femmes ailleurs. Car pour les heures de « bonne camaraderie », de « sociabilité de bureau », de détente-après-le-travail-avec-ses-collègues (comment traduire *otsukiaï*, qui a un peu tous ces sens ?), les épouses laissent leurs hommes entre les mains de ces *geishas* du Japon industriel, les hôtesses-de-bar, qui engloutissent en souriant, *mamas* vénales et reposantes, des fortunes enfuies en faux whisky Suntory et en semble-affection.

La « civilisation du bar » est d'ailleurs une des caractéristiques les plus bizarres du Japon. Il existe à Ginza des immeubles entiers où il n'y a que des bars à chaque étage. On m'a même indiqué l'adresse d'un bar tenu par un prêtre-barman, qui va pêcher les âmes en servant des alcools, comme les prêtres-ouvriers allaient les chercher à l'usine.

JAPON DOUBLE

« Je sens deux hommes en moi », dit Racine. Il n'est pas le seul. Le plus pauvre, le plus démuni des hommes possède au moins la richesse d'être double, et souvent d'être plusieurs. Cette ressource est évidemment plus apparente chez les autres que chez nous-même. Je suis frappé dans la littérature japonaise des contrastes et des oppositions qui souvent coexistent dans le même homme, entre la tranquille cruauté et l'extrême douceur, entre le cruel code d'honneur du *bushidô*, la « voie des guerriers », et la compassion souriante du *zen*, entre le samouraï et le moine, entre le *seppuku* de Mishima (en français *hara kiri*) et l'endormissement par les barbituriques du vieux sage Kawabata décidant de sa mort. Parce que leur suzerain commet un impair sans l'avoir voulu, offense un supérieur et doit rituellement s'ouvrir le ventre, les célèbres 47 Rônins ourdissent pendant des années leur vengeance, coupent enfin la tête de celui qui causa la mort de leur maître et s'ouvrent à leur tour le ventre, comme un seul homme : c'est le Japon du sang, du sabre et de la mort. Parce qu'un disciple du moine poète Bashô a écrit un *haïku* où il montre qu'en arrachant les pattes d'une libellule verte on obtient un piment, Bashô le corrige avec bonté et recompose le *haïku* selon son cœur : un piment vert, mettez-lui des ailes — une libellule. Ce Japon-là, c'est le Japon du *mono no aware*, l'émotion que font naître les choses, le sentiment de l'éphémère *(hakanashi)*, de l'inconstance de tout *(mujô)*, le bouddhisme amidiste. À l'autre pôle de « l'âme japonaise », le maître des arts martiaux, le guerrier, le tyran, et une des férocités les plus codifiées et les plus policées qui soit.

Pendant que le samouraï fait tournoyer son sabre en poussant les rugissements guerriers bien connus des amateurs de films historiques et des émissions de *samurai serials* du samedi soir à la télévision japonaise, le Premier ministre japonais polit le télégramme de condoléances qu'il va envoyer au peuple de Tôkyô et au zoo de Uenô après la déplorable mort d'un des pandas. Son successeur cisèle le poème qu'il va remettre à Cory Aquino lors de sa visite officielle aux Philippines. J'ai demandé hier à un haut fonctionnaire si M. Nakasone écrit lui-même les poèmes qu'il remet à ses hôtes, ou s'il en charge un poète de son cabinet. Mon interlocuteur m'a regardé avec stupeur. Il est possible que M. Chirac fasse écrire ses discours par ses collaborateurs. Mais un homme d'État japonais, comme n'importe quel citoyen, écrit *lui-même* ses poèmes.

De temps en temps (de plus en plus rarement) on retrouve dans la jungle le soldat entêté qui ignore que la guerre du Pacifique est terminée. Il crie *Banzaï* dans sa solitude, devant la stèle qu'il a élevée à l'Empereur. Il continue vaille que vaille le combat symbolique contre les Américains. Mais les foules japonaises pacifiques vont en masse à l'automne admirer les nuances de rouge des feuilles d'érable dans les jardins de Kyôto et dans les forêts du Nord, et y retournent au printemps contempler les cerisiers en fleur.

Bien entendu, le Japon n'est pas seulement peuplé pour une moitié de reîtres en train d'affûter leur lame afin de couper une tête ou de l'enfoncer dans leurs boyaux, et pour l'autre moitié d'ermites plongés dans la nature, et qui, illuminés, contemplent l'insecte nommé *kagerô*, l'éphémère, considéré comme un symbole de notre bref passage sur cette terre. Le Japonais moyen existe. Je le rencontre tous les jours ici. Il va à l'usine, au bureau, à l'école. Le Japonais « moyen » n'est ni guerrier, ni mystique, et plus proche de l'Américain moyen ou du Français moyen que les 47 Rônins ou du bonze planant.

CEUX QUI
DISAIENT NON

Katô Shuichi, le grand critique, est un des rares ici à parler sans rideau de brume et sans « brouillard », des époques noires où ceux qui disaient « Non » mouraient dans les prisons de l'État. Déjà en 1910, Kotoku Shusui et sept autres socialistes-anarchistes sont exécutés. Pendant la guerre du Pacifique, l'écrivain communiste Noro Eitarô meurt sous la torture. Le philosophe Tosaka Jun meurt en prison. L'auteur du célèbre *Bateau Usine*, un roman qui montre la vie atroce des travailleurs et des femmes en mer, Kobayashi Takiji, meurt entre les mains de la police. Arishima et Hatano Akikoi se suicident. Pendant la guerre, la police arrête le traducteur et ami de Breton, le surréaliste Takiguchi. Après dix mois de prison, il est mis en résidence surveillée. Cette résistance-là, on dirait que le Japon de 1986 préfère la contourner, l'oublier. Je me trompe peut-être ? Je le souhaite.

D'UN TÔKYÔ L'AUTRE

Tôkyô à chaque instant est une autre. Une autre parce que détruite en une nuit et reconstruite en huit jours. Une autre, parce que l'angle de prise de vue a varié. On est vertiginé par la mégalopole, ses 10, 12, 25, 30 millions d'habitants (selon le découpage administratif ou la réalité pratique), par le côté mieux-plus-neuf-plus-moderniste que New York. On est abasourdi par les buildings dissonants, tous plus rutilants, néonisants, sciencefictionnants les uns que les autres, par la superbe et terrifiante Métropolis d'un avenir devenu du présent. Puis on découvre, dans les interstices des gratte-ciel de petites rues, avec de petites maisons peuplées de petites gens avec de tout petits jardins, une réunion de villages, avec des artisans habiles, la malice populaire, le cri du marchand de patates douces, le ramasseur de vieux journaux qui les échange contre du Kleenex ou du papier hygiénique, le marchand de bambous pour faire sécher le linge, le vendeur de bananes, le boniment du rabatteur de *massage service* du bain turc, l'appel sur deux notes du marchand de bonbons. Au coin de la rue, il y a le fourneau ambulant du vendeur de nouilles chaudes. Le Japon aristocratique et sacré a son très grand art, de Nara à Kyôto et partout. Ce Japon marchand, artisanal, bourgeois et populaire d'Edo a eu et a son grand art, les estampes de l'Ukiyo-e, le *kabuki* et le *bunraku*, la poésie légère des saisons et de la nature, le *kyôka*, qui accompagnait les gravures d'Hiroshige, d'Utamaro, d'Hokusai. Et plus récemment, les films du grand Ozu. Ce Japon-là subsiste dans le Japon du Boom et du Miracle économique. Japon plébéien et raffiné, dont les plaisirs, outre les filles, le saké, le théâtre et les fêtes, étaient des plaisirs naturels : aller admirer la première neige du côté de Honskû, les premières tulipes à Honjo, les fleurs de cerisiers au parc de Uenô, les pruniers en fleur à Kameido, les chrysanthèmes à Asakusa.

Le train de ceinture aérien Yamanote, les *express ways*, les échangeurs, les gratte-ciel délirants, les grands buildings arrogants passent par-dessus la tête de ce petit monde. Mais il tient bon, se cramponne, bonasse et férocement drôle, résigné et irrespectueux, jovial et bienveillant. C'est lui qui invente tous les jours de nouveaux *senryû* satiriques :

> *Le chat énamouré*
> *oublie le riz qui reste*
> *collé à ses moustaches*

ou bien

> *Les riches ont de la chance :*
> *on brûle leurs ossements*
> *dans un crématoire de 1ʳᵉ classe...*

THÉORIES
DU JAPON

Il n'y a qu'une production qui dépasse au Japon celle des automobiles, des transistors, des télévisions, des ordinateurs, des puces et des machines-à-presque-penser. C'est la production de théories philosophico-sociologico-post-modernistes sur le Japon, le *Nihonjin-ron*. J'en ai entendu exposer une centaine, qui se ramènent souvent à une théorie de base : il faut être japonais pour comprendre et sentir ça, parce que le Japon est unique et que la japonitude est un mystère. Dans un jeu de miroirs, le nippologue nippon renvoie les rayons de sa théorie au nippo-idéologue européen qui *en remet* un peu. On prend un zeste de poudre de zen, la théorie de la structure de l'*iki* de Kuki Shûzô, garantie par Heidegger (« *La rayure verticale d'un tissu est plus iki que la rayure horizontale* »), la philosophie orientale de l'espace-temps (le *ma*), la panoplie complète du petit sémiologue, une machine à déconstruire du dernier modèle, et un exemplaire de *L'Empire des signes*. Barthes qui avait commencé son œuvre par la plus brillante et profonde recherche du sens des choses, *Mythologies*, a eu une époque où l'Orient le désorientait. Dans la Chine de la Révolution culturelle, où les bouches ne s'ouvraient guère, il trouvait que « *la parole prend quelque chose de silencieux, de pacifié* » et s'avouait coupable, parce qu'Européen, de croire que « *notre tâche intellectuelle est de découvrir un sens* ». Il croyait constater, au moment de la terreur maoïste et des bouches prudemment fermées, que « *la Chine semble résister à livrer le sens non parce* qu'elle le cache mais, plus subversivement, parce qu'elle défait la constitution des concepts ». Au Japon, dans un éblouissant exercice de haute école verbale, le doux Barthes démontre que le non-sens et le vide sont le sens et le fond du *Nihonjin-ron* : il voit Tôkyô construite « *le long d'un sujet vide* », le Palais Impérial (oubliant que neuf sur dix des ministères et des bâtiments officiels sont construits en croissant autour de ce « vide »). Une gare japonaise qui m'est apparue (vulgairement) peuplée d'une foule dont chaque pas a un sens, un sens grossièrement matériel, mais un sens évident, n'est pour Barthes qu'un centre « *spirituellement vide* ». Barthes constate qu'il y a au Japon profusion d'instruments de transport, valises, sacs, baluchons, où « *la profondeur du sens* » n'est congédiée qu'au prix d'une qualité, le vide. Le *bunraku*, théâtre de marionnettes admirable (et à mon avis si riche de sens multiples), Barthes y trouve cette « *exemption du sens* » qu'il retrouve dans la politesse japonaise, cet « *exercice du vide* ». « *Le haïku ne veut rien dire* », affirme Barthes. Ah ? Barthes conduit avec un brio superbe cette opération de prestidigitation ; il fait disparaître sous nos yeux le Japon, et fait apparaître le vide et le non-sens. Un Japon dont l'architecte Isozaki Arata est le chantre, dans son musée de Gumma où, dit-il, « *la grille cartésienne universelle efface la distinction entre les murs, les planchers et les plafonds, entre les ouvertures et les murs, entre l'intérieur et l'extérieur. Cette structure neutre, réversible, vide, nous donne le vertige d'une absence absolue du sens* ». « *L'Occidental, à l'intérieur des œuvres de Isozaki, est confronté à un vide terrifiant, qui évoque la sensation de non-existence* », écrit Philip Drew dans *The Architecture of Izoka*. Ce que confirme Izoka tout le premier, dans *Destruction de l'architecture*, en nous prévenant : « *Nous devons nous préparer à voir un monde désolé s'étendre au-delà du paysage fertile. Le monde désolé produit par l'absence absolue de thème. La non-existence du thème, voilà sans doute le prochain thème que nous aurons à explorer.* »

Le *pachinko* lui-même, sport national du Japon, avec le *sumô*, le base-ball, le golf et le *jûdô*, le *pachinko*, ce billard électrique vertical grondant dans ses palais aux façades mobiles striées de néons ruisselants, « dure » depuis 1946. Il est devenu un moment de la philosophie du *Nihonjin-ron*. Une des secrétaires du comité central du Parti socialiste qui avait déclaré qu'après ses travaux parlementaires le *pachinko* la détendait a reçu récemment un prix d'un million de yens pour son encouragement au jeu, prix décerné par la Fédération des propriétaires de salons de Pachinko (10 000 dans tout le pays, un chiffre d'affaires annuel de 960 milliards de FF). D'où vient la passion japonaise pour le *pachinko* ? Mais, de la plus haute tradition philosophique japonaise. « *Elle a ses racines dans le zen*, écrit la sérieuse revue *Japon* ; *le pachinko est ce qu'on peut faire quand on ne fait rien. En d'autres termes, le pachinko est repos de l'âme, méditation sans but.* »

DE KANNON
À CANON

Mais ce qui est vrai, c'est que la plus haute tradition japonaise nourrit et enrichit la création perpétuelle japonaise. Il y a une trentaine d'années, quand apparut le nouveau modèle d'appareil de prise de vue, la caméra de 8 mm Canon (où la déesse de la miséricorde *Kannon* s'était métamorphosée en *Canon* à l'occidentale), l'ingénieur dessinateur de l'appareil expliqua qu'il avait cherché à concevoir un appareil mobile, en mouvement, tendu vers la vie, et qu'il s'était inspiré des antiques sculptures de Bouddhas, qui sont légèrement penchées en avant vers le fidèle, pour lui donner l'impression d'un mouvement d'accueil, d'appel.

POÉSIE POUR
TOUS

Le poète Ooka Makoto traîne avec lui un vieux livre de moi, piqué de taches de rousseur, constellé de notes en marges, strié de mots soulignés. Je redoute d'avoir écrit il y a quarante ans une sottise que Ooka aura prise au pied de la lettre. Il écrivait alors (comme moi) des vers éluardiens. Il étudiait et révélait aux Japonais les grands surréalistes. Aujourd'hui, il y a tous les matins à la première page de l'*Asahi* (12 millions d'exemplaires) un encadré où Ooka Makoto reproduit un poème ancien ou moderne, et le commente, l'éclaire. Dans le métro, dans le train de ceinture aérien Yamanote, je vois des Tôkyôïtes lire un poème du XIIe ou du XXe siècle. Ooka me dit que des milliers de Japonais pratiquent encore le *haïku* et que si les chefs-d'œuvre n'éclosent pas toujours, du moins l'attention à la nature, aux étincelles de poésie de chaque jour, est aiguisée par cet exercice.

Pour les « Grands de la terre » et pour les derniers des derniers, le haïku reste un « exercice spirituel » pratiqué par des milliers et des milliers de Japonais. Corazon Aquino, en visitant l'autre jour l'Empereur, lui dédie un haïku. En 1872, une concubine soumise à un prêteur sur gages brutal s'éprend d'un acteur de Kabuki. Harada O Kino a la fâcheuse idée de se débarrasser de son usurier en lui faisant avaler de la mort-aux-rats. Elle est dénoncée, condamnée à mort. Avant d'être décapitée elle écrit dans sa prison son dernier haïku :

> *Tempête dans la nuit.*
> *L'aube vient. Rien ne demeure.*
> *Une fleur a rêvé.*

ASAKUSA

C'était hier la fête des Sept-Cinq-Trois. Les enfants de ces âges, en kimonos de fête, vont avec leurs parents manger et acheter des jouets au temple de Kannon à Hikawa. Il est flanqué d'une pagode. Une allée d'échoppes de marchands y conduit, et de très sympathiques restaurants l'entourent. On fait une révérence à la déesse, on tire son horoscope. S'il est bon on le garde. S'il est mauvais on l'attache aux grilles du sanctuaire pour que la déesse de la miséricorde arrange les choses, et on choisit un restaurant. Les petites filles en kimono font très « premières communiantes ».

Celui qui, avec Akutagawa, fut peut-être le plus japonais des écrivains contemporains, Nagaï Kafû, surnommé par lui-même Kafû le Scribouilleur, est en tout cas *l'écrivain* de Tôkyô, de ses rues, de ses saisons, de ses plaisirs, de sa mélancolie. Solitaire, ne quittant son studio et son jardin que pour retrouver les « filles de joie » de Yoshiwara, attentif aux passages des canards sauvages, aux brumes de la lune d'automne, aux bourdonnements des libellules attardées, aux changements de couleur des feuilles du cyprès du Japon, de l'arbre de Judée, des saules, des érables, du catalpa, Kafû reste à découvrir en France, malgré la publication de sa *Sumida* chez Gallimard et de deux recueils de lui aux Presses Orientalistes et chez Maisonneuve. Je pense à Kafû en savourant le *sukiyaki* et le fromage de soja, parce qu'il a si bien parlé d'Asakusa et de son parc. Il aimait les terrains un peu fous, sinon vagues, les herbes folles, et les merveilleuses gravures d'insectes d'Utamaro, Mesdemoiselles les sauterelles, Dame courtilière, le seigneur papillon, cigale la diva, et même l'araignée, si savante et patiente. Et quand en sortant du restaurant, un scarabée traverse le chemin devant nous, j'y vois un petit signe d'amitié de Kafû, qui nous fait dire : « Tôkyô, tout de même, on a beau la détruire souvent, elle a la vie dure, n'est-ce pas ? »

YANAKA

Au-dessus de la gare, le cimetière feuillu aux stèles vert-de-grisées domine la ville, prolongé plus loin par le parc d'Uenô où le bébé panda attire les foules. Le cimetière est à peu près désert, sauf deux vieilles dames qui viennent avec un râteau entretenir une tombe. Je cherche sans la trouver la tombe du dernier *shôgun* féodal qui laissa la place au Japon moderne, à l'ère Meiji. Nous trouvons en revanche la tombe d'une criminelle qui inspira les auteurs de Kabuki. Pour racheter sa liberté au patron de maison de filles qui l'avait achetée, Takahashi O-den égorgea un marchand de fripes dans une taverne d'Asakusa. Un bourreau maladroit lui fendit la tête avant de la trancher.

On entendit les cris de la malheureuse à des lieues. On a gravé sur sa tombe les vers qu'elle écrivit avant l'exécution :

> *Je souhaite prendre congé de ce monde infortuné*
> *Je veux vite franchir le gué de la Rivière Mort*

Au pied du cimetière, bonzes et croque-morts en habit préparent un service funèbre. La religion ici, c'est le rituel Shintô pour le mariage, et les bourdonnements graves des bonzes bouddhistes à la mort. Le Japon n'ignore certes pas le *mal*. Son histoire de violence (et son présent) en témoignent. Mais il ignore le péché. On a fermé les quartiers réservés, les bordels. Ni les geishas ni la nostalgie ne sont plus ce qu'elles étaient. Mais le péché ? Les *Love Hotels* ne se dissimulent pas discrètement, comme chez nous font les hôtels de passe. Les *Love Hotels* ont la forme d'un château du Rhin dessiné en collaboration avec Walt Disney et Victor Hugo, ou bien du *Queen Elizabeth*. Le lit est une Cadillac, une bergère Louis XVI ou un trampolin. Si on est trop pauvre pour aller au *Love Hotel*, les petits cafés de Shinjuku ou de Shibuya ont au-dessus du minuscule bar des petits boudoirs sans luxe où les couples fauchés trouvent un divan accueillant ou un sofa affectueux.

J'ai demandé hier au Vieux Grand Écrivain Inoué Yasushi, qui m'a reçu dans sa merveilleuse vieille maison de Tôkyô et déjà la campagne, au milieu d'une bibliothèque qui fait rêver (japonaise, chinoise et occidentale), pourquoi dans son beau *Fusil de chasse* apparaît un sentiment si rare dans la littérature japonaise, celui du péché (de la chair), du remords de l'adultère. Inoué a réfléchi et a répondu, à demi énigmatique : « Sans doute parce que j'ai écrit ce livre à la fin de la guerre... »

KANDA

Je sais bien que la France n'est peut-être pas toujours prise au sérieux « économique » ici, mais qu'elle a sentimentalement la cote d'amour. À Shinjuku, près d'une réduction de la Fontaine de Trevi en plastique, il y a Golden Gaï, deux petites rues de bars minuscules qui une fois sur trois portent un nom français : *Picasso, c'est parti !* ou *Baudelaire*. Les amateurs et les amis de Chris Marker ont leur bar, *La Jetée*, du nom du film le plus beau peut-être de Chris. Golden Gaï est condamné, les promoteurs ont commencé à acheter, bar après bar, cet « îlot insalubre ». Les *mamasan* consolent leurs clients de la proche destruction de leur refuge. Quand les propriétaires traînent les pieds et refusent de vendre, la maffia japonaise a recours aux grands moyens. Un bar ou une échoppe de nouilles prend feu – spontanément. Mais, dans Golden Gaï rebâti sur vingt étages, les noms français resteront sûrement le fin du fin. À Ginza, un magasin de mode très chic s'intitule, *Comme ça c'est du mode*.

À Kanda, parmi la centaine de librairies d'occasion qui s'étendent sur le côté nord de la rue (pour que le soleil ne jaunisse pas les livres), j'ai retrouvé l'ivresse que donnent Charing Cross à Londres ou le bas de la Troisième Avenue à New York. Je connais à Paris les grandes et les petites librairies orientalistes, les Maisonneuve, Geuthner, l'Asiathèque, Samuelian, etc. Y a-t-il pourtant chez nous l'équivalent de ces trois magasins de Kanda où il y a *tous* les livres français rêvables, neufs et d'occasion ?

NARA

J'ai cédé à l'ambiance (et à la facilité) et dans le parc de Nara, entre deux biches qui me faisaient la cour et un cerf aux bois rognés qui quémandait du pain, j'ai esquissé un faux haïku boiteux :

> *Mangeant dans ma main*
> *les biches à Nara*
> *croient l'homme bienveillant*

> *Généraliser est toujours une faute*

KYÔTO

On m'avait dit : « Tu seras à Kyôto à l'époque la plus belle, celle des érables en feu, des feuilles d'érable pourpres. » J'ai cru à un pur cadeau de la saison, à la simple grâce de l'automne. En octobre, dans mon Haut-Bout, la forêt me fait don de ses dix-huit nuances de jaunes, d'or, de roux, de blond-roux, etc. Mais l'homme n'y est pour rien ou presque. Ici, dans la beauté des temples (ils sont 1 600 à Kyôto) et la subtilité des jardins, il n'y a pas une tache de vermillon, une coulée de pourpre, une touche d'écarlate qui ne soit insidieusement une œuvre de l'homme, une délicate manigance du goût le plus sûr, le calcul d'un artiste qui a *posé* cette note dans le paysage avec une sûreté absolue.

*Je suis à Kyôto
rêvant d'être à Kyôto
Ô oiseau du temps !*

*On envie leur beauté
Elles sont pourtant mortes
les feuilles d'érable pourpres*

Nous n'avons pas visité le Pavillon d'Or ni le Pavillon d'Argent : les bonzes sont en grève. La ville de Kyôto leur réclame des impôts sur le bénéfice des billets d'entrées et des ventes de bouddhasseries. Ils s'en estiment exempts. La grève est dure.

KATSURA

De tous les lieux *parfaits* de Kyôto, qui en compte tant, la villa impériale Katsura est peut-être le plus exquis. L'exquis ici n'a rien de faible, la simplicité n'a rien de plat, la grâce rien de mièvre. La ruse de l'architecte jardinier, de pavillon en pavillon, de la « Cabane des pensées souriantes » au « Pavillon des Vagues de Lune », est de nous contraindre, sans qu'on s'en rende compte, à suivre un sentier magique, dont les détours ont plus d'un tour dans leur sac : le paysage devient immense alors qu'il est limité, les érables s'encadrent dans l'ouverture d'une baie qui ouvre sur une autre baie, plus loin. On est comme pris par la main d'une fée très douce, très maligne et très savante, qui nous tourne un peu la tête et cependant fait la paix en nous. Le silence sourit. Les toits et les vérandas se reflètent dans l'eau, qui reflète le ciel, qui réfléchit et conclut que tout est bien. Villa ? Palais ?

Non : chaumières de prince, un prince de XVIIe siècle, Toshihito, cette sorte de roi de carreau de cœur auquel on aurait aimé faire rencontrer un autre roi, Gesualdo, prince de Venosa. Il me semble que tous les deux auraient fait ensemble de la bonne musique.

UNE DEMEURE
UN PORTRAIT

À l'époque où vit le prince Toshihito, dans la première moitié du XVIIe siècle, le pouvoir réel est aux mains du *shôgun*, et le pouvoir symbolique celui de l'empereur Goyôzei, dont Toshihito est le frère cadet. Le prince va, sans ambition personnelle, semble-t-il, s'efforcer de rendre aussi facile que possible la *cohabitation* entre son frère et le *shôgun* Ieyasu. Il est intéressant de comparer Katsura, retraite d'un aristocrate non sans ressources mais absolument sans pouvoir, avec l'emphatique Tôshô-gû de Nikkô, que Ieyasu fit entreprendre pour lui servir de mausolée, la même année que Toshihito faisait commencer les travaux de Katsura (1610). Le Tosho-gu est un ensemble de temples et pavillons dans le style chinois dit du *Karayô* — mais une Chine plus chinoise encore que la vraie Chine, une Chine « baroquisée » par le goût (le mauvais goût) d'un militaire parvenu. Les toits de tuiles de bronze s'envolent, les couleurs ruissellent, les dragons se contorsionnent, les lions coréens rugissent, les monstres grimaçants grouillent, les ors rutilent, les cuivres éclatent, et pas un pouce de la surface n'est dépourvu de *décoration*. Katsura, au contraire, est construit en bois de cyprès lisse, avec des panneaux de papier, de soie ou de velours *wa*, du *tokonoma* disposé en carreaux, avec la subtilité de certains Klee. Les baies ouvrent sur le jardin, les sentiers de pierres plates, les ponts en arc doux, les petites îles artificielles, les pelouses. Chaque baie est « cadrée » avec un art invisible, afin qu'à la hauteur des yeux d'un homme assis sur le *tatami*, les frênes, les érables, les bambous posent, exactement là où il faut dans le paysage, la tache pourpre de feuilles et le ton sur ton de deux verts, l'un acide et l'autre apaisé.

Le Tosho-gu, c'est le Japon assimilateur des lieux communs classiques, qui parvient à être plus chinois que la Chine, plus américain que les États-Unis, un Japon riche, puissant, sûr de lui et arrogant. La villa Katsura, c'est le génie japonais originel, rustique et raffiné, fonctionnel et esthète, dépouillé et « essentialisé ». Les inscriptions du seuil elles-mêmes creusent le fossé entre les deux hommes, le prince lettré et le politicien militaire, l'aristocrate réservé et le Fortinbras sans scrupules. Sur le Tôshô-gû, Ieyasu est salué sans vergogne comme « *Bouddha incarné, Dieu Soleil de l'Orient* ». Sur un des pavillons de thé de Katsura, un long poème en un seul mot : « *Shôkin* », qui suggère (nous fait remarquer Okawa Naomi), que *Shô*, le son du vent dans les pins, est aussi musical que celui du *Kin*, le luth japonais nommé *koto*.

En flânant sur les sentiers de pierres plates serpentant entre l'herbe et l'eau pour donner au promeneur la surprise à chaque pas d'un *angle* nouveau, nous lions conversation avec un physicien italien, venu à Kyôto pour un congrès de physique nucléaire, et qui profite d'une suspension de séances pour visiter Katsura. Nous tombons d'accord qu'au XVIe et XVIIe siècle, la Toscane et le Japon ont connu des floraisons comparables, où une civilisation rurale s'accomplit dans une architecture princière — et très savamment simple.

Comme en quittant le Palazzo Schifanoia à Ferrare, comme en quittant Venise, Antigua du Guatemala, le Temple du Ciel à Pékin ou les ruines de Delphes, je dois chaque fois combattre cette façon indécente qu'a le cœur de se serrer en s'éloignant des lieux magiques, uniques, mélancoliques. Les reverrai-je un jour, ou bien jamais plus ?

Le soir à l'hôtel *Miyako*, pour lequel nous avons lâchement fui l'auberge japonaise, le *ryokan* (pour vivre à la japonaise, assis sur le *tatami*, il faut être très jeune ou être né japonais...), je reprends le meilleur guide du Japon, le *Roman de Genji* — en tout cas le livre de chevet le plus utile ici. Et à ma grande surprise, je fais une découverte (qui a dû être faite avant moi), découverte qui m'enchante. Dans le chapitre qui s'intitule précisément *Le bruit du vent dans les pins*, où est-ce que le prince Genji fait construire une résidence pour y abriter ses dames ? À Katsura. Il est bien probable que le prince Toshihito s'est souvenu de la demeure construite dix siècles auparavant, dans un roman merveilleux, par le prince Genji et dont Dame Murasaki, la romancière admirable, dit : « *La maison était face à la rivière, une construction sans prétention, à l'ombre de pins majestueux, dont l'exquise simplicité évoquait le charme mélancolique d'un séjour de montagne.* »

Si je ne retourne jamais plus de ma vie à Katsura, je rouvrirai le *Genji*. Et comme il suffit l'hiver de rouvrir Proust pour faire éclore malgré le froid les aubépines en fleur, ou pour faire passer devant nous une mouette vénitienne, ainsi, en relisant l'histoire du prince Genji, je traverserai la page du livre et je me trouverai de nouveau dans le jardin de Katsura en automne, avec les pins, les érables et les mousses, l'or éteint des toits de chaume, l'or aigu des feuilles mortes, le pourpre orangé des érables, et le « *charme mélancolique* » qu'ont ressenti avant moi Genji, Toshihito — et cent mille touristes.

NATURE

Il y a quatre siècles, le prince Toshihito fit bâtir et agencer Katsura.
Notre siècle a bétonné sur cent cinquante kilomètres de côte le littoral de la baie de Tôkyô.
Les riverains se sont plaints qu'on leur interdise l'accès des plages et de la mer.
On a entendu leurs plaintes. On vient de déverser sur le béton quelques tonnes de sable gris : sur le béton, la plage. Quoi de plus *moderne* ?

Carnet 1987

UN APRÈS-MIDI
TRANQUILLE   *Paris, 13 janvier 1987*

Le cri du martinet déchire en deux la soie du ciel
Les enfants sortent de l'école
et le grand Perdigaud rafraîchit à la craie
la marelle   son Ciel   son Enfer   ses carreaux
L'Église est fermée   On l'ouvre le dimanche

Qui donc croit à l'enfer comme les gens d'avant
avec des diables   des marmites   des damnés sur le gril
Qui croit au Paradis   avec des anges en chorale
et le regard de Dieu comme une chape de ciel ?

L'Enfer existe   dit l'otage   et je l'ai habité
Ils m'ont fait souffrir pendant des mois dans une
    cave
puis ils ont fait sauter ma cervelle de juif
Si Dieu m'attend et tient des comptes en ordre
il me dira quels péchés cet enfer a expié

Je crois au Paradis dit l'amante à l'aimé
Quand les ailes du Temps ont suspendu leur vol

Le jour m'a regardé les yeux dans les yeux
Je voudrais que ma joie me dure pour toujours

Les bombes déchiquettent l'amante et son aimé
Il y a sur le mur de la cervelle et du sang
et un bras de jeune fille est accroché à l'arbre
Le Paradis fut là   Où est l'éternité ?

Les enfants ont posé leurs cartables par terre
et jouent à la marelle entre Ciel et Enfer
tandis qu'à la terrasse du Café de l'Église
deux retraités de l'asile des vieux sous-officiers
parlent du bon vieux temps   le temps de l'Indochine
quand on pouvait avoir une fille indigène
pour le prix d'un paquet de gros cul à rouler

Désirer s'endormir jusqu'à la fin du monde

MINIMES *Paris, 15 janvier 1987*

L'irrecommençable bonheur des premières fois. Tout à l'heure dans la rue Jacob la très petite fille qui trépignait, dansait de joie en criant : « Vive la neige ! Vive la neige ! »

16 janvier 1987

Traque difficile : j'essaye de me surprendre quand je ne m'observe pas. Mais ici aussi la relation d'incertitude d'Heisenberg joue : la présence de l'observateur modifie la chose observée. D'où l'utilité des arts de faire le Vide en soi qu'ont mis au point le Ch'an et les Orients. On évacue pour un temps les encombrants personnages du dedans, ce *je* qui ne quitte pas de l'œil le *moi*.

17 janvier 1987

La radio est pleine d'informations sur les cygnes aux ailes gelées que les pompiers vont sauver et réchauffer dans leurs casernes, ou des oiseaux pris dans la glace, que les hommes-grenouilles vont délivrer.

On dira que pompiers et hommes-grenouilles feraient mieux de s'occuper seulement des humains qui meurent de froid. Mais c'est le propre de l'humanité que de pouvoir aussi être humaine avec le non-humain, et inhumaine avec les humains.

Et je confesse que je vais au Luxembourg porter à manger aux mouettes. Parmi les pigeons parisiens et les narquoises corneilles j'ai déjà noté qu'elles se conduisent comme des immigrés clandestins, n'osant manger le riz et les graines que si les pigeons sont écartés par moi au cri de : « Ayez un peu le sens de l'hospitalité. »

C'est un écrivain qui écrit qu'il écrit de l'écriture.

Si tôt levée, l'alouette, on dirait que le soleil levant l'aspire et l'aimante.

Il est resté si jeune, dit-on. Erreur : il l'est devenu, avec le temps.

Entendu dans le cortège funèbre à l'enterrement de B. : « Tu fais revenir dans la chapelure, tu ajoutes un peu de citron, et tu arroses ça de muscadet-sur-lie. Tu m'en diras des nouvelles. »

Quand il est mort, il était déjà mort depuis si longtemps qu'on le croyait mort de naissance.

UNE LETTRE *Paris, janvier 1987*

Marcel Cerf, l'historien de la Commune, auteur d'un très beau livre sur le communard Édouard Moreau, m'écrit :

« Monsieur,
Je me permets de vous adresser cette lettre pour vous signaler un émouvant cas d'homonymie que vous connaissez peut-être déjà ?
Roy Claude — chauffeur — né le 3 septembre 1833 à Arthel (Nièvre) — Pendant la Commune, garde au 184e bataillon fédéré de la 13e légion commandée par Serizier.
Claude Roy a fait le service des tranchées à la redoute des Hautes Bruyères à l'extrémité du plateau de Villejuif. Rentré à Paris le 25 mai 1871, il combat à la barrière d'Italie puis à la barricade de la place de l'Église (actuellement Place Jeanne-d'Arc) fortifiée par Wroblewski, un des derniers points de résistance du XIIIe arrondissement après l'abandon de la Butte aux Cailles. Le massacre dans le XIIIe fut épouvantable. Derrière la seule barricade de la rue Baudricourt, on releva plus de 100 cadavres de fédérés. Claude Roy, arrêté par les Versaillais, fut accusé, à tort, d'avoir participé à l'exécution des dominicains d'Arcueil. Le 6e Conseil de Guerre le condamna le 6 avril 1872 à la déportation en enceinte fortifiée à la presqu'île Ducos (Nouvelle-Calédonie). Amnistié en 1879, Claude Roy rentra en France par le Navarin.
J'espère, Monsieur, que ces quelques renseignements sur le communard Claude Roy pourront vous

intéresser et je vous prie d'agréer l'assurance de mes sentiments les meilleurs. »

Si on se rencontre dans une vie après la vie, que dirai-je à Claude Roy le communard, condamné à la déportation en 1871 ? Sujet de dissertation. Et d'examen de conscience.

J'ai remercié Marcel Cerf d'avoir pris par la main le Claude Roy communard de 1871 et de l'avoir sorti de l'ombre des Archives Nationales (cotes BB^{24} 831 et BB^{24} 862) pour nous faire faire connaissance.

J'ai écrit ensuite au Claude Roy de 1871.

Cher Claude Roy,
Il n'est pas toujours vrai, hélas, que tous les hommes sont frères. Il est exact, en revanche, que tous les Roy sont cousins. Tous sont originaires de mon pays, des provinces du Poitou, de l'Aunis et de la Saintonge, ce qu'on appelle aujourd'hui les Charentes. Beaucoup, poussés par la pauvreté, la misère ou l'esprit d'aventure, allèrent émigrer au Canada. Dans l'annuaire du téléphone de Montréal et de Québec, il y a des pages entières de Roy, Claude, tant de *cousins* qu'un jour où je les avais salués à la télévision du Québec qui m'avait invité, son standard fut embouteillé en quelques minutes par les appels de dizaines de Roy Claude. Ils appelaient de toutes les parties francophones du Canada, de Chicoutimi au Saint-Laurent.

Parents, cher cousin Claude Roy, nous ne le sommes pas seulement par le sang mais par le sentiment et les idées. Je n'aurai pas l'audace de mettre en parallèle nos destins, celui du prolétaire que vous étiez et du bourgeois que je suis. Mais comme la guerre contre les Prussiens et la défaite vous jetèrent dans les rangs des « Communards », la guerre contre les nazis et l'occupation m'ont amené à rejoindre les rangs des Communistes à une époque (la clandestinité) où je suis finalement heureux et fier d'avoir été avec eux — même si treize ans plus tard je crois avoir eu raison de douloureusement les quitter. Mais je n'oserai pas comparer mes tourments à vos souffrances, mes ennuis au sacrifice de trop d'années de votre vie.

Dans une des îles voisines de celle où vous avez été déporté en 1875 « dans une enceinte fortifiée », d'autres survivants des massacres de Paris étaient détenus en compagnie de Canaques. Une colonne d'infanterie de marine avait été envoyée dans leur territoire pour « réprimer » une révolte. Les Canaques s'étaient bravement défendus. Ils avaient tué trente-deux fusiliers marins. Dure action, mais acte de guerre. Ils avaient ensuite mangé leurs adversaires morts. C'était la coutume alors, chez les Canaques. Cela avait enragé un peu plus les autorités françaises. On avait donc enfermé les Canaques en compagnie des « Communeux ». Les Canaques tenaient les « Communeux » pour des « hérétiques ». On est presque toujours l'hérétique de quelqu'un. Les Français pensaient que les Canaques avaient eu tort de manger trente-deux de leurs compatriotes. Mais ils devaient penser aussi que Monsieur Thiers avait eu grand tort de faire tuer trente mille des leurs en quelques jours. (On chipote sur le chiffre, parce que dans les comptes de la ville de Paris, il n'y a que dix-sept mille enterrements facturés à la municipalité. Mais beaucoup de familles n'ont pas réclamé à l'Hôtel de Ville le remboursement des frais de funérailles.) Il est vrai que les Versaillais massacraient, et ne mangeaient cependant pas la chair des fusillés. Mais je trouve moins civilisé que les Canaques de l'époque l'officier versaillais qui vient d'exécuter

Baudoin et Rouillac et qui, en remuant du bout de ses bottes les fragments des cervelles répandues à terre, murmure, étonné : « *C'est avec cela qu'ils pensaient.* »

Soulevées contre l'oppression et la misère, invoquant le nom des morts de Paris, évoquant les souffrances que vos camarades et vous avez subies jusqu'à la tardive amnistie, d'autres révolutions ont depuis relevé le drapeau rouge de la Commune. On raconte que Lénine dansait de joie dans la neige le matin où on lui fit remarquer que « le pouvoir soviétique » avait dépassé d'un jour la durée du « pouvoir de la Commune ». Un instant avant d'être fusillé, Raoul Rigault disait : « *Si on meurt, il faut au moins mourir proprement. Ça sert pour la prochaine.* » Il y a eu beaucoup de « prochaines ». Il y en a encore constamment. Il ne se passe pas d'années, de mois, sans qu'un peuple se soulève contre un dictateur, sans que le mot *révolution* soit utilisé, à tort ou à raison (et peut-être plus souvent à tort), par une minorité qui se trouve brimée ou opprimée. Vous ferai-je sourire ou serez-vous indigné si je vous dis que le mot *révolution* sert même à vendre la marchandise, et qu'on parle couramment de la « révolution des minijupes » ou de la « révolution de l'ordinateur » ? Ce n'est pas pour ce genre de « révolution » que vous vous êtes battu à Villejuif contre les Prussiens, sur les barricades contre les Versaillais, et que le Conseil de Guerre vous a envoyé croupir pendant sept ans en Nouvelle-Calédonie.

La vraie révolution, celle pour laquelle les Communards se sont battus, ont souffert et sont morts par milliers, vous me demanderiez sûrement, si vous pouviez revenir parmi nous, ce qu'elle est devenue.

Pardonnez-moi de vous répondre à gros traits, de simplifier peut-être, en essayant de ne pas fausser les choses. Deux Empires se sont édifiés dans le monde, tentent d'y régner et se le disputent (parfois tentés, dirait-on, de le partager). Ces deux Empires sont nés de deux révolutions. L'Empire américain est né de la Révolution qui transforma des colons britanniques en *insurgents* au nom de la liberté, de l'indépendance et de la démocratie. L'Empire américain est un géant à la fois puissant et incertain, un impérialisme, parfois marchand, parfois militaire, et une démocratie hélas inachevée. Aux U.S.A., le pourcentage effrayant des abstentions (plus de 40 %) et la transformation du débat démocratique en jeux de cirque « médiatiques » illustrent amèrement la crainte que les défenseurs de la démocratie athénienne avaient de l'*apathie* des citoyens. Comme le dit Octavio Paz : « *L'idéal du diable c'est l'indifférence universelle.* » L'indifférence et l'ignorance du monde extérieur se partagent l'esprit des deux tiers des citoyens américains d'aujourd'hui.

Trois quarts de siècle ont également transformé en indifférence généralisée l'élan de la Révolution de février 1917. Dix mois plus tard, on était vite passé d'un projet confus de démocratie totale et directe au pouvoir dictatorial d'une poignée de révolutionnaires professionnels, de « Tout le pouvoir aux Soviets » à « Tout le pouvoir au Parti ». Les États qui aujourd'hui célèbrent officiellement la Commune de Paris, votre combat et vos sacrifices, qui posent des couronnes sur vos tombes et prononcent des discours en votre honneur, n'ont pas réalisé, selon la formule célèbre, la « dictature *du* prolétariat », mais seulement une dictature (une de plus) *sur* le prolétariat. Ceux qui critiquaient l'Empire soviétique et ses vassaux, qui décrivaient l'économie de pénurie perpétuelle, l'asservissement des citoyens, la terreur longtemps générale, l'étouffement culturel, la militarisation de la société, l'expansion insidieuse du cynisme, ceux-là furent longtemps traités de menteurs et d'ennemis du peuple. Jusqu'au jour où c'est de la bouche même des chefs de l'Empire, de Khrouchtchev à Gorbatchev, qu'est venue la confirmation précise du plus sévère des diagnostics.

Oui, cher Claude Roy de 1871, l'idéal des vôtres a été trahi et ce n'est pas une consolation de se dire que celui des Pères fondateurs de la République américaine le fut aussi. Ils se soulevèrent contre le joug anglais pour écraser ensuite sous leur domination, tour à tour, Cuba, Hawaï, le Guatemala, le Viêt-nam, etc., et pour installer et soutenir un peu partout des tyranneaux à leur solde. Pendant que les *marines* débarquaient au nom de la *Pax Americana*, les chars soviétiques n'avaient pas à se gêner pour mettre à la raison russe Budapest, pour mater et normaliser Prague et pour occuper l'Afghanistan.

Il y a, bien entendu, une différence fondamentale entre les deux Empires : c'est que, pour inachevée qu'elle soit, la démocratie américaine existe. C'est grâce à l'opinion publique américaine que nous savons ce que fut la guerre du Viêt-nam, c'est grâce à elle qu'elle fut terminée. L'opinion publique russe est restée muette (à l'exception de quelques héros vite embastillés) sur la Hongrie, la Tchécoslovaquie ou l'Afghanistan. Le Président Roosevelt a eu, certes, du mal à faire passer les États-Unis d'un isolationnisme indifférent à D Day et à la libération de l'Europe, mais il venait de moins loin que Joseph Staline que seule l'invasion nazie contraignit à passer abruptement de l'alliance avec Hitler à la « guerre patriotique ». Constater que les États-Unis et la Russie soviétique sont deux Empires n'autorise pourtant pas à de fausses symétries. Car il faut constater aussi que la démocratie américaine a encore de beaux restes, qui peuvent redevenir demain un commencement, tandis que l'absence quasi totale de démocratie est la caractéristique essentielle de l'Empire russe. Les efforts pour injecter un peu de démocratie dans la vie soviétique viennent toujours du sommet, c'est-à-dire de l'extérieur (même si le berger marche avec son troupeau, il lui reste extérieur). Les grands moments démocratiques de l'histoire des États-Unis viennent de l'intérieur, du peuple.

Mais si vous reveniez parmi nous, cher cousin, vous vous apercevriez que la « démocratie » n'intéresse pas grand monde. La démocratie n'est jamais parfaite. La dictature l'est aisément. La démocratie a toujours besoin d'avancer. La dictature n'a besoin que d'un peu de terreur pour demeurer superbement immobile. La démocratie tolérante tolère qu'on la vilipende, et le mérite souvent. La dictature, rouge, blanche ou noire, ferme rudement la bouche aux adversaires possibles, ce qui lui donne aux yeux des naïfs une façade de respectabilité.

Si vous veniez faire un tour parmi nous, vous vous apercevriez aussi que la gauche garde des faiblesses, que je crois coupables, envers les dictatures « de gauche ». On entend dire aujourd'hui que « gauche » et « droite » sont des notions qui n'ont plus de sens. Il est vrai que si on nous dit que les adversaires du Printemps de Prague, du dégel de l'époque Khrouchtchev et de la « transparence » de Gorbatchev sont « de gauche », on peut rire. Ni la gauche ni la droite ne sont une essence stable, immuable, éternelle. Les bolcheviks étaient-ils à la gauche des SR ? Les maoïstes français étaient-ils à la gauche des mendésistes ? On peut en douter. Chacun connaît des gaullistes qui sont à la gauche de Barre et des staliniens qui sont à la droite de Chirac. Gauche et droite sont des notions *relatives*.

Mais comme la démocratie n'est pas un idéal

« romantique » et que l'homme de gauche a besoin de personnaliser et de localiser ses rêves, il se hâte souvent de déclarer que la société de gauche idéale est enfin réalisée sur terre. Il reporte ainsi, de la « Grande Lueur à l'Est » de 1917 à la Chine de 1950, de la « Révolution algérienne » à Cuba, de la Révolution palestinienne au Cap-Vert, la mise de son espérance, chaque fois raflée par le râteau des croupiers de la salle de jeu Histoire. Comme la pauvre démocratie, boiteuse, insultée, parlementaire et rachitique, n'est pas toujours très belle à voir, *il faut* qu'il y ait quelque part sur la terre un semi-paradis enfin réalisé. Parce que, *Caudillo* pour *Caudillo*, Fidel est un chef charismatique tout de même plus présentable que Batista, on érige en modèle un *Caudillisme* « progressiste » tenu à bout de bras par les Soviétiques. Parce que l'Union soviétique a tout de même gardé, sur le papier, la Constitution « *la plus démocratique du monde* », on tire à boulets rouges contre l'Empire américain et on caresse à fleuret moucheté l'Empire russe.

Le défenseur de la démocratie ne louvoie pas moins que le gauchiste ou que l'homme-de-gauche-qui-n'a-pas-d'ennemi-à-gauche. Comme ce dernier ne veut pas « insulter l'avenir » et continue d'espérer que l'U.R.S.S. va finir par inventer un « *socialisme à visage humain* », que Fidel Castro finira par instaurer dans son île le suffrage universel, de même le démocrate sait que la démocratie est un régime fragile, qu'il faut la soigner comme une plante de serre. Il a peur qu'il ne soit dangereux d'en dénoncer les tares et d'en condamner les absences. S'estimant heureux de ne pas vivre sous une dictature, il oublie volontiers les oubliés de la liberté, les frustrés de l'égalité et les abandonnés de la fraternité. Il parie sur l'avenir pour pallier les manques et corriger les injustices. Comme l'Homme de Gauche tout à fait gauche se tait pour ne pas « apporter d'eau au moulin de l'ennemi », le démocrate se tait pour ne pas apporter de vinaigre à la moutarde du totalitaire. Et voilà pourquoi, pour reprendre la formule d'Octavio Paz, le diable gagne dans tous les camps, voilà pourquoi l'indifférence, ou ce silence qui lui ressemble, l'emportent partout.

Ainsi, à droite (naturellement) et à gauche (insidieusement), l'esprit libertaire et libéral de la Commune est constamment insulté et trahi. La tristesse, ce n'est pas tant d'être insulté par ses adversaires que d'être trahi par les siens, ou par ceux qui affirment l'être.

Voilà ce que je voulais vous dire, cher Claude Roy, mon cousin de 1871. Afin que si vous reveniez parmi nous vous ne soyez pas étonné.

Mais si je devais vous donner un conseil, réfléchissez bien avant de revenir : ce n'est pas toujours gai.

Depuis l'usage que le stalinisme fit des mots « fraternels » et « fraternellement », je ne les emploierai pas pour vous saluer. Je préfère reprendre à sa racine, *cœur*, un autre mot et vous dire, cher Claude Roy, que je suis *cordialement* à vous.

MINIMES *Paris, janvier 1987*

Conquérir la lune n'était pas tellement intéressant. Gouverner nos rêves, conquérir les nuits le serait davantage. Mais ne le souhaitons pas : l'État coloniserait bientôt les songes.

Repos de tous les langages qui ne *parlent* pas : les oiseaux, le plaisir, l'eau, la musique, les chats. Mais même ceux-ci, parfois « il ne leur manque que la parole ».

Le monde est peuplé d'équarrisseurs qui se prennent pour des chirurgiens et font couler le sang pour rien au nom de leur « idéal ».

Programme d'études pour une maîtrise de gardien de prison et un doctorat de bourreau.

Un écho croise un courant d'air.

Bonheur d'oiseau vaut mieux que trésor d'usurier.

La métaphysique, art de se payer de mots.

Si les extraterrestres existaient, cela mettrait fin à ce scandale : le ciel que nous regardons et qui ne nous regarde pas.

Il excellait dans l'art des ricochets. Quelques-uns passèrent même à la postérité.

Il suffirait donc d'une minute pour mériter un châtiment éternel ou d'éternelles délices ?

J'enjoignis à cette idée honteuse l'ordre de ne plus se présenter devant moi. Elle obtempéra.

Quel jour ai-je commencé à ne plus être immortel ?

UN POÈME
SUR L'IDÉE DE DIEU,
SIMPLEMENT   Paris, janvier 1987

En me faisant don de tout ce qu'ils n'ont pas
imaginant en moi leurs rêves accomplis
les hommes m'ont affligé de l'excès du savoir
Je souffre d'être Dieu et d'être tout-puissant
et d'être la Mémoire Absolue des temps

Je suis le souvenir du magma de feu et d'incertitudes
du premier poisson dans les eaux primordiales
qui forma le projet encore timide et vague
d'étirer ses nageoires   de se donner des ailes
et libre   de voler au-dessus des flots
Je suis le souvenir de la naissance du vert
de la première fougère née de l'idée de chlorophylle
Je suis le souvenir du premier bruissement du vent
dans les premières feuilles du premier séquoia
à l'orée du premier printemps végétal
et de l'instant premier où l'homme et la femme
se regardèrent   l'un à l'autre miroir
et dirent à voix basse   Cela est bon d'être né deux
J'ai vu danser la première flamme allumée exprès
le feu entretenu comme une amitié vive
J'étais avec ce Grec lorsque brilla l'éclair
du premier théorème de la géométrie
Je suis le souvenir du premier accord
résonnant sur les cordes tendues pour la première fois
et du premier poème où la parole
alterna subtilement le rythme du cœur qui bat
avec celui des pas en marche vers le jour

Mais en m'accordant tout ce qu'ils n'ont pas
ils m'ont fait partager la souffrance du temps

Je suis le souvenir du premier frémissement de l'envie
dans l'esprit de celui qui désira la pierre d'agate
que son ami avait trouvée dans le lit de la rivière
Je suis le souvenir de la première contraction de la haine
qui serre le cœur comme la main serre une gorge
Je suis le silex aigu avec lequel le frère
fit gicler le sang et la vie du crâne de son cadet
Je suis le pied qui écrase pour le plaisir le scarabée doré
Je suis celui qui raille le chien d'être fidèle
qui humilie l'enfant et se moque de l'infirme
Je suis le roi des Marches de l'Orient
qui fit crever les yeux de dix mille captifs
et trancher leur poing droit le matin suivant
Je suis le souverain beaucoup plus réfléchi
qui décida que ses captifs seraient sa propriété
et qu'eux et leurs enfants et les enfants de leurs enfants
travailleraient de force jusqu'à leur mort
sous le fouet   obéissant aux ordres et aux cris
des intendants du roi   et que ces bêtes
seraient à jamais nommées la race des esclaves

Je suis le Créateur et j'ai créé le Mal

Je voudrais être un homme   J'aurais droit à l'oubli
J'aurais droit à la mort   J'aurais droit à la paix.

MINIMES *Le Haut-Bout, janvier 1987*

Il ne faut pas dire : « Regardez ce que le christianisme (ou le communisme, ou l'hindouisme) a fait de lui. Mais : regardez ce qu'il a fait du christianisme (ou de, etc.).

Le silence éternel de ces espaces infinis me repose du bruit de la télévision.

J'ai beau faire comme si je venais à peine d'arriver, je suis celui qui part.

Endroits où l'eau est plus eau qu'ailleurs : l'oasis de Tozeur, l'estuaire de l'Hudson River, un verre d'eau embué dans une chambre d'hôpital quand on vous permet enfin de boire une gorgée.

Hugo, l'audace de la simplicité nue : « *Le temps fuit de mes mains comme le sable au vent.* »

Les messages du silence : je me tais parce que je suis calme et bien, parce que je boude, parce que j'ai des soucis, parce que j'ai mal.

« Où avez-vous mal ? », demande le docteur. On n'ose pas répondre : « J'ai mal à l'espoir. » J'ai remis le problème de mon petit désespoir personnel à des temps meilleurs. Il y a des désespoirs plus intéressants que le mien.

Les idées vraiment claires n'oublient pas l'ombre dont elles viennent.

Pour organiser le musée des horreurs de Pol Pot, les Vietnamiens ont fait venir les spécialistes allemands qui ont conçu pour la R.D.A. le musée des horreurs de Hitler.

Content comme une balle qui va droit à son but, la tempe d'un inconnu.

Une théorie scientifique n'est ni de droite ni de gauche, mais, comme on le voit avec Darwin, peut servir à « justifier » le fascisme *et* la démocratie.

Cet homme froid fut chaud dans sa jeunesse. Il a survécu grâce à un arrêt du cœur.

SE PLAIRE 7 février 1987

J'aimerais atteindre la saison dont Marthe Robert dit généreusement que c'est un idéal que je touche de près, le temps du « *cœur triste et de l'esprit gai* ».
Bien sûr, devant l'état fâcheux du monde et l'âge venant devant l'incessant départ des amis qui prennent congé, de plus en plus nombreux, celui qui a le cœur trop gai ferait soupçonner que quelque chose lui échappe.
Mais si j'avais perdu la force de conserver l'esprit gai, ça voudrait dire que j'ai perdu confiance, l'espoir et la compassion. Ce que j'appellerais, si j'étais croyant, la foi, l'espérance et la charité. J'espère arriver à ne pas baisser les bras.
Jérôme Garcin me demandait hier pourquoi j'ai écrit dans *Temps variable avec éclaircies* : « *J'aimerais parvenir un jour à me plaire, sans aucune indulgence. C'est sans doute trop demander.* » Je lui ai répondu que c'est parce que je crois que qui trop se plaît, se complaît. Qui se complaît, s'arrête. Qui s'arrête, me déplaît. Si je me plaisais trop, ça voudrait dire que je suis arrêté, donc que je me déplairais.

L'avenir jugera sur des témoignages de faux témoins, d'aveugles, de sourds et de truqueurs, avec un jury d'historiens épais et de juges endormis.

MINIMES   *février 1987*

Les autres, les sales autres.

J'ai des idées. Ils ont une idéologie. J'ai du jugement. Ils ont des préjugés. J'ai une religion. Ils ont des superstitions. J'ai une conviction. Ils ont des opinions. J'ai raison. Ils ont tort.

Une âme immortelle, mais amnésique.

Un homme qui ne pouvait se parler qu'en présence de son avocat.

— Tu es tout pour moi.
— Pauvre.

Un atrabilaire invente l'Enfer, un épicurien le Paradis, et un centriste invente le Purgatoire.

Il est sur la bonne voie, mais il s'y est engagé à l'envers.

Le conservateur embellit le passé, le progressiste embellit l'avenir et tous les deux dédaignent le présent.

L'amour est un tranquillisant, mais il est recommandé de prendre garde aux effets secondaires.

J'espère avoir jusqu'à la fin les yeux plus grands que
le ventre.

Il est tellement fier d'être modeste que ça en devient
de la vanité.

SUR DEUX VERS
DE LI SHANGYIN   *Le Haut-Bout, 2 février 1987*

L'arôme de cheveux très noirs et très fins
sous la brosse   Un parfum d'ambre et de soir d'orage
Le rire d'une servante   Le bruit très doux de pieds nus
   sur le sable
Au-dehors   dans le jardin   une rumeur d'eaux vives
et d'oiseaux qui se baignent dans la vasque de pierre

Pourquoi en février gris   quand fond la neige sale
la jeune femme qui se peignait à Sian un matin d'été
au temps du dernier empereur des T'ang du Sud
pourquoi vient-elle soudain mêler à la brume d'hiver
le murmure de la brosse sur ses cheveux dénoués
un long parfum de chevelure noire et fine
le bruit de sable et soie des servantes pieds nus
marchant sur les dalles ou dans les allées du jardin
et le chant d'un loriot   mort depuis douze siècles
mêlé à la rumeur d'eaux à jamais taries ?
Parce qu'un poète chinois   épris de la jeune femme
parle dans deux vers de ses cheveux dénoués
et de leur long parfum d'ambre et de soir d'orage

MINIMES   *Paris, 15 février 1987*

S'il faut refuser le meurtre, ce n'est pas seulement parce qu'il cause la mort de la victime. C'est aussi parce qu'il avilit le tueur. Un État qui abolit la peine de mort a d'abord pitié du bourreau. Ce qui explique la fureur style « légitime défense », qui défend le talion, et se moque de l'âme du « chargé de tuer ».

Épargner le bourreau, c'est épargner le corps social tout entier, dont il est le délégué. Un assassin de droit commun n'engage que lui. Le meurtre légal engage la société entière, la compromet dans un geste du bourreau.

L'horrible expression : *il ne m'est rien.*

Un sceptique péremptoire qui fait avec éloquence l'éloge du silence.

C'est quelqu'un qui visite sa vie en étranger, très poli, en essayant de ne pas déranger, s'excusant de passer.

Le très astucieux Rabbi qui s'empare de Désir Luxurieux et l'enferme dans une boîte. Désastre : plus de commerce, plus de société, plus de mariage, plus de naissances. C'est la fin du monde. Jéhovah ordonne au Rabbi d'ouvrir la boîte, et vite.

UN PASSANT   *Paris, 28 février 1987*

Dans le grand froid et la neige, l'homme vêtu d'un pantalon et d'un veston qui ont l'air terriblement minces avance à petits pas, sans regarder personne ni rien demander. Il a une sorte de dignité distraite. Il est mal rasé mais comme quelqu'un que la maladie plus que la négligence retient de faire toilette. Il neige.

Je le croise, hésitant à « faire quelque chose » puis reviens sur mes pas. Il avance avec une faiblesse très lente. Et quand je le rattrape et lui tends un billet, au même instant la porte d'un antiquaire juste à sa hauteur s'ouvre, et le marchand lui tend des pièces. Détresse, étonnement dans les yeux du « clochard » si peu clochard, sinon qu'il est à bout de force, avec ce sac de plastique à la main.

UN MALHEUR   *Paris, 9 juillet 1987*

Je rencontre souvent dans mes rues familières
un malheur qui s'excuse d'être malheureux
Il dit que le Foyer n'ouvre qu'avec la nuit
et qu'il faut s'en aller dès le jour revenu

Il dit qu'il avait autrefois un assez bon métier
Boucher il était   Il n'a plus de travail
Il porte tout ce qu'il possède dans un sac en plastique
Il parle obscurément d'une valise perdue

Il ne demande rien   Il ne mendie pas
Il semble étonné de l'argent qu'on lui donne
et laisse le billet un moment dans la main
comme s'il n'était pas sûr qu'il ne faut pas le rendre

C'est un malheur discret qui marche dans les rues
parce qu'il ne sait pas où aller pendant la journée
Le Foyer où il dort n'ouvre qu'avec la nuit
et il faut repartir dès le jour revenu

SONS AGRÉABLES *Le Haut-Bout, 1ᵉʳ mars 1987*

Le glissement de l'eau de source sur la paroi d'un rocher en montagne l'été.

Le roucoulement du plaisir reçu/donné.

Les trilles de l'alouette dans un matin de juillet cristal, si haute qu'on la devine plus qu'on ne la voit.

Les roues du train d'atterrissage de l'avion quand elles sont sûres du sol et y roulent déjà.

Après une journée de canicule, ce frémissement de frais dont on ne sait s'il est vent ou pluie.

Un excellent quatuor (par exemple, le Juillard ou l'Alban Berg) qui s'accorde avant d'attaquer le 13ᵉ Quatuor de Beethoven.

La voix qui annonce un cessez-le-feu.

Un jour de fête, en été, la fanfare qui vient de très loin.

Une toute petite fille qui chante juste une très vieille chanson.

Quand on joue aux fléchettes, le bruit sec du *dart* se fichant au cœur de la cible.

Un couple de pigeons ramiers dans un arbre en juin.

Le claquement d'une gifle sur la joue d'un goujat.

MINIMES *mars 1987*

Pendant des siècles, ce que sont aujourd'hui le Liban, l'Iran, l'Irak était la norme de l'Occident. Ce qui est *nouveau*, la vraie « modernité », ce n'est pas

Beyrouth, c'est Tchernobyl et la possibilité d'un hyper-Tchernobyl.

Un prospectus des jardiniers allemands de cimetières nomme ceux-ci « *les espaces verts urbains* ». La mort est devenue l'innommable et le cadavre une sorte d'engrais pour pelouses ou de prétexte à jardin.

On nomme écrivain celui qui sait ne pas exprimer seulement un fond mais faire entendre un ton.
L'extrémité de cet art est d'ailleurs le ton sans fond, la musique sans paroles et la parole qui n'a pas de sens.

Vivre de l'air du temps est en effet un régime pauvre en protéines. Il faut vivre de l'air de plusieurs temps pour se porter bien.

« Revendication » : terme usité par les syndicats et les tueurs. Exemple 1 : « Les grévistes de X revendiquent une prime de danger. » Exemple 2 : « Le professeur Z a été abattu en sortant du lycée. Le meurtre a été revendiqué par les Enfants de Dieu. »

Je ne vais pas dans le monde. Le monde me suffit.

L'histoire est la science de l'étonnement. Les sciences naturelles sont les sciences de l'émerveillement.
(Claude : et la férocité des insectes et des fauves ?)

L'amour incite au contentement, qui provoque la bienveillance, qui engendre la bonne vue, qui donne la lucidité. Nul mieux que l'être aimé n'est connu dans ses perfections.
L'amour incite au contentement, qui provoque la

béatitude, qui engendre l'angélisme, qui conduit à l'aveuglement. Nul mieux que l'être aimé n'est ignoré dans ses défauts.

Et puis l'amour vrai, qui connaît défauts et vertus, travers et charmes, et accorde au pire et au meilleur d'un être un regard équanime et tendre.

Mon projet, quand j'étais enfant, à la rentrée en classe, c'était de travailler si bien que j'aurais le Prix d'Excellence. Je ne l'ai jamais eu.

Mon projet au sortir du cancer était de devenir un saint. Raté ! Ne savais-je donc pas que l'ambition de devenir un saint est le premier obstacle à la sainteté ? Et d'ailleurs, qu'est-ce que j'entendais par sainteté ?

BRINDILLES *mars 1987*

Élisa Breton me raconte que dix jours avant la mort de Joyce Mansour, Alechinsky a offert à celle-ci un très grand tableau, la sachant au terme et pour le lui masquer.

L'universitaire qui refuse de croire ce que lui dit Élisa : « Nous avons été au Canada avec André parce qu'il y a là-bas les plus belles agates. » (C'est trop absurde aux yeux d'un universitaire.)

Presque infini est le nombre de choses auxquelles les humains ont pensé pour s'empêcher de penser : les jeux de cartes, les dames, les échecs, les sports, la chasse, la télévision, le suicide, etc.

Ce qui tendrait à faire douter de la possibilité que Gorbatchev puisse « réformer » le système soviétique, c'est ce qui se passe en même temps en Chine avec

Deng Xiaoping : la force d'inertie du Parti Unique et de ses cadres semble ramener toujours le balancier au grand repos de la répression et de l'immobilité.

Agiter le poing pour menacer le ciel, invectiver le sort, c'est grotesque, indécent. Ou bien le ciel n'est que la galaxie, amas d'étoiles et de trous noirs, qu'il est vain de maudire. Ou s'il y a un Grand Architecte, il est dérisoire de le réprimander.

Projet de tableau pour le Salon des Artistes Français : « Dieu cherchant à Auschwitz des preuves de l'existence de l'homme. »

Le point de vue où une hirondelle en vol vaut deux volcans en éruption.

« La jeunesse d'aujourd'hui ne sait plus s'amuser », dit lugubrement le vieux C.

18 mars 1987

Plus personne ne croit à la valeur de la théorie dont le bref renom lui valut la chaire qu'il occupe, mais il continuera à l'enseigner des années, jusqu'à sa retraite.

Regarder si attentivement qu'on voit grandir un arbre sous ses yeux.

Celui qui, chaque fois qu'il désire des choses totalement contradictoires, en prendrait conscience, ou bien cesserait de désirer et de vouloir, ou bien deviendrait fou.

Après-midi d'août, l'odeur des foins fanés, et la menthe près de la rivière. La terre ronronne, chat aux yeux clos.

L'ennui avec cet écrivain, c'est que dès qu'il aperçoit une idée générale, il se met au garde-à-vous.

« *Je suis loin d'abonder dans mon sens* », dit Mme de Sévigné. L'imiter en cela.

Saint Thomas d'Aquin affirme que les saints au Paradis sont autorisés à voir la souffrance des damnés en Enfer afin de mieux jouir de leur béatitude et de la grâce de Dieu. La trouvaille est des plus chrétiennes.

Le S.S. chargé de la chambre à gaz se demandait s'il y a de la vie dans les autres planètes.

Hitler marque un point. Primo Levi s'est jeté dans la cage de l'escalier, à soixante-huit ans, quarante-cinq ans après Auschwitz.

Le bouddhisme conseille l'absolu détachement, l'indifférence. Le taoïsme, de se laisser abandonner au mouvement ou à l'immobilité du monde. L'ancien paganisme ou le shinto, d'éparpiller sa révérence entre les mille petits dieux de toutes choses. Les christianismes suggèrent l'amour absolu, le don total. Le résultat inattendu c'est que c'est le monde chrétien qui a créé les civilisations d'emprise sur le monde, de domination, d'agression de la nature, de prédation. C'est sans doute que l'amour absolu, même jusqu'au don total de soi, est encore une *action*.

RUINES *Le Haut-Bout, 22 mai 1987*

*L'oiseau petit   le premier éveillé   un si léger murmure
l'oiseau presque rien   effleuré par la première douceur
    du jour
essaie de dire simplement qu'il va faire grand clair
et que depuis deux jours les arbres soudain sont vêtus
    de vert*

*Mais je n'arrive pas à oublier   le visage de la jeune
    femme
éboulé par l'angoisse   visage qui soudain tombe en
    ruine
le ruissellement des larmes si longtemps contenues
le mal à vivre qui se cabre   sachant pourtant que c'est
    en vain*

*Je me suis souvenu d'un automne de guerre   la petite
    ville bombardée
en 44   juste après Aix-la-Chapelle   Il pleuvait
Au premier étage d'une maison éventrée
un moulin à café mural subsistait   brillant sous la
    pluie*

*et dans ce qui avait dû être l'entrée   la loge du
    concierge
il y avait un vieil homme moustachu   étendu   déjà
    raide
Les gravats l'avaient saupoudré de poussière blanche
Je n'avais jamais vu un mort enfariné*

*Sur un visage défait les larmes laissent des traces
qui dessinent les chemins du malheur sur les joues*

MINIMES *Paris, mai 1987*

André Breton, homme inexpugnable, méritait un beau nom de rocher, le mot *brisant*.

Professeurs qui entrent dans un poème comme dans un moulin.

Ce qui en toi est le plus *toi*, crois-tu le posséder en propre ?

Mériter de mourir *inhabitué*.

L'étoile curieuse entre dans le puits pour voir ce qui s'y cache et trouve : son reflet.

Dans l'arbre de mars, avant les feuilles, un nid de l'an dernier ou de plus ancien temps : les vestiges d'Ur, les restes de Sumer, les ruines de Palmyre...

Avec l'âge, les journées de pluie froide d'un printemps théorique, comme les étés « pourris », ont la tristesse du définitivement perdu, un soleil qu'on n'aura plus jamais.

On me dit souvent : « Vous revenez de loin. » Je n'ose pas répondre ce que je sais : loin, c'est la porte à côté.

Où mène le chemin ? On ne sait pas. Mais à le prendre, certainement.

Quand on lui demandait ce qu'il attendait, « J'attends le moment où je n'attendrai plus », disait-il.

On voulait entretenir Thoreau, en train de mourir, de la vie éternelle. « Une seule chose à la fois, protesta-t-il. Je ne peux faire qu'une seule chose à la fois. »

Qui cherche la vérité la trouve, et s'en mord les doigts.

J.J., beau visage de ciel atlantique, changeant, passant du soleil au grain, de la bourrasque au calme, mais ne se passant jamais de passages.

Rencontré l'Enfer dans la rue : S., très vieux, mort demain, très amer. Mourir hargneux, quelle horreur !

Dieu, ayant créé l'Amérique, s'aperçut qu'il avait partout vu grand. Alors il créa le *chipmunk*, cet écureuil de poche, et le sema par milliers.

Je n'ai pas été semblable à un dieu comme me le proposait Satan, bon garçon. Mais j'ai survécu à la guerre dans les chars, fait l'amour à vingt ans avec G., qui en avait trente (le souvenir de sa voix me trouble encore). J'ai survolé les Alpes en télé-siège, regardé se coucher le soleil sur le Grand Canyon, écouté Bach interprété par Gustav Leonard et par Glenn Gould. J'ai écrit quelques poèmes que je crois justes, survécu (aujourd'hui depuis cinq ans) à l'ablation du poumon gauche. L'idée de la mort m'ombrage sans me gâter le vivre ni l'amour de Loleh. Et je sais que le destin n'a jamais dit son dernier mot jusqu'au moment du point final.

Dans un hôpital psychiatrique, un Napoléon qui se prend pour un fou.

Le jardin n'avait pas de nom, et il n'y avait ni espace ni temps entre un désir et son exaucement. Ce n'est que lorsqu'ils eurent le pressentiment qu'un jour ils en seraient chassés qu'ils lui cherchèrent un nom afin de parvenir (peut-être) à le retrouver, ou de pouvoir du moins l'évoquer. Ils le nommèrent Éden, ce qui veut dire Perdu.

La bombe en tombant riait aux éclats.

D'Orphée déchiré à Prométhée cloué, de Jésus crucifié aux otages fusillés, les centurions n'arrêtent jamais de jouer aux dés. La pièce depuis deux cent mille ans se joue toujours dans l'indifférence générale.

La lumière finissante des fins de soirée en été, la *Cavatine* du 13ᵉ Quatuor, le premier bain en mer quand l'eau fait 21 degrés, Giorgione, la ville d'Urbino, la villa Katsoura et le sourire de qui on aime — embellies qui au beau fixe feraient presque croire.

Résumons la chose : langes, draps, linceul.

L'« EXCURSION » DE
TCHERNOBYL *Paris, 10 juin 1987*

Je me fais tirer l'oreille pour être « pétitionnaire », mais je n'ai pas hésité une minute à signer un appel contre l'installation à Nogent-sur-Marne d'une centrale nucléaire. Cet appel avait été signé par Haroun Tazieff, des physiciens du Collège de France, l'évêque d'Évreux et des dizaines de « personnalités ». *Le Monde* y a fait écho en établissant un bilan très complet des risques que fait courir à Paris l'installation d'une centrale nucléaire à Nogent-sur-Seine, à cent kilomètres en amont de la capitale et de ses dix millions d'habitants. Signalant que les installations assurant « *en toutes circonstances* » l'approvisionnement en eau de Paris ne seront pas achevées au moment où on prévoit la mise en marche de la centrale, le collaborateur du *Monde* rappelle qu'en cas d'incident ou d'accident (que les expériences récentes, de Three Mille Island à Tchernobyl) montrent toujours possibles, la radioactivité des eaux (qui serait d'ailleurs le « moindre mal ») contaminerait pour une ou deux semaines l'approvisionnement de Paris, et que les eaux souterraines, elles, risqueraient d'être contaminées pour longtemps. Cela dans l'hypothèse du « scénario » le plus bénin, et compte tenu des vies humaines directement menacées.

Mais une fois établi ce terrifiant tableau des risques encourus, le même journaliste semble craindre que devant la puissance d'E.D.F. et le pouvoir gouvernemental et l'énormité des sommes déjà engagées, un tel appel ne soit pas entendu. Il ajoute : « *D'autres, plus réalistes, demandent qu'à risques exceptionnels [...] correspondent des précautions exceptionnelles.* »

Quel réalisme ? Ce que semble sous-entendre le rédacteur, c'est qu'il n'est pas réaliste pour une assemblée de pots de terre de prétendre arrêter la marche triomphale vers Paris du pot de fer nucléaire.

Mais est-il *réaliste* de jouer à la roulette russe la santé et la vie même des Parisiens ?

Est-il réaliste d'installer à cent kilomètres de Paris une centrale nucléaire quand une défaillance du matériel ou une faute humaine peuvent à l'improviste contraindre à évacuer une ville de dix millions d'habitants ?

Est-il *réaliste*, quand le désastre de Tchernobyl n'a pas fini de développer ses conséquences tragiques et que la France n'est pas en état de manque d'énergie électrique, d'installer une nouvelle centrale à la porte de Paris ?

On peut très bien comprendre, pour prendre un exemple, que Lech Walesa et les dirigeants de Solidarnosc estiment qu'il faut être *réaliste* en Pologne et ne pas prétendre que le « grand frère soviétique » n'existe pas. Mais si on veut être *réaliste* en France, il faut bien constater que la centrale nucléaire de Nogent ne nous est pas imposée par les armes d'un puissant voisin, mais qu'elle a été imaginée par des Français. Les Français peuvent, de façon *réaliste*, démontrer que cette idée est dangereuse, et s'employer à persuader l'opinion publique qu'il serait réaliste d'y renoncer. Le *réalisme* ici, ce n'est pas de s'incliner en silence devant les décisions des ingénieurs, des hommes politiques et des dirigeants. Ce n'est pas de se laisser intimider par les injures du professeur Pellerin, qui écrit : « *L'opposition à l'énergie nucléaire ne peut être que le fait d'ignorants ou d'imposteurs.* » Le *réalisme*, c'est de penser, comme le font beaucoup d'ignorants du Collège de France et d'*imposteurs* angoissés, que la vie, la survie et l'avenir de Paris valent bien qu'on s'arrête à temps sur le chemin de la folie — cette folie qui consiste à bâtir un Tchernobyl à portée de mort de Notre-Dame.

HEURE DES VISITES Paris, 19 juin 1987

Dans une chambre de malade il fait toujours un peu trop chaud
Nous avons parlé avec mon ami de la vie d'hôpital
de l'infirmière qui nous réveille à l'aube avec le thermomètre
de l'arrivée en grand arroi du Patron et de ses internes
et de l'éclatante santé des docteurs pleins d'autorité
parce qu'ils ont besoin d'être puissants pour pouvoir guérir
et d'être forts   si malgré tout plus rusée est la mort
Nous avons fait pour mon ami de très longs projets d'avenir
Il faisait semblant d'y croire   et j'essayais aussi
mais quand sur la feuille de soins au pied de son lit
j'ai lu son poids   maintenant   je me suis tu et j'ai pâli

En partant j'ai croisé dans le couloir une jeune fille si claire
(Rivière à truites où le soleil plonge perpendiculairement
un beau matin de juin à midi   L'eau chante frais sur les galets
et le martin-pêcheur agité nous passe presque sous le nez)
J'ai pensé que la jeune fille devait être nue sous sa blouse blanche
Elle a des yeux très pâles   Elle est miel et pervenche
Je me suis souvenu du jour   il y a très longtemps
assis avec mon ami qui s'en va   à la terrasse d'un café
il regardait comme moi passer les demoiselles en robes d'été

et il a dit en riant « Nous regardons passer la vie des autres »

Ça lui est bien égal maintenant De qui sont les paroles « Je ne manquerai pas au monde Le monde me manquera ? »

Mais que veut dire manquer pour le manque lui-même[1] ?

LES HOMMES
EN DEHORS *Paris, 10 juillet 1987*

Je finis par les connaître de vue presque tous, les clochards du quartier. Je les retrouve en ce moment sur les quais, près des emballages de carton qui leur servent de literie la nuit et qu'ils rangent sous les ponts. L'hiver, ils sont d'habitude au coin de la rue de l'Ancienne-Comédie et du boulevard Saint-Germain, couchés sur la grille d'aération du métro d'où montent les miasmes d'une bonne chaleur malsaine, armés de litres de rouge et matelassés de vieux journaux, striés de barbe et de saleté, bourgeonnants, puants, majestueusement ailleurs au milieu des passants et du flot de la circulation, race à part, enfants de Caïn ou Pieds Nickelés, qui ne reconnaissent pas les souverainetés de l'État ou de la Ville. Ils changent parfois de refuge, parfois la police les embarque, les douche, met leurs vêtements dans l'étuve pour les épouiller, leur donne une soupe, et les relâche dans l'hiver et la sauvage liberté des trottoirs. Jungle qu'ils

1. (Hubert Juin est mort le 3 juillet 1987.)

ont choisie, que ce soit l'ancien comptable, l'ancien professeur, le maçon qu'on a dû trépaner et qui depuis n'a jamais pu travailler ni voulu rester à l'hospice : hommes dont on ne sait pas s'ils sont au rebut parce que la « société » les a rejetés ou parce qu'ils ont craché hors d'eux la « société », élisant une petite société à eux, la communauté ivrogne et noire de crasse de la « cloche ».

Ceux qui s'occupent d'eux, médecins et animateurs d'asiles de nuit, me disent que neuf sur dix ont *choisi* la cloche, et ne souhaitent qu'y rester. Mais que veut dire *choisir* le malheur, la misère, la maladie ?

Chaque fois que je les contourne pour passer sur le boulevard Saint-Germain, je pense à la Cité des Morts du Caire. Ses habitants ont-ils choisi leur destin ? Au Caire, les gens « aisés » bâtissaient pour leurs défunts mieux que des caveaux de famille, de petites villas pour morts. On y allait la nuit du jeudi au vendredi manger et boire en souvenir des disparus. Les fellahs chassés par la misère et la guerre de la zone du Canal, paysans sans terres, ouvriers sans usines, ingénieurs sans chantiers, poussés vers la capitale avec l'espoir (déçu) de travail et d'embauche, ont petit à petit occupé ces Cités des Morts. Le cimetière Al Quarafa, ses mosquées en ruine, ses cénotaphes surpeuplés, ses tas d'ordures couverts de mouches vertes et d'enfants demi-nus, pas de tout-à-l'égout, pas d'eau, pas d'électricité. Un million d'habitants. « Où vivez-vous ? — Chez les morts. » On paye des pas-de-porte pour s'installer chez un mort dont le locataire déménage.

J'ai lu les mille et une descriptions des enfers et des malheurs des trépassés, du séjour souterrain de Yama, dans l'*Usha Upanishad*, au *Sheol* des Hébreux, de l'Hadès à l'Enfer de Dante, des supplices de « *l'enfer du chaudron de fer* » tibétain à « *l'enfer de la chaleur cuisante »* du *Mahayana*. Les enfers sacrés manquent somme toute d'imagination. Ils copient sur les enfers d'ici-bas.

LA CHUTE DES CORPS *Le Haut-Bout, 11 juillet 1987*

> *Dans le ciel à perte de ciel*
> *l'étoile filante tombe en silence*
> *et continue de tomber dans le noir*
> *J'entends le bruit mat de sa chute*
> *quand elle tombe enfin dans l'herbe*
> *sur le pré du verger derrière la maison*
> *Une étoile de plus qui tombe n'importe où*
> *à moins que ce ne soit simplement*
> *une pomme distraite et fatiguée*
> *qui s'est dit « Je suis mûre*
> *et dois enfin me détacher »*
> *Ainsi fit autrefois l'étoile encore tombante*
> *qui se détacha de son nuage d'hélium*
> *il y a plusieurs milliards d'années*
> *(Le temps exact qu'une pomme*
> *a mis pour toucher l'herbe dans un bruit mat*
> *sur le pré du verger derrière la maison)*

MILAN
ET VERA *Paris, 12 juillet 1987*

Avant que tous les quatre quittions Paris, dîner avec les Kundera. Le grand jeune homme ironique que j'ai connu dans la Prague de Novotny, tête de file des frondeurs et mauvaise tête pour les « dirigeants », est devenu un peu moins gai, pas moins ironique, et le plus célèbre des exilés tchèques.

Les opposants restés là-bas, les dissidents ou les nostalgiques en exil lui font mille reproches, d'ailleurs contradictoires : d'avoir tiré délibérément un trait sur son passé — qui est en fait plus qu'honorable. Son histoire est celle de toute une génération, née à l'esprit dans le stalinisme, qui en découvre vite l'horreur, luttera contre « à l'intérieur », puis sera rejetée à l'extérieur, ou dans l'« émigration intérieure » de l'indifférence amère. On reproche à Milan d'être un solitaire, de s'être voulu autonome, indépendant des groupes, tendances, factions et fictions de l'émigration. On lui tape sur les doigts pour son « libertinage ». Les grands tirages et la gloire internationale n'arrangent évidemment rien.

On n'emporte pas sa patrie à la semelle de ses souliers, mais on emporte sa langue. Milan et Vera en France, c'est une mini-Bohême ou mini-Slovaquie, une petite principauté combattante de la langue tchèque. D'où les soucis, les souffrances et les obsessions de Milan avec les traductions de ses livres, qu'il écrit en tchèque, la langue qu'il parle constamment avec Vera. En même temps que citoyens du monde, célèbres à Rome, à Paris, à New York et à Stockholm, Vera et Milan ont été déposés sur une île déserte, Robinson et Vendredi de leur Tchécoslovaquie intérieure.

Lutte acharnée de Milan pour contrôler ses traductions, après l'amère découverte que son premier livre était plutôt « réécrit » que traduit en français. (François Kérel n'était pas encore son traducteur...) Il me disait : « Quand je me suis aperçu de ce qu'on me faisait dire, c'est comme si je m'étais cru habillé en gris et me découvrais dans un miroir déguisé en clown. »

Non, je ne crois pas que Milan ait oublié sa patrie, ait effacé son passé et trahi ses racines. Son attitude me semble toute différente. De son for intérieur, Milan a fait un fort intérieur. Il s'est tendu, durci, pour répondre à l'agression. Vengeances d'État, ignobles : toutes les matrices des admirables enregistrements de son père, un grand pianiste, détruites pour « punir » Milan. Sa vieille mère mourante, assiégée, isolée, circonvenue, emprisonnée dans son agonie même pour la dérober un peu plus au fils lointain.

Que nous avons pu rire, quand il n'y avait pas tellement de quoi rire à Prague, avant le Printemps si bref ! Milan, Josef Skvorecky, Antonin Liehm, les amis sarcastiques de *Literarny Noviny* étaient les plus gais compagnons d'Europe, *spirituels* comme on n'a plus guère d'esprit en Occident depuis Chamfort et Karl Kraus.

Je me souviens aussi du Milan « interdit » de l'après-Printemps, le Milan « non existant » de la *normalisation*. Un ami resté à flot lui avait trouvé dans un magazine la chronique astrologique, signée bien sûr d'un pseudonyme. Un des dirigeants importants du Parti suivait avec passion les prédictions de l'astrologue hebdomadaire. Elles lui paraissaient si justes qu'il voulut obtenir une consultation particulière. L'ami consentit à l'entremettre. Milan se fit payer très cher. L'horoscope que Milan masqué établit pour le bureaucrate inquiet et crédule est un des grands moments comiques de sa vie.

Nous avons ri aussi (d'un rire un peu noir) le jour du 1er Mai qui suivit l'occupation russe, après avoir assisté au maigre défilé officiel sur Vaclavske Namesty, de revoir le cortège à la télévision, impudemment truqué, les mêmes plans repassant indéfiniment sous des angles différents, le cadrage serrant sur les rares groupes, laissant ignorer le vide et les déserts. Les médias des pays « socialistes » sont passés maîtres dans l'art de la retouche photographique, du truquage des documents, de la *disparition* sur les clichés des disparus déjà exécutés.

L'humour de Milan, son originalité d'esprit pensivement provocante. Il réfléchit sans hâte, d'un pas de montagnard. Son rire, ses paradoxes, quand je l'écoute, il me semble que c'est d'abord une forme de courage. Quand il a l'air d'opérer un « repli élastique », c'est la volonté de ne pas accepter le terrain que l'adversaire voulait lui imposer.

L'exil est impie, disait l'homme-rocher de Guernesey. C'est aujourd'hui l'impiété la mieux partagée du monde. Il n'y a même pas besoin d'être poussé hors des frontières de sa patrie pour se sentir en exil.

MINIMES *Le Haut-Bout, juillet 1987*

Devise pour un dictateur : « *Il est défendu de parler au conducteur.* » Devise pour un dictateur russe : « *Il est dangereux de se pencher au-dehors.* »

Le mal de chien qu'on a à entrer dans des espadrilles neuves. À peine s'y est-on fait que déjà elles nous lâchent. La vie, comme elles.

Nietzsche dit qu'« *une plaisanterie est l'épitaphe d'une émotion* ». Il me semble que l'humour ne tue pas les émotions mais les apprivoise. Le sourire rend presque supportable ce qui reste douloureux, une émotion vivante.

Par temps clair, hiver pur, été sec, la plus belle lumière est celle de la fin du jour, rasante, intense, dorée, sœur vive des ombres longues et promesse du repos de la vie. Rembrandt suggère qu'il peut y avoir des fins de vie éclairées de cette lumière-là, vies de vieux hommes « *rassasiés de jours* », et que douleur, joie et sagesse ont passées au tamis.

Il ne se contredit pas suffisamment pour être vraiment intéressant.

Les oiseaux, les chats et les animaux en général (mais j'observe plus les rouges-gorges et les chats que les guépards ou le fourmilier) consacrent plus de temps à la séduction, aux parades nuptiales, aux approches, aux jeux, aux prémices, aux fiançailles qu'à l'étreinte même. L'amour courtois est une invention de la zoologie.

Les leçons que j'ai tirées de mes erreurs, de mes fautes et de mes échecs me sont aussi précieuses, et parfois davantage, que ce que m'ont enseigné deux ou trois accomplissements possibles.

Un des plus grands bonheurs : donner ce qu'on ne possède pas, ou qu'on ne possédera qu'en le donnant. L'espoir, quand on désespère. Le courage, quand on n'est que peur. La paix, quand on n'est que tumulte. Et la maîtrise de soi quand on n'est qu'une insurrection de Ça hirsutes.

LIEUX QUE J'AIMERAIS
VISITER (MAIS IL Y A
PEU DE CHANCES) *Le Haut-Bout, juillet*

L'endroit exact du labyrinthe où l'on entend très loin les pas du Minotaure en apercevant tout près la lumière de l'issue.

Le cimetière au grand fond de la mer, où le Capitaine Némo ensevelit ses compagnons morts à bord du *Nautilus*.

La falaise de marbre au nord-est de Delphes dont l'écho, au lever du soleil, le dimanche de Pâques, renvoie en grec ancien les phrases murmurées dans une autre langue.

La maison du 13 de la rue Traversière à Saint-Cosme-sur-Sourcelle. Sa façade donne sur l'été d'aujourd'hui et les fenêtres de derrière s'entrouvrent sur un matin de neige de 1926.

Le jardinet clos, fouillis de lupins, de roses trémières et d'herbes folles, où j'ai rêvé que je rencontrais Loleh, silencieuse, la nuit qui suivit le jour où je l'ai rencontrée « pour de vrai » après une longue éclipse, et où me vint le désir de ne la plus quitter.

La *catiche* (du français ancien « se catir » — se blottir, se cacher) où se catissent une loutre et son petit au bord d'une eau vive, pure et froide.

L'ENFANT
ET LA MORT *Paris, 23 juillet 1987*

Avant-hier, dans la maison de Claude Winter et de Catherine, on venait de ramener le corps de Claude. Il avait comme moi, la même année, été atteint d'un cancer. Il avait guéri, comme moi, et comme moi il avait repris vie, activité. Il a suffi d'un chauffard du samedi soir, un peu-beaucoup *bu* : Claude a été tué. Dans la maison du deuil, la petite-fille de Claude, cinq ans, jouait son rôle à merveille. L'enfant refusait la mort, le chagrin, le deuil. Elle avait décidé, on aurait dit délibérément, d'ignorer les visages défaits, les larmes, ces étreintes des survivants qui s'embrassent et se serrent, comme pour se maintenir les uns les autres sur la rive. Elle jouait, riait, chahutait. J'avais même le sentiment qu'*elle en faisait* pour distraire les affligés, pour les secouer hors de leur douleur. Et c'était très bien ainsi, la vie refusant la mort, refusant de la voir, refusant ce savoir.

Un jour un camarade d'école de mon fils n'est plus revenu en classe et, après quelques semaines d'absence, on a appris que Frédéric était mort. Paul-Emmanuel n'en a parlé qu'à peine pour m'annoncer la nouvelle. Il n'a pas fait de commentaires, n'a posé aucune question. Frédéric était mort, c'était tout. C'est beaucoup plus tard, plusieurs semaines après, qu'il m'a posé la question que je n'attendais pas. « Avant d'être né, est-ce que tu crois qu'on est comme après ? » Je n'ai pas compris tout de suite la question, et bêtement j'ai dit : « Après quoi ? » Paul-Emmanuel a haussé les épaules, agacé par mon épaisseur d'esprit. « Après, quand on est mort », a-t-il dit.

Une fois de plus, je n'ai pas su que répondre. J'ai dit que je ne savais pas. Ce qui est la vérité.

J'ai pensé à cette phrase étonnante de Maurice-Roche : « *On devrait mourir d'abord, et vivre ensuite.* »

MINIMES *Belle-Île, août 1987*

L'expérience de Salk. Dans la pouponnière où pleurent les bébés, Salk fait passer dans leurs oreillers l'enregistrement des battements d'un cœur d'une femme. Comme un seul petit d'homme, les bébés cessent de pleurer. On fait passer ensuite les battements de cœur d'une femme en proie à une violente émotion. Cris et larmes rejaillissent de plus belle. Musique et poésie *agissent*-elles autrement ?

Un jour à marquer d'un glaçon blanc d'eau de mer : j'ai croisé le matin les yeux très pâles d'un chien de traîneau, un *huskie*, et le soir ceux d'une très belle jeune fille, aussi pâles et clairs.

Mais qui a eu l'idée de conduire un chien de banquise sous nos latitudes ? Ça me fait penser à ces lamas tibétains qu'on rencontre dans des lamaseries installées dans des châteaux suisses, ou à Freda, la dame-lynx qu'on avait lâchée en liberté dans le Jura bernois. Elle revenait si souvent voir les humains qu'on lui a fait grâce. On l'a replacée en captivité dans un parc animalier. (Le premier lynx remis en liberté dans une forêt française a rencontré le lendemain matin un chasseur français. Lynx amical, tireur rapide, la lutte était inégale. Le lynx est mort et le chasseur est fier.)

D'un verset au suivant, *L'Ecclésiaste* dit noir et dit blanc. Voilà pourquoi c'est un des livres les plus vrais du monde.

POÉSIE *Kerdavid, août 1987*

Les poètes hésitent (et alternent) entre deux images : celle de l'Inspiration, en grand uniforme de Muse, dictant le poème au Poète visité ; celle de l'artisan dans son atelier ou son laboratoire, armé de sable à polir les lentilles, de tournevis à serrer les boulons et d'une lime à réduire les chevilles. Le poète habité, de la Pythie à Hugo et de Blake à Breton, fait semblant de ne pas connaître, quand il le rencontre, le froid technicien, le réparateur de vers cassés. L'Inspiré dit, trop modeste pour être honnête : « Je n'y suis pour rien : la voix d'ombre m'a *donné* ce poème. » L'Ouvrier, de Guillaume de Machaut à Valéry, dit : « Il n'y a aucune magie. Ce n'est qu'une affaire de travail. »

Je les soupçonne tous de *poser* un peu. Le travail volontaire sert à faire surgir le poème qu'on n'attendait pas et à l'accomplir quand il a surgi. Et sans la dictée intérieure, sans la Voix d'ombre, sans l'inconscient, sans l'écriture dite « automatique », l'horloger n'aurait rien à ajuster et à régler.

Yang Wanli, un poète de la dynastie Song, expose en quatre vers un art poétique que je fais volontiers mien :

Outils du poète, le pinceau, le papier.
Mais ce n'est pas ça qui fait un poème.
Un homme ne va pas à la recherche d'un poème
c'est le poème qui part à sa recherche.

On dirait que, pour beaucoup de poètes, la poésie aujourd'hui est essentiellement l'art d'aller à la ligne. Comme si, d'un « à la ligne » à l'autre, les mots cernés de vide prenaient plus de valeur. C'est en général le contraire, hélas !

Même pour la commodité du langage, distinguer le fond de la forme, le thème du style, est aujourd'hui du dernier commun. Mais ce qui me frappe pourtant, c'est que, dans le domaine de la forme (ou de l'informe), tout semble permis en poésie : en l'absence de règles reconnues ou re-créées, le n'importe-quoi et le n'importe-comment sont la règle. Il est interdit de s'interdire quoi que ce soit. Est poème ce que le poète a décidé être poème comme, pour l'artiste minimaliste, une tranchée dans le désert ou un rocher peint en rouge sont des œuvres d'art, comme pour Christo l'emballage du Pont-Neuf est une *création*. Mais en ce qui concerne les sujets, les thèmes, le « fond », les interdits sont redoutables. La poésie narrative (l'affreuse « anecdote »), la poésie didactique, la poésie épique, l'élégie, autant de « défense de ». Bien entendu, les bons poètes se moquent de ces règlements tacites. Yves Bonnefoy, un des très grands de notre temps, se permet tout ce qui est *défendu*. Ce qui le sauve et nous sauve de cet ennui profond que dégage la poésie si « pure » qu'exsangue.

Il y a deux manières d'obtenir « l'effet d'ancien » : le pastiche d'un style « d'époque », ou l'imitation de *« l'irréparable outrage du temps »*. Eugène Berman, avant la guerre, travaillait ses tableaux pour leur donner l'aspect d'œuvres attaquées par les vers, salies, grattées, vermoulues, repeintes, traversées de rafales d'armes automatiques. De même, André du Bouchet, qui a écrit d'admirables poèmes, s'applique maintenant à donner à ses écrits l'aspect de fragments, d'inscriptions antiques, subsistant ici et là sur des tessons de tablettes, textes rongés par les blancs, les manques, la ruine des siècles. L'effet de mystère, d'énigme, « l'effet d'ancien » séduit au début. Puis la surprise s'émousse, le *truc* apparaît, et le lecteur navré voudrait voir revenir André du Bouchet, et non plus en débris, mais en chair et en os, entier.

Dans le livre du professeur John Brough sur la poésie sanskrite, je trouve les prescriptions de vie que

Rajasekhara (xe siècle) tient pour nécessaires au poète. Cela va de l'étude des lexiques, dictionnaires et traités de prosodie aux soins du corps et des ongles ; de la conduite à tenir envers les confrères au choix des oiseaux dont il faudrait s'entourer (paons, colombes, hérons cendrés, perroquets, canards) ; de l'emploi du temps quotidien, alternant ablutions, prières, lectures, repos, entretiens, volupté, sommeil, aux conseils sur la façon de faire l'amour, de maintenir la maison fraîche pendant la saison chaude et d'obtenir la qualité de silence que le poète doit exiger de ses serviteurs et de ses femmes.

De toutes les prescriptions du *Katya-mimamsa*, la plus importante me semble être celle qui exige moins de ressources et d'argent que toutes les autres. Rajasekhara demande au poète de se garder « pur ». C'est en effet, dix siècles après lui, la condition première du travail de poésie, la plus nécessaire et la plus difficile. Essayer de laisser reposer et se filtrer l'esprit, attendre le moment où le tumulte, l'accidentel, la poussière des jours, la pollution de l'esprit, la nervosité vaine ont enfin laissé place au calme intérieur, à cette *pureté* qui laissera parfois surgir du profond les vraies images et les mots justes.

C'était au fond le sens des conseils que me donnaient deux amis dans mon jeune et trouble âge, quand Paul Eluard me disait : « Écoute-toi mieux », et Elio Vittorini : « Tu seras toi-même quand tu auras la patience de l'être. »

Ce matin, très tôt, j'écoute un rouge-gorge qui chante dans le vieux prunier, ou sur le mur un peu éboulé qui est derrière l'arbre. Je l'écoute comme on écoute un confrère poète, depuis que Robert Burton, l'ornithologue anglais, m'a appris que le chant du rouge-gorge mâle obéit à des règles formelles. Il découpe son discours en strophes consécutives. Dans chaque strophe, les motifs sont chaque fois différents. Les motifs consécutifs sont chantés alternativement haut puis bas. À condition d'observer ces règles de structure, un chant de rouge-gorge produit par un synthétiseur déclenche chez l'oiseau qui l'entend les réactions qu'il aurait s'il était lui-même le chanteur...

Quand je pense qu'il m'arrive parfois de reprocher à mon ami Jacques Roubaud un excès de *formalisme* ! Un modeste rouge-gorge pratique des formes fixes plus complexes que toutes les savantes contraintes que Jacques Roubaud peut s'imposer.

À propos de rouge-gorge, les chercheurs d'un laboratoire d'Ornithologie du Muséum ont joué l'an dernier un tour pervers à un de ces sympathiques oiseaux. Ils ont enregistré le chant glorieux d'un mâle sur son territoire, le discours qui veut dire à peu près : « Je suis chez moi, je protège ma femelle, ma nichée, mon domaine. » Une heure plus tard, ayant installé un baffle sur ce domaine, ils ont repassé la bande. Le rouge-gorge s'est cru défié par un rival (qui lui ressemblait comme un frère). Il a recherché le haut-parleur, furieux, et à coups de bec féroces l'a réduit au silence.

L'ÉTONNEMENT *Belle-Île, août 1987*

Que fait dans cette lande de bruyères et de mousses
entre le ciel de vents et la mer marmonnant
que fait l'oiseau très fin   petit   extrêmement modeste
si vite dérobé dans les buissons rampants ?

*J'entrevois seulement une exclamation rose
probablement le jabot d'une fauvette pitchou ?
Que fait l'oiseau minuscule au bord de l'océan
   immense ?*

*Mais moi   qu'est-ce que je fais en ce moment
dans cet encombrement d'étoiles et de planètes ?
J'ai bien cru que le prof allait me mettre à la porte du
   cosmos
ce qui donne toujours   (même si on plaide l'innocence)
l'impression qu'on a dû faire quelque chose de mal
Il est très difficile de distinguer ce qui est à l'origine
du sentiment vague de culpabilité.
           Est-ce qu'on se sent coupable
parce qu'on est puni par le malheur ? Est-ce qu'on est
   puni
parce qu'on est coupable ?   Sur cette question-là
seuls saint Thomas d'Aquin et Lénine
ont une opinion véritablement arrêtée
et savent d'un regard d'aigle localiser le mal
envoyant en Enfer ou bien au peloton
le pécheur endurci et l'ennemi de classe*

*La jeune femme qui disait l'autre jour   « J'accepterais
   d'être morte
pour ne plus voir près de moi tant de morts et de
   malheurs »
(J'avais lu la veille un poème de Byron
qu'elle ignore sans doute   « Whatever thou hast been
'Tis something better not to be »)   Quarante-deux ans
après être revenu vivant d'Auschwitz   après avoir écrit
avec calme et force et compassion la vérité de ce qu'il
   avait vécu
Primo Levi s'est donné la mort en se jetant dans la cage
   d'escalier*

Ni   l'oiseau très petit   ni le goéland au vol lent
ni le cormoran luisant qui se sèche dans le vent
ne se posent la question du Mal ou la question du Bien

Ô paix   Exister encore   Un souffle entre l'Être et la
   Nécessité
et ne pas demander   à qui ne répond pas
une consolation   (exactement de quoi ?)

Dans les yeux qui se ferment   de l'oiseau malade
ramassé dans l'herbe   mais qui va mourir
dans l'œil du cheval blessé par une bombe près de
   Weitzlar
(Il fallut l'abattre d'une balle dans la tempe)
dans l'œil de la chatte exténuée qui se desséchait
et n'était déjà plus qu'une écharpe de fourrure grise
comme dans le regard des humains morts à côté de moi
est-ce que je n'ai pas vu le même étonnement ?

S'écouler dans l'absence comme source dans le sable

MINIMES   *Belle-Île, août 1987*

Les dieux mésopotamiens ou le Jaweh de la Bible créent le monde de propos délibéré, après mûres réflexions. Il y a peut-être aussi de la vérité, une autre vérité, dans ce Créateur obscur d'un petit peuple indien de la côte Ouest : il *éternue* le monde, par inadvertance.

Loleh écrit souvent sur de tout petits bouts de papier. Affolé, ce matin, je vois ses notes s'envoler au vent dans le jardin. Vérification faite, ce sont ces grands papillons blancs piquetés à l'encre noire, dont l'ombre de Nabokov, invoquée, refuse de me souffler le nom.

Je sais qu'elle éclaire aussi les corps déchiquetés sur les champs de bataille, et dans les rues d'attentats.
J'ai pourtant envie ce matin de dire merci à la lumière du jour.

UN SEUL
POÈTE *Kerdavid, août 1987*

On a le sentiment parfois qu'il n'y a qu'un seul poète, à travers les temps, à travers les continents. Heureusement, ce n'est pas vrai, parce que l'univers serait monotone s'il n'y avait qu'*un* homme au monde. Heureusement, c'est vrai, parce que l'univers serait bien opaque si la ressemblance de tout ce qui vit n'était pas plus forte que la différence. Le professeur John Brough, qui fut un grand spécialiste de la littérature sanskrite (et un admirable traducteur), compare souvent la poésie profane du « Haut Moyen Âge » sanskrit à celle de Sapho, de Catulle, de l'*Anthologie grecque*. C'est le François d'Assise du *Cantique des Créatures*, le compagnon de Frère Soleil et de Sœur Eau, que je retrouve dans un poème « sacré » de Bhartrhari, mis en anglais par le maître de Cambridge, poème que j'essaye de re-produire à travers la cascade des langues, du sanskrit à l'anglais et de l'anglais au français :

Terre, ma Mère ; Air, mon père ; Feu mon ami ; Eau, cousine bien-aimée

et toi, Ether, mon frère, à chacun de vous
en faisant mes adieux je veux dire merci.
Vous m'avez tant donné pendant mon séjour
parmi vous. Le moment est venu. Mon esprit
regagne la clarté et le savoir final. Il va retourner
dans le grand Absolu d'où il était venu.

L'ODEUR DE
LA MER *Kerdavid, 10 août 1987*

*Au creux d'ombre du sentier côtier   fougères   leur
    fraîcheur*
dans l'après-midi de soleil vertical et de chaleur ventée
j'ai dormi après avoir marché de falaises en ravins
dormi un moment dans le ventre amical de terre-mère
et quand j'ai repris ma marche j'ai respiré profond
l'odeur violette de la mer

Il y a Chicoutimi   dans le nord-ouest du Canada
un Robert Roy qui est du même sang que moi
Sa fille m'a fait voir des photos de lui
Est-ce qu'il est mon portrait ?   Ou bien suis-je le sien ?
Les gènes d'un Roy de Saintonge émigré au XVIIe siècle
ont joué à saute-mouton selon les lois de l'ADN
*pour que la vie   avec son petit nombre de notes fonda-
    mentales*
*interprète   entre Chicoutimi et Jarnac   ce thème avec
    variations*
*Quelle heure est-il à Chicoutimi ? Est-ce que mon
    cousin Roy*
*dort ou dîne pendant que cet après-midi je marche entre
    la Biche et Port-Andro ?*

Mais si on commence à suivre un fil et puis un autre
dans le tissu que le temps tisse avec l'espace
on n'en a jamais fini   Il y a en ce moment
dans un torrent de l'Oregon une truite fario
dont les ancêtres ont croisé le chemin des miens
il y a quarante millions d'années   et on peut rencontrer
dans une forêt tropicale du Centre-Afrique
une guenon chimpanzé qui est ma cousine lointaine
Si je commence à remonter la piste
il y aura des millions et des milliards de passagers de la
     vie
qui ont fait l'amour   donné jour   et sont morts à leur
     tour
pour que ce jour d'été   dans mes septante-deux ans
je sente   en marchant sur le sentier des douaniers
qui fait le tour de l'île de falaises en valeuses
l'odeur violette de la mer

« ON A BIEN LE
DROIT DE RIGOLER
UN PEU »   *Belle-Île, août 1987*

   Les Noirs américains continuent à être en majorité un prolétariat ou un lumpen-prolétariat. Mais on ne lit plus dans les journaux, comme c'était le cas chaque matin (ou presque) quand j'ai été pour la première fois aux U.S.A., en 1947, que dans le Sud on avait « grillé » un nègre ou pendu sans façon un supposé « violeur ». C'est en France maintenant que la rubrique des faits divers est bien approvisionnée en crimes racistes. Un jour ce sont trois jeunes militaires un peu ivres qui torturent gaiement un Algérien dans un train, puis le jettent par la portière. Le lendemain un gamin arabe est abattu par un tireur d'élite qui s'estimait en légitime défense parce que le gosse faisait trop de bruit. Hier, trois adolescents tabassent un ouvrier tunisien sur la promenade du Paillon à Nice, l'achèvent à coups de pied et s'en vont s'offrir une nouvelle tournée. Le lynchage aux États-Unis avait besoin d'un prétexte. On accusait la victime d'une faute ou d'un crime, la plupart du temps imaginaire. La France républicaine a fait des progrès en fait de lynchage : la *ratonnade* à la française n'a pas besoin de prétexte. Il suffit que l'« individu » soit « basané ». Les tueurs sont toujours stupéfaits qu'on les arrête, qu'on les condamne. Leur *innocence* confond. « *Bornea en passant lui a décoché un coup de pied. Un autre l'a imité. L'Arabe est tombé. Après on s'est tous jetés sur lui.* » Les parents ne sont pas moins *innocents*. « *Ils ont voulu faire le coup de poing, c'est tout...* », dit un père. La mère d'un des assassins par distraction explique : « *On n'aime pas les Arabes, comme tout le monde en France, mais on n'a jamais dit qu'il fallait les tuer.* » On pense à ce que disait Hannah Harendt à propos d'Eichmann. Ce ne sont pas les *monstres* qui font le plus froid dans le dos, mais les tueurs « innocents » — la *banalité du mal*...

DE L'« UTILITÉ »
DES ARTS   *Belle-Île, août 1987*

Cet après-midi d'été, tout le monde ici est un peu artiste comme dans l'histoire anglaise tout le monde est pauvre : « Le papa était pauvre, la maman était pauvre, le maître d'hôtel était pauvre, le chef cuisinier était pauvre, les quatre marmitons étaient pauvres, les six femmes de chambre étaient pauvres, le chauffeur était pauvre, les jardiniers étaient pauvres... » Ici, tout le monde est « créatif », comme on dit en jargon actuel. Loleh travaille. Cécile dessine. Julia écrit une lettre. Je griffonne. Una, la chatte noire elle-même, posée avec soin sur un petit cercle de table où elle ramasse et serre avec une avarice pincée ses quatre pattes et son derrière, aussi économe d'espace qu'un hélicoptère atterrissant sur un mouchoir de poche, la chatte elle-même penche de droite et de gauche la tête en examinant ma plume qui griffe le papier blanc. Elle a la gravité concentrée d'un vrai créateur : elle *participe* intensément à mon travail, ce travail qui pour moi n'en est vraiment pas un. Dans la pièce à côté, la petite fille lève le nez de sa lettre.

— Dis, Claude ? Est-ce qu'une lettre c'est encore une lettre si ça raconte une histoire au lieu de parler du vrai ?

Je débrouille la phrase, un peu obscure :

— Tu veux dire qu'au lieu de lui donner de tes nouvelles, tu t'es mise à inventer des choses en écrivant à ton amie ?

— Je me suis mise à raconter un conte. C'était une espèce d'enivration. Toi aussi, ça t'arrive ?

— Heureusement, ç'a m'arrive encore. Ça doit être ça l'inspiration...

— Je ne sais pas d'où ça vient, dit-elle, pensive.

— On ne sait jamais très bien.

Écrire des histoires où on ne parle pas tout à fait « du vrai », ou bien on parle du vrai avec du pas exactement vrai, dessiner les images de ce qui n'existe pas en se servant de ce qui existe, c'est toujours un peu la rencontre de deux questions : l'enfant qui dit « je ne sais pas d'où ça me vient », l'autre enfant qui demande : « J'ai envie de quelque chose. Dis-moi quoi, toi... »

J'ai toujours sur ma table une chemise où je mets les lettres d'enfants auxquelles je me promets de répondre. Mais la plupart des lettres sont des chapelets de questions, et si j'entreprenais d'y répondre question par question, ma correspondance serait un vrai tonneau des Danaïdes, une entreprise désespérée. « *Où habitez-vous ? Avez-vous des enfants ? Avez-vous des animaux ? Saviez-vous que vous feriez écrivain quand vous aviez notre âge ? Vous ennuyez-vous quelquefois ? Est-ce fatigant d'écrire ? Est-ce que vous appelez votre femme Claude Reine ?* » Heureusement, quelquefois l'interrogatoire amical s'interrompt, le correspondant parle de lui et m'oublie un peu : « *J'espère que vous voudrez bien que je te tutoie. J'aime bien tes livres parce que je te trouve très imaginaire.* » Mais le questionnement reprend vite : « *À quel âge as-tu commencer à rencontrer des histoires ? Est-ce qu'un écrivain peut se mettre dans le cœur des enfants ? J'aimerais que tu nous dises pourquoi tu as écrit ce qui te passe par la tête, etc., etc.* » Les lecteurs font alterner l'éloge et le blâme : « *Ta poésie, je la trouve comme une vague, ça monte, ça descend, ça s'énerve, ça se calme mais s'est toujours aussi joli. J'ai moins aimé ton autre livre, cela fait plus avare, plus sérieux, le texte est dur à comprendre. Je crois qu'entre amis, on peut dire ce qu'on pense, ce qu'on aime, ça part* (sic) *de mélancolie et de rêverie.* » Et puis les aveux, les confidences d'un homme de métier à un homme de métier : « *Est-ce que c'est pour vous pareil ? J'aime bien raconter parce que des fois on s'endort sur le compte et qu'on s'y croirait et des fois ils sont vrais et ça nous instruit. Avez-vous des problèmes pour écrire ce qui n'est pas vrai ? Mami et Papi me disent que je ferais mieux de me rendre utile à maman plutôt que d'inventer des histoires qui ne sont pas arrivées.* »

Nous y voilà, j'attendais ça, même entre six et douze ans, plof ! la fameuse question : « Ça sert à quoi l'art, la littérature, le *très imaginaire* ? » et coucou, les voilà, une Mami et un Papi très utilitaires, qui voudraient qu'on « se rende utile »... Il n'y a pas que cette Mami et ce Papi-là, il y a le Souverain, l'Église, l'État, le Parti, il y a le Grand Empereur Jaune des origines chinoises, qui fait brûler les livres ne servant à rien (ou qui ne le servent pas comme il veut), il y a Savonarole et Jdanov, qui ne veulent que d'un art qui « élève », vers Dieu, vers le Chef Bien-Aimé, il y a Bossuet et Tolstoï qui demandent à l'Art de faire notre salut, il y a cette foule obstinée à travers les siècles des Mami et des Papi qui regardent avec méfiance et tristesse ces bons à rien qui ne font rien de bon de leur temps, les artistes. C'est ce que redoute à mon sujet une Véronique de dix ans qui m'écrit : « *Mon ami brave poète, vos poèmes sont extra, je n'arriverai pas à en écrire d'aussi bien, mais vos histoires mettent du désordre, est-ce que vous ne pensez pas qu'une histoire de gens mauvais ou sales peut donner des idées mauvaises ou des saletés ?* » Pincé ! Derrière cette petite fille qui a de l'affection pour « *mon ami brave poète* », se profile une personne d'ordre qui aime que chaque chose soit à sa place et que la propreté règne, alors qu'en se laissant aller à être « *très imaginaire* », on crée la pagaille et encourage la saleté. Dès la nuit des temps, les Empereurs chinois ou les usurpateurs n'arrêtent pas de faire mettre à mort des poètes et des lettrés coupables d'avoir créé du désordre ou fait naître des pensées subversives. Au Moyen Âge, on envoie au bûcher les porteurs de plumes soupçonnés d'hérésie. Dans la France de 1940, Gide est accusé d'avoir provoqué la défaite. Pendant les règnes de Staline et de Mao, il y a presque plus d'écrivains ou d'artistes en captivité au Goulag qu'en liberté surveillée à l'Union des Écrivains ou à l'Union des Artistes.

Mais la question que me posent (et se posent) mes amis enfants, c'est la même sempiternelle question que lancent périodiquement les intellectuels en mal d'incertitude ou les périodiques en mal de copie : « Pourquoi écrivez-vous ? » Et comme presque toutes les questions importantes, c'est évidemment une question sinon sans réponse, du moins sans réponse unique, et sans réponse claire. Si l'invention d'une « histoire », la création d'une « image », l'organisation d'une musique sont justement la réponse à cette envie qui ne savait pas ce dont elle avait envie, c'est que « l'artiste », lui aussi, s'est mis en route avec *« l'envie de quelque chose »*, mais qu'il ne concevait pas très clairement, et que c'est précisément pour parvenir à le représenter et à lui donner la forme, à ce *« quelque chose »*, qu'il s'est mis au travail. Comme lorsqu'on est égaré, perdu, en exil dans une forêt, on se met en marche vers ce qui semble être la direction de la liberté, de l'espace libre et reconnaissable, sans être tout à fait sûr que c'est le bon chemin, mais il faut essayer.

Il y a bien sûr une *utilité* immédiate de ce qui est « *très imaginaire* ». Lorsque Attila entre en Italie, il découvre aussitôt cette utilité. Les villes où il passe sont remplies de peintures qui représentent des empereurs romains aux pieds desquels, suppliants et enchaînés, se courbent des rois barbares, vaincus et assujettis au joug romain. Attila fait aussitôt peindre un tableau le représentant avec, à ses pieds, suppliants et enchaînés, les empereurs romains. Quelques mois plus tard, il entre dans Milan en vainqueur. Les Romains sont en déroute. Ils l'étaient déjà « en peinture ». Une peinture politiquement « utile ». Mais il est vrai que, la plupart du temps, nous ne savons *pas très bien à quoi peuvent servir* les arts. À nous faire chaud au cœur ou clarté à la tête ? Mais il y a des froids si froids que la chaleur des mots ou le feu des signes semblent dérisoires et nous laissent grelottants.

RÊVERIE
D'ANNIVERSAIRE   *Kerdavid, vendredi 28 août 1987*

Que m'avait-on promis ?   Qui donc fit la promesse ?
     Qui ne l'a pas tenue ?
Es-tu sûr que quelqu'un t'ait donné sa parole ?
     Es-tu sûr qu'on l'ait oubliée ?

Ne sais-tu pas que ce léger matin   l'été (déjà l'automne)
     les papillons sur les lupins
les abeilles au travail qui se balancent sur les lavandes
     une tourterelle qui vocalise tout près
ne sais-tu pas que la brise dans le lierre de l'ormeau mort
     la chatte noire dans l'herbe verte
la pensée de Loleh absente croisant ta rêverie
     et ce presque-bonheur de la mélancolie

c'est cela que tu attendais ?   Ne poursuis plus la promesse perdue
     les visages effacés   la maison disparue
Ne sais-tu pas que c'est cela que tu cherchais
     la réponse   l'acquiescement   cette timide éternité
          sœur silencieuse de l'oubli ?

PASSAGES *Kerdavid, août 1987*

La grande mer plate, calme, solaire, à peine frissonnante, et cette paix quelquefois, qui fait de l'esprit, pendant un instant, un miroir étonné d'un ciel transparent.

Une expérience angoissante, les hémorragies de la durée, ces moments où le temps en nous semble fuir à une vitesse folle, comme une bande de magnétophone passant à l'accéléré, le son dérapant dans un gargouillis de cataracte. Je suppose que cet *état* est provoqué par les drogues, parce que je l'ai connu à la suite d'anesthésies chirurgicales, et que je le trouve décrit avec une grande précision par Artaud dans *Le Pèse-Nerfs* et par Michaux dans *Misérable miracle*, deux livres qui sont en grande partie, ou en totalité, des témoignages sur les effets des drogues.

Comme, depuis longtemps, plus personne ne me raconte d'histoires avant que je m'endorme, je me les raconte à moi-même. Quand elles sont réussies, je m'endors avant la fin, que je ne connaîtrai jamais.

Quatre grandes familles d'esprit : ceux qui disent *je*, ceux qui se disent d'eux-mêmes *tu*, ceux qui se disent *vous*, ceux qui se parlent à la troisième personne.
Sans compter ceux qui préfèrent ne pas s'adresser la parole.

J'ai cru que la torche électrique allait faire disparaître la lueur du ver luisant, mais un petit point vert s'obstinait dans la clarté brutale à briller au cœur du brillant même.

Ce philosophe passa sa vie à calculer avec une grande balance le poids comparé des bonheurs de vivre et celui des souffrances. C'est seulement avant de mourir que l'idée lui vint que, même si le plateau des joies l'emporte sur celui des douleurs, ça ne *change* rien.

On devrait avoir une fois par an le droit de se souvenir dans l'autre sens. Par exemple se souvenir de la petite fille pas encore née dont on fera la connaissance pour l'anniversaire de ses sept ans. Ou bien se souvenir de la musique qu'est en train d'écrire un musicien qui la dirigera trois ans après ma mort.

J'ai emporté sur l'île bretonne des poèmes sanskrits, ceux de Su Dungpo, un choix d'un poète gallois du xive siècle, Dafydd ap Gwilym, et un sac de livres récents. Mais les Indiens, le poète chinois de la dynastie Song et les poèmes gallois sont plus mes contemporains que neuf sur dix des livres frais, déjà rassis.

Les historiens de la musique nous disent que si Haydn a écrit la *Symphonie des adieux*, où les musiciens un à un quittent le pupitre, jusqu'à ce que le dernier sorte sur un accord final, c'était pour presser le comte Esterhazy, son « patron », de retourner à Vienne et de quitter enfin l'ennui de sa résidence d'été. Mais Haydn en tout cas dit plus que cela : sa symphonie n'est-elle pas l'image de la vie ?

DERRIÈRE LE
SILENCE   *Le Haut-Bout, 5 octobre 1987*

Le silence d'automne écoute le silence
C'est un silence de soleil   tissé de bruits légers
Le froissement d'ailes de deux tourterelles turques
Elles s'envolent de l'ormeau   et traversent le jardin
Un chardonneret rouge jaune noir blanc picore les graines
d'un chardon gris-bleu entre les reines-marguerites naines
Vers la forêt un vol d'étourneaux se plie et se déploie
en mouvements capricieux pleins de grâce et gaieté

Pourquoi est-ce que je pense à mon ami malade ?
Il est revenu du lager   Il semblait presque libre comme nous croyons l'être
Il est désormais emmuré dans son corps
prisonnier de l'hôpital   où les oiseaux ne volent pas
Pourquoi est-ce que je pense à Primo Levi
qui lui aussi est revenu du lager
et a lui aussi raconté la mort qu'ils ont vécue ?
(En avril 1987 Primo Levi a décidé de ne plus vivre)

Il fait paisiblement chaud et beau   Le soleil
semble content d'être soleil   Il est facile
d'oublier le mal et la douleur et la cruauté
parce que le calme automne   la clarté du matin
les arbres encore verts   les oiseaux dans le ciel
et le silence du jour écoutant le silence
feraient croire aujourd'hui qu'il est bon d'être né.

HIVER 1983

Brume d'hiver, 13. – *Le trouble et le clair*, 14. – *La bien-veillance ?*, 15. – *Repentir*, 17. – *Ciel froid*, 17. – *Morale sexuelle*, 19. – *Avoir raison*, 19. – *Brins et grains*, 20. – *Droits de l'Homme*, 21. – *Le droit est-il simplement une hypocrisie ?*, 22. – *Le sommeil inquiet*, 23. – *Le matou du Caire*, 24. – *Pokazukha*, 25. – *La Fontaine*, 27. – *Corbeaux*, 28. – *Écrivains soviétiques*, 29. – *Courage*, 31. – *Prisons pour bêtes*, 31. – *Chevaux*, 34. – *Avoir raison*, 35. – *Utopie/humour*, 35. – *Religion/humour*, 36. – *Les procès spectacles*, 37. – *Alix*, 39. – *Bonne récompense à qui ramènera le temps perdu*, 40. – *Chat perché*, 42. – *Écrivains*, 43. – *Un visiteur*, 44. – *Un ami chinois*, 45. – *Majorités*, 49. – *Les méchants démons*, 50. – *Gentleman Souvarine*, 51.

PRINTEMPS 1983

Un souvenir inachevé, 57. – *Rive d'Europe, rive d'Asie...*, 57. – *Les villes sur l'eau*, 59. – *Pouvoir et « opposition »*, 60. – *Nazim*, 61 – *Sainte-Sophie*, 61. – *Anas*, 64. – *Les rives du Bosphore*, 65. – *Adieux*, 68. – *De la vérité*, 69. – *Le déni de réalité*, 74. – *Moscou sur poésie*, 76. – *Chat/Rêve*, 81. – *Vertige*, 82. – *Tangage*, 82. – *Jalousie*, 83.

ÉTÉ 1983

Inventaires, 87. – *Le goût du sang*, 87. – *Minimes*, 88. – *Éclipses de soi*, 89. – *Choses étonnantes*, 89. – *Arum*, 90. – *Jean Freustié*, 91. – *Monotonie*, 94. – *Hôpital silence*, 94. – *Spiritualité*, 95. – *Chanter dans le noir*, 95. – *Le sentiment du « peu de réalité »*, 96. – *L'éternel aveu*, 99. – *Encyclopédies*, 100. – *Minimes*, 101. – *Des femmes*, 101. – *Le bon vieux temps*, 102. – *Digitale pourpre*, 103. – *Plaisir à la vie*, 104. – *Pierre Pascal*, 105. – *Coquelicot*, 107. – *Merci*, 108. – *Épreuves*, 109. – *Le silence des intellectuels*, 110. – *Un souvenir 1942*,

Table des matières

113. – *Soyons francs*, 114. – *Retour à l'hôpital*, 115. – *Nuits*, 115. – *« Belles morts »*, 116. – *Bloc opératoire*, 119. – *États d'âme*, 120.

AUTOMNE-HIVER 1983

Passages, 125. – *Forêt*, 126. – *Le messager qu'on ne veut pas entendre*, 128. – *Brins de mots*, 130. – *Chats et oiseaux*, 130. – *Andreï Voznessenski*, 132. – *Paris informe*, 137.

CARNET DE VENISE (mai 1983)

JOURS DE 1984

Examens, 155. – *Le souffle coupé*, 156. – *Souffle coupé (suite)*, 157. – *Une fauvette*, 158. – *L'amateur de librairies*, 158. – *Darius Milhaud*, 173. – *Louis Guilloux et l'herbe d'oubli*, 176.

PRINTEMPS-ÉTÉ 1985

Pluies, 183. – *Asile*, 183. – *Crétinologie*, 184. – *Pluie de Pâques*, 186. – *Robert A.*, 187. – *Shoah*, 188. – *Passages*, 189. – *La forêt*, 190. – *Paris libéré*, 190.

CARNET BELLE-ÎLE (été 1985)

Minimes, 195. – *Mortelle mémoire*, 196. – *Passages*, 198. – *Minimes*, 201. – *Nietzsche et la maladie*, 201. – *Minimes*, 204. – *Les mots les sentiments*, 205. – *Passages*, 206. – *Simone*, 209. – *Minimes*, 216.

AUTOMNE-HIVER 1985

Distribution de prix Arles, 221. – *Makhno*, 222. – *Passages*, 223. – *L'ami revenu*, 225.

CARNET HIVER 1986

Minimes, 231. – *Hivernales*, 232. – *Minimes*, 234. – *Hivernales*, 235. – *Mouettes*, 236.

CARNET PRINTEMPS 1986

Printemps, 239. – *Prisons*, 239. – *Minimes*, 242. – *Oiseaux et jardins*, 243. – *Minimes*, 243. – *Simone de Beauvoir*, 244. – *Minimes*, 247. – *Constantin Rissov*, 248. – *Minimes*, 249.

CARNET DE LONDRES (mai 1986)

Londres, 253.

CARNET ÉTÉ 1986

Jacques Roubaud, 265. – *Les Trissotins*, 266. – *La décharge des Danaïdes*, 268. – *Les chats de Saint-Rémy*, 269. – *Cloches et sonnettes*, 270. – *L'âge des mots*, 271. – *Hirondelles*, 271. – *Au ras de*

Table des matières

l'herbe, 272. – Démocratie, 272. – Minimes, 273. – Une pièce, 273.

CARNET AUTOMNE 1986

Minimes, 279. – Cosmos, 279. – Joyce, 281. – J. M. (1928-1986), 281. – Gorki et la vérité, 282. – Un arbre, 284. – Camps, 285. – Minimes, 288. – Danilo Kis, 290. – Dans le courrier, 291.

CARNET DU JAPON (novembre 1986)

Danser sur un volcan, 295. – Maisons, 296. – Être femme au Japon, 297. – Les mots, l'identité, la place, 298. – Inari, 299. – Japon inquiet, 300. – Made in Japan, 301. – La vie, une lutte sans fin, 303. – Bars, 304. – Japon double, 305. – Ceux qui disaient non, 307. – D'un Tôkyô l'autre, 308. – Théories du Japon, 310. – De Kannon à Canon, 312. – Poésie pour tous, 313. – Asakusa, 314. – Yanaka, 315. – Kanda, 317. – Nara, 318. – Kyôto, 318. – Katsura, 319. – Une demeure un portrait, 320. – Nature, 323.

CARNET 1987

Un après-midi tranquille, 327. – Minimes, 328. – Une lettre, 330. – Minimes, 338. – Un poème sur l'idée de Dieu, simplement, 340. – Minimes, 341. – Se plaire, 343. – Minimes, 344. – Sur deux vers de Li Shangyin, 345. – Minimes, 346. – Un passant, 346. – Un malheur, 347. – Sons agréables, 348. – Minimes, 348. – Brindilles, 350. – Ruines, 353. – Minimes, 354. – L'« excursion » de Tchernobyl, 356. – Heure des visites, 359. – Les hommes en dehors, 360. – La chute des corps, 362. – Milan et Vera, 362. – Minimes, 365. – Lieux que j'aimerais visiter (mais il y a peu de chances), 366. – L'enfant et la mort, 367. – Minimes, 368. – Poésie, 369. – L'étonnement, 373. – Minimes, 375. – Un seul poète, 376. – L'odeur de la mer, 377. – « On a bien le droit de rigoler un peu », 378. – De l'« utilité » des arts, 379. – Rêverie d'anniversaire, 384. – Passages, 385. – Derrière le silence, 387.

DU MÊME AUTEUR

Aux Éditions Gallimard
(sauf indication contraire)

Poésie

LE POÈTE MINEUR, 1949.

UN SEUL POÈME, 1955.

POÉSIES, dans la collection de poche Poésie/Gallimard, 1970.

ENFANTASQUES, poèmes et collages, 1974.

NOUVELLES ENFANTASQUES, poèmes et collages, 1978.

SAIS-TU SI NOUS SOMMES ENCORE LOIN DE LA MER ? épopée cosmogonique, géologique, hydraulique, philosophique et pratique, en douze chants et en vers, 1979, Collection Poésie/Gallimard, 1983.

À LA LISIÈRE DU TEMPS, 1984.

LE VOYAGE D'AUTOMNE, 1987.

LE NOIR DE L'AUBE, 1990.

Romans

LA NUIT EST LE MANTEAU DES PAUVRES, 1949.

LE SOLEIL SUR LA TERRE, 1956.

LE MALHEUR D'AIMER (Collection Folio, 1974), 1958.

LÉONE ET LES SIENS, 1963.

LA DÉROBÉE, 1968.

LA TRAVERSÉE DU PONT DES ARTS (Collection Folio, 1983), 1979.
L'AMI LOINTAIN, 1987.

Documentaires

CLEFS POUR L'AMÉRIQUE, 1949.
CLEFS POUR LA CHINE, 1953.
LE JOURNAL DES VOYAGES, 1960.
SUR LA CHINE, 1979.
LA FRANCE DE PROFIL, 1952 (La Guilde du Livre).
LA CHINE DANS UN MIROIR, 1953 (La Guilde du Livre).

Descriptions critiques

DESCRIPTIONS CRITIQUES, 1950.
LE COMMERCE DES CLASSIQUES, 1953.
L'AMOUR DE LA PEINTURE, 1955 (Folio essais, 1987).
L'AMOUR DU THÉÂTRE, 1956.
LA MAIN HEUREUSE, 1957.
L'HOMME EN QUESTION, 1960.
LES SOLEILS DU ROMANTISME, 1974.
LIRE MARIVAUX, 1947 (À la Baconnière).
ARAGON, 1945 (Éd. Seghers).
SUPERVIELLE, 1964 (Éd. Seghers).
STENDHAL PAR LUI-MÊME, 1952 (Le Seuil).
JEAN VILAR, 1968 (Seghers).

Essais

DÉFENSE DE LA LITTÉRATURE, 1968.
TEMPS VARIABLE AVEC ÉCLAIRCIES, 1985.

Autobiographies

MOI JE, 1969 (Collection Folio, 1978).
NOUS, 1972 (Collection Folio, 1980).
SOMME TOUTE, 1976 (Collection Folio, 1982).
PERMIS DE SÉJOUR, 1977-1982, 1983.
LES CHERCHEURS DE DIEUX, 1981.

Théâtre

LE CHARIOT DE TERRE CUITE, 1969 (Le Manteau d'Arlequin, Théâtre français et du Monde entier, 1988).

Journal

LA FLEUR DU TEMPS, 1983-1987, 1988.
L'ÉTONNEMENT DU VOYAGEUR, 1987-1989, 1990.

En collaboration avec Anne Philipe

GÉRARD PHILIPE, 1960.

Livres d'enfants

LA FAMILLE QUATRE CENTS COUPS, texte et collages, 1954 (Club Français du Livre).
C'EST LE BOUQUET. *Illustrations d'Alain Le Foll*, 1964 (Delpire) (Collection Folio-Cadet, 1980).
ENFANTASQUES, 1974 (Collection Folio-Junior et « 1000 Soleils »).
LA MAISON QUI S'ENVOLE. *Illustrations de Georges Lemoine* (Collection Folio-Junior, 1977).
NOUVELLES ENFANTASQUES, 1978 (Collection « 1000 Soleils »).

PROVERBES PAR TOUS LES BOUTS. *Illustrations de Joëlle Bonché* (Collection Enfantimages, 1980).

LE CHAT QUI PARLAIT MALGRÉ LUI. *Illustrations de Willi Glasauer* (Collection Folio-Junior, 1982).

LES ANIMAUX TRÈS SAGACES. *Illustrations de Georges Lemoine* (Collection Folio-Cadet, 1983).

CLAUDE ROY UN POÈTE (Collection Folio-Junior en poésie, 1985).

LES COUPS EN DESSOUS. *Illustrations de Jacqueline Duhême* (Collection Folio-Cadet, 1987).

DÉSIRÉ BIENVENU. *Illustrations de Georges Lemoine* (Collection Folio-Junior, 1989).

LA COUR DE RÉCRÉATION. *Illustrations de Georges Lemoine* (Collection Folio-Cadet Or, 1991).

*Impression Bussière à Saint-Amand (Cher),
le 16 avril 1992.
Dépôt légal : avril 1992.
Numéro d'imprimeur : 1268.*
ISBN 2-07-038525-6./Imprimé en France.

Impression pressière à Saint-Amand (Cher),
le 16 avril 1992.
Dépôt légal : avril 1992.
Numéro d'imprimeur : 1268.
ISBN 2-07-036526-6./Imprimé en France.